마음을 치료하는 당신만의
물망초 식당

마음을 치료하는 당신만의

청예 장편소설

물망초 식당

팩토리나인

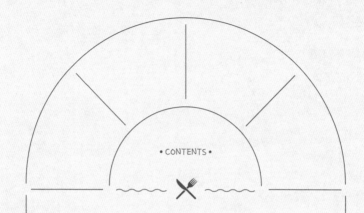

• CONTENTS •

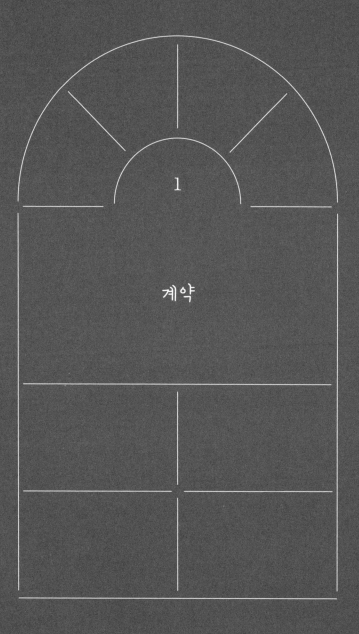

1

계약

엄마가 드디어 계약서를 내밀었다. 올 것이 왔다는 생각에 입 안이 바싹 말랐다. 아무런 말도 하지 않고 검정 볼펜을 달칵거 리며 계약서를 받아 들었다. 방금 막 프린트된 종이에는 아직 열감이 남아 있다. 형광등 불빛에 비추어져 새하얗게 빛나는 단 면, 그 위에 출력된 검정 글씨를 빤히 바라봤다. 엄마의 성격이 고스란히 담겨 있다. 정돈되어 있으나 결코 가볍지 않은 내용의 문장들을 읽어보니 짧게 웃음이 나왔다.

참 엄마다운 계약서였다. 친딸에게 이렇게까지 까탈을 부릴 필요가 있나. 별다른 조건 없이 식당을 넘길 거라고 기대한 적 이 있었는데, 역시 어림 반 푼어치도 없는 생각이었다. 야무진 욕심을 품었던 내가 우습기도 하고 한결같은 엄마가 어찌 보면 귀엽기도 했다. 실력으로 당당히 인정받아 보라는 거겠지? 하지만 생각과는 전혀 다른 계약서 조항이 의아했다.

당신이 그랬죠, 스무 살 넘어가면 절대 함부로 서명하면 안 된다고. 서명란에 이름을 기입하기 전에 계약서를 두 번 반복해서 읽었다. 그 모습에 엄마도 모전여전이란 생각이 들었는지 나만큼이나 간결하게 웃었다. 우리 모녀는 숨소리가 반쯤 섞인 웃음을 서로 교환한 후에야 눈을 맞추었다. 물어보고 싶은 게 많았다.

"이 과정이 꼭 필요한 거야?"

볼펜을 내려놓고 손바닥을 쫙 펼쳐 계약서 전체를 훑는 시늉을 했다. 엄마의 눈이 무의식적으로 내 손가락의 움직임을 좇았다. 엄마가 내민 계약서에는 굳이 없어도 되는 과정이 있었다. 그 과정은 분명 내게 어려운 조건이고, 시간과 노력을 지나치게 많이 소요해야 하는 것들이었다. 한마디로 비현실적인 내용이었다. 혹시 계약을 하고 싶지 않은 건 아닌지, 친딸의 서운함을 사기 충분했다.

뾰로통해진 나에게 엄마가 여유를 부리며 대답했다.

"그럼, 금귀비 정찬 오우너가 되려면 당연하지."

"너무 빡빡하시다."

"어쭈, 계약 이행을 못 하면 오우너도 물 건너가는 거야."

엄마는 습관처럼 오와 너 사이 발음을 길게 늘이며 말했다.

9

주인, 사장, 총지배인, 경영자, 어떤 단어보다도 오우너라는 발음이 나를 더 설레게 했다. 입을 동그랗게 말고 입 동굴 속의 따뜻한 숨을 뱉는 단어에 나는 완전히 매료됐다. 오우너라는 말이 아빠를 생각나게 하기도 했다. 이제는 기억 속에나 존재하는 그리운 사람의 목소리가 들려왔다. 오우너, 오우너.

'내가 이곳의 오우너고 너도 언젠가는 오우너가 될 거다.'

나는 찰나의 순간 아빠를 보았다.

엄마가 계약서 서명란을 검지로 두어 번 톡톡 두드렸다. 빨리 서명하라고 채근하는 손짓이었다. 가만 놔둬도 알아서 서명할 건데 괜히 빨리하라고 압박하니 장난을 치고 싶은 마음이 들었다. 보란 듯이 팔짱을 끼고선 거만하게 등을 뒤로 푹 기댄 채 엄마를 응시했다.

"나도 이제 다 컸다고. 훌륭하게 장성한 딸을 앉혀놓고선 10분도 못 줘?"

다 큰 딸의 오만함이 하찮아 보였는지 엄마가 "프흡." 하는 파열음을 내고선 눈썹을 팔자로 만들었다. 나는 더 거만하게 등을 뒤로 한껏 기댔다. 밖에 나가서는 1초도 부리지 못하는 배짱을 장난 반 진심 반으로 부렸다. 계약자가 엄마라서 가능한 행패였다. 다행히 엄마는 딸의 무례가 기분 나쁘지 않은 눈치였다.

"뭐라는 거야."

웃음이 살짝 섞인 목소리를 나지막이 뱉고서는 못 살겠다는 표정으로 창밖을 바라봤다. 오후 2시, 잠깐 내다보면 모든 풍경이 아름다운 시간이었다. 엄마는 한참이나 창밖으로 시야를 묶어두었다. 나는 그런 옆모습을 바라보다 다시 계약서로 고개를 돌렸다. '오우너, 오우너.' 몇 번이고 속으로 되뇌면서 까만 글자들을 읽었다.

엄마는 나와 거래를 하려는 게 아니라 자질을 테스트하려는 것이리라. 험난한 여정이 눈앞에 선했다. 내가 아니라면 이 계약서에는 그 누구도 서명하지 않을 게 뻔했다. 그래, 그러니까 꼭 내가 해야만 하는 거겠지. 오기가 생겼다. 쉬운 일보다 어려운 일을 할 때 더 희열을 느끼는 나다. 자연스레 올라가는 입꼬리를 굳이 내리지 않았다. 엄지손가락에 힘을 줘 볼펜 끝을 눌렀다. 달각 경쾌한 소리와 함께 종이와 펜촉이 부딪는 마찰음이 공간을 채웠다. 엄마의 시선이 창밖에서 종이로 돌아왔을 때, 우리의 계약서가 완성됐다.

"좋아, 오늘부터 금귀비와 문망초는 계약을 준수한다. 효력은 명시된 대로 100일. 오우케이?"

오우케이. 엄마의 습관이 잔뜩 묻은 마지막 물음에 힘을 줘 대답했다.

"오우케이."

우리의 계약관계가 정식으로 성립됐다. 계약서를 한 장씩 나

뉘 갖고 나란히 미팅 룸을 나섰다. 엄마는 다시 로비로 복귀했으며 나는 가게 문을 힘껏 열고 밖으로 나갔다. 바깥의 세상에는 계약을 축하해 주는 찬란한 햇빛이 가득했다. 서른이 되기 전 꼭 이뤄내고야 말겠다는 오래된 과거의 약속이 떠올랐다. 마음속에 삐걱거리던 바람개비 하나가 슬그머니 돌아가기 시작했다.

🛎

금귀비 정찬은 마포구 서화동에 위치한 프라이빗 키친이다. 이곳에는 주력 메뉴도 고정 메뉴도 없다. 심지어 100% 예약제에다가 최소 일주일 전에 예약을 하지 않으면 입장이 불가한 불친절 식당이다. 위치도 전혀 이점이 없는데, 동네는 지나치게 조용하고 주변 건물은 낡은 것들뿐이다. 금귀비 정찬이 자리 잡은 건물 역시 해가 잘 드는 것 말고는 아무런 장점이 없다. 바깥에는 그 흔한 대형 쇼핑몰조차 없다. 손님이 있을 리 만무한 조건. 그야말로 실패하는 자영업 조건이 총망라된 이곳 금귀비 정찬은, 성공 신화를 이룬 식당이다. 프랜차이징 없이 월 매출 5천만 원을 가뿐히 찍으니 말이다. 다음 달, 다다음 달 예약까지 꽉 들어찬 금귀비 정찬은 항상 인산인해를 이룬다. 번화하지 않은 동네에서 유일하게 번화한 곳이다.

모든 실패 조건을 깔끔히 보완하는 성공 조건이란 의외로 단순하다. 금귀비 정찬은 일대일 맞춤 코스 요리를 제공한다. 한식, 양식, 일식, 중식 무엇이든 상관없다. 예약자를 위해 세상에 단 하나뿐인 요리를 만들어낸다. 대신에 100% 사전 예약제로 운영되므로 방문을 원하는 손님은 까다로운 양식에 맞게 내용을 작성해야 한다. 선호하는 맛과 향, 최근 겪었던 일, 식사 시간으로 당신이 찾고 싶은 가치, 어린 시절 당신을 즐겁게 했던 음식, 극복하고 싶은 기억이나 상처 등 꽤 복잡하고 번거로운 질문을 던진다. 예약자가 기꺼이 과정을 감수해야 식당은 오직 그만을 위한 코스 요리를 제공한다.

한마디로 이곳은 감성 케어 시간을 판매하는 곳이다. 식당은 사람들의 상처를 치유하고 보듬어주는 것을 제1 원칙으로 삼는다. 식은 계란찜을 애피타이저로 내놓는 일이 있다면 그것은 손님 성향을 최대한 반영하여 최선의 의미를 담아낸 결과이리라. 덕분에 가격은 더럽게 비싸다. 오너의 딸인 내가 이런 말을 해도 되는지 모르겠지만 말이다. 대신에 100% 신뢰 가능한 정성과 노력을 약속한다. 이게 식당의 가치, 아니 우리의 가치. 그럼에도 손님이 끊이질 않는 걸 보면 사람들은 금귀비 정찬에서 요리와 더불어, 다른 무언가를 얻어가는 것 같다.

나는 그런 금귀비 정찬 오너 금귀비 여사의 외동딸이다. 사실이 가게의 원주인은 문정원, 우리 아빠였다. 스물아홉까지 대형

호텔에서 일했던 아빠는 서른의 1월, 내가 태어나고 자신만의 식당을 오픈했다. 사람과 음식을 누구보다 사랑했던 그는 그때부터 가장 행복한 인생을 살았다.

별다른 메뉴 없이 동네 사람들이 먹고 싶어 하는 음식을 만들었던 그의 지론이 식당 제1 원칙이 돼 아직도 이어지고 있다. 또한 사랑하는 사람과 식사를 할 때는 온 세상이 아름답고 환해야만 한다며, 그래야 사랑하는 사람과 음식을 모두 볼 수 있다며 해가 잘 드는 건물을 고집한 덕에 이 가게는 서화동을 벗어나지 못했다. 당시 주머니 사정과 햇빛이 잘 들어야 한다는 조건, 두 가지를 모두 충족시킨 곳이 여기뿐이었기 때문이다.

다행히 엄마와 아빠는 햇살이 부서지듯 쏟아지는 이 가게를 사랑했다. 장사가 잘 안 되던 때도 빛을 담뿍 받아 만개한 창가의 꽃들을 보며 기뻐했다. 나는 그런 엄마와 아빠 덕에 살갗이 조금 그을린 어른이 됐다. 짙은 살에는 부모가 내게 물려준 햇빛이 잔뜩 담겨 있다. 나는 찬란한 빛을 발판 삼아 무럭무럭 성장했다. 이곳의 모든 꽃과 풀들처럼.

🛎️

무슨 택배를 이렇게 많이 시켰나. 현관문이 잘 열리지 않을 정도로 집 앞에 택배 상자가 잔뜩 쌓여 있다. 주문자는 전부 엄마였다.

[필요한 것들만 주문했어.]

문자로 온 말이 어련히 알아서 정리하라는 뜻임을 알아먹고선 상자를 하나씩 개봉했다. 테이프를 뜯고 또 뜯고, 손목이 아플 지경이었다. 고급 요리 재료라도 나오면 힘이 덜 들 텐데 나오는 재료라곤 하나같이 '이걸 왜 굳이?' 싶은 것들뿐이었다. 이런 건 내가 차 끌고 나가서 시장을 돌면서도 살 수 있다. 엄마에게 문자로 소심하게 항의를 했다.

[그냥 나한테 맡기지 그랬어?]

돌아오는 대답은 간단했다.

[요즘은 인터넷이 싸.]

있는 사람이 더하다더니. 한 푼을 알뜰히 모으기 위해서 굳이 집 앞에 택배 산맥을 쌓았구나. 하긴, 철저한 당신이니까 계약서에도 친딸에게 자비라곤 전혀 없는 내용뿐이겠지.

나는 다시 한번 그녀의 성실함과 열정에 혀를 내두르곤 물품들을 정리했다. 바로 차에 실어서 가야 할 곳이 있다. 계약서 내용대로 앞으로 100일 동안 상주해야 할 공간이다. 100일 레이스를 상상하는 것만으로도 가슴이 뛰었다. 당당한 척했지만 해낼 수 있으리란 확신이 있는 건 아니다. 이제부터 내가 지켜야 할 사항은 다음과 같다.

☆ 계약서 조건 ☆

----

1. 금귀비 정찬 오너가 되기 위해 문망초는 손님 7명
   으로부터 서명을 받아야 한다.

2. 서명을 받기 위해 손님들의 편식을 개선한다.

3. 이는 신체적 알레르기 반응이 아닌 오직 심리적
   편식만을 말한다.

4. 이름은 '물망초 식당'으로 하며 100일간 식당의
   경영자 겸 총괄 셰프가 된다.

5. 손님은 친구나 친인척이어서는 안 된다.

6. 필요에 따라 금귀비의 조언을 들을 수 있으나 의
   존해서는 안 된다.

간단하게 말하자면, 내 이름을 딴 간이식당인 '물망초 식당'
에서 7명의 손님을 맞이해야 하며 그들의 편식 습관을 개선해
야 한다. 어떻게 접객을 할지, 어떤 방식으로 편식을 개선할지는
전적으로 나의 몫이다.

간이식당은 집에서 차로 5분 거리라 출퇴근하기 용이하다.

장점은 이게 전부였다. 3층짜리 상가의 2층에 있는데, 낡디낡은 상가라 손님을 모으기에는 빵점이었다. 더군다나 엘리베이터 없는 건물 2층이라니. 자고로 요식업 가게는 1층에 만드는 것이 암묵적인 규칙 아닌가? 겉만 보면 바스러질 것 같은 건물로 들어와 두 발로 계단까지 올라야만 간이식당 문을 열 수 있다. 자동문이라도 달아주지. 문마저도 손으로 쓱 밀리지 않았다. 끼기기긱, 소리도 난다. 소리마저 나이를 먹나 보다.

가게 안을 직접 두 눈으로 본 건 이번이 처음인데 내부가 꽤 넓었다. 아일랜드형 오픈 주방이 그럴듯하게 보이나 테이블은 오직 하나뿐이었다. 그 옆에는 우리 집에 놔두면 딱 좋을 듯 보이는 가죽 소파와 TV가 놓여 있다. 주방에 조금 힘을 준 일반 거실의 모습과 다름이 없다. 나는 단박에 엄마의 의도를 알아차릴 수 있었다. 이곳 물망초 식당이 단순히 장사를 위한 가게가 아니라, 금귀비 정찬으로 가기 위한 길임을 잊지 말라는 뜻이 담겨 있으리라.

오직 한 명의 손님만을 위한 식사. 나는 이제부터 그 속에 좋은 가치를 담는 방법을 익혀야만 한다. 당장 첫 번째 손님부터 어떻게 데려올지 머릿속이 하얀 상태였으나 눈치 없이 웃음이 자꾸 새어 나오는 이유는 뭘까. 온 마음으로 난감한 과제를 바라고 있었던 걸까. 아무런 근거가 없지만 분명 재미있으리라는 확신이 머릿속을 맴돈다. 극적인 전개를 위해서라면 초반에는 주눅이 들어 있다가 갈수록 기개를 펼쳐야 하는데 벌써부터 웃음이 삐질삐질 흘러나오니 큰일이다. 주인공은 못 될 성격인가 보다.

필요한 물품들을 정리하기 전에 먼저 물수건으로 곳곳을 닦았다. 만들어진 지 꽤 오래된 공간임이 분명했다. 검댕들이 잔뜩 묻어 나오는 게 경악스러울 정도였다. "으악!" 진저리를 치며 물수건을 여러 번 빨아서 거듭 닦았다. 이왕이면 바로 요리에 집중할 수 있게 깨끗한 상태로 오픈해 주면 좋았을 텐데. 이것도 수련 과정이려니 싶어 불만을 떨치려고 했으나 더러워진 물수건에서 나오는 구정물을 볼 때마다 서운했다. 내가 주방 청소하나 제대로 못 하려나 싶어서 일부러 더럽게 놔둔 걸까. 엄마는 날 과소평가하는 경향이 있다. 나도 오직 요리 하나만 바라보며 고독한 길을 걸었는데 너무하구먼.

물론 식당 하나를 운영하기에는 아직 부족함이 많은 상태인건 맞다. 한식이든 양식이든 특정 영역에 집중한 전문가들과 달리 나는 여러 분야를 한꺼번에 공부해 온 탓에 전문성이 낮긴하다만은, 비록 요리 경진 대회에서 입상해 본 적도 없긴 하다만은! 이렇게 나열하고 보니까 역시 난, 정말 부족하기 짝이 없는 사람이군.

"막막하긴 하다……."

절로 한숨 섞인 혼잣말이 나왔다. 말에는 힘이 있다더니, 막막하다고 말하니 망망대해에 떠다니는 것처럼 아찔해졌다. 아니, 시작도 하기 전에 표류할 순 없어! 난 보기 좋게 실패하려고 계약서에 서명한 게 아니었다.

"그래, 어디 한번 해보자고!"

호기롭게 주문을 걸었다. 할 수 있다, 할 수 있어! 이왕 시작한 거 끝장나게 완수해서 엄마의 눈을 두 배는 더 커지게 만들어줘야겠다.

깨끗해진 주방에 가장 먼저 올려둔 것은 소스 병들이었다. 식자재는 미리 사놓으면 가치가 떨어지니 준비하지 않았다. 소스 중 온도에 둔감한 것들은 상온 수납함에 넣어두고 그 외의 것들은 냉장고로 옮겼다. 다음으로 건조된 허브류와 오일을 꺼내 정리했다. 오일의 경우 종류마다 풍미가 다르므로 병 겉면에 네임펜으로 종류와 제조 일자를 적어뒀다. 용도와 유통기한을 두루 체크해야 좋은 품질을 유지할 수 있다.

허브는 생각보다 사용량이 많지 않아 대용량으로 구매할 필요가 없다. 물망초 식당처럼 일대일 맞춤 식단을 제공할 공간에선 더욱이 그랬다. 필요한 양만큼만 공병에 소분하여 조리대에 올렸다. 특히나 허브류의 경우 열기와 가까이 두면 살짝 익어 향이 변할 수 있기에 위치를 잘 고려할 필요가 있었다. 마지막은 집기류였다. 새 제품 특유의 공장 냄새가 배어 있어 냄새를 빼는 게 우선이었다. 미온수에 베이킹 소다를 푼 다음 세척이 필요한 집기류를 넣어놓았다. 너무 오래 넣을 필요는 없었다. 적당히 냄새와 오염물이 세척될 정도로만 두었다.

기다리는 동안 휴대폰을 가져와 인스타그램 계정을 하나 개설했다. 아무래도 친구와 친인척 모두 접객 대상에서 배제해야 하니 지인 장사를 노리는 게 불가했다. 모르는 사람을 데려와야 한다는 건데 그러기엔 SNS만큼 좋은 게 또 없다. 당장 이용할 수 있는 무료 매체이기도 하니 말이다.

문득 주방에서 정면을 바라보니 내부 풍경이 한눈에 담겼다. 평소 빛을 중요시하는 금귀비 정찬의 정신이 이곳에도 녹아 있다. 벽에는 큰 창이 시원스럽게 설치돼 있고 테이블은 햇살이 가장 잘 드는 자리에 배치돼 있다. 백색이 가장 많이 쓰였지만 자잘한 소품들은 주로 옅은 녹색, 노란색이다. 모두 엄마의 취향이다. 나라면 파스텔 톤을 사용했을 텐데. 그 점이 아쉽지만 뭐, 이렇게 작은 식당이라도 차려준 게 어디야.

거실 느낌을 내기 위해 산세베리아 같은 화분들도 곳곳에 놓여 있다. TV 옆에는 커다란 몬스테라 화분까지 있다. 몬스테라가 요즘 중년들 사이에서 핫한 플랜테리어 용품이라고 하더니 엄마도 예외는 아니었나 보다. 나였다면 차라리 저 자리에 붉고 화사한 인공 칸나를 놓았을 거다. 전반적으로 수수하면서도 심심한, 100점 만점에 86점쯤을 줄 법한 거실 풍경이었다.

하지만 인테리어 사진을 찍어 올리기에는 충분했다. 얼른 카메라 앱을 켜 구도를 맞췄다. 정면에 보이는 창틀을 기준 삼아 수평을 맞춰 찰칵. 테이블 사진도 하나 찍어야겠다. 아 참, 엄마가 보낸 택배에 펀칭 레이스 보도 있는데 그걸 가져와서 깔면 더 예쁘겠다. 사진 찍고, 소개 글 업로드하고, 집기류 세척 마치고, 뒷정리하고, 냉난방기 체크하고……. 후! 그럼 다 끝나겠네. 해야 할 일들을 상상하니 괜히 마음이 급해져 허둥지둥 레이스 보를 찾아다녔다. 와중에 바닥을 보니, 나가기 전에 바닥 쓸기도 한번 하고 가야겠다.

아니 이건 내일 할까? 하는 김에 지금 할까? 식자재 발주는 언제 하지? 국산으로 사? 절약해야 하니 수입산으로? 고민만 하는 것도 충분히 바쁘구먼. 이런 게 경영자의 고심이란 건가? 별것 아니라고 생각한 사소한 점들이 전부 별일이 되고 있었다. 여태껏 이 모든 걸 결정한 엄마가 대단하게 느껴졌다. 정신없는 지금이 나쁘지 않은 느낌이다. 이왕 제대로 시작하는 거 커피라도 마시면서 해야겠다.

식당 맞은편에 위치한 편의점에 들러 파우치 커피와 아이스컵을 구매했다. 항상 피곤에 찌들어 있는 아르바이트생이 오늘도 매대에 힘없이 서 있다. 오늘은 유별나게 기분 나쁜 일이라도 있었는지 어두운 표정을 하고선 들릴 듯 말 듯한 소리로 금액을 읊었다.

"3천 원입니다. 손님 그런데요……."

"왜요?"

"지금 원 플러스 원 행사 중이에요……. 하나 더 챙겨 가셔요……."

그녀는 몹시 피곤해 보이는데도 불구하고 커피 진열대를 두 손으로 가리키며 나를 챙겨주었다. 손님이라면 당장 내쫓을 것 같은 얼굴로도 상냥할 수 있구나. 어지간한 진상 손님이라도 다녀갔나. 알바생의 친절에 고마움과 이질감을 동시에 느끼며 파우치 커피를 하나 더 챙겼다. 매대 한구석에 '친절 사원 추천함'과 용지가 구비돼 있다. 오늘 기분도 좋은데 이름을 적어줄까 고민됐다. 그러나 왠지 보는 앞에서 당사자를 추천하기에는 나도 쑥스러웠던 탓에 괜히 용지만 한 장 챙겨 주머니에 담았다.

"감사해요, 좋은 하루 보내세요."

아르바이트생이 살짝 상기된 얼굴로 나를 바라보았다. 꼭 좋은 하루 보내란 말을 처음 듣는 사람 같은 표정이었다. 원래 내가 먼저 인사를 건넬 정도로 친화력이 좋은 사람은 아니지만, 여유로운 마음으로 고개를 꾸벅 숙였다. 그녀가 먼저 보여준 친절에 대한 답이었다. 친절 사원 추천까지는 너무 오지랖이겠지, 이 정도의 답이 딱 적당하리라. 아르바이트생은 우물쭈물하면서도 같이 고개를 꾸벅이며 인사를 받아주었다. 날씨가 화창하고 마음에 열정이 가득하니 내게 없던 여유가 생긴 것 같다. 열심히 해야지. 꼭 잘해내야지.

엄마는 여느 때처럼 밤 10시가 되어서야 돌아왔다. 이제는 직원들에게 마무리를 맡기고 퇴근해도 될 법한 위치에 있으면서 매번 마감까지 가게를 지킨다. 엄마의 수많은 습관 중 하나이다. 나 역시 여느 때처럼 엄마에게 물었다.

"오늘 간 많이 봤어?"

소금이나 설탕 따위를 적게 섭취하라는 당부이자 확인이었다.

"늘 똑같지."

한결같은 답변이 돌아왔고 엄마가 부엌으로 곧장 이동했다. 들고 온 검정 에코 백 안에는 폐기용 식자재 중 양품인 것들이 들어 있었다. 위생과 청결을 수준 높게 유지하기 위해 식당에서 사용할 순 없지만, 상태가 나쁘지 않아 집에서 먹어도 문제가 없는 것들만이 에코 백 속에 담겨 올 수 있다. 대부분 쓰다 남은 양파, 당근, 파 뿌리 등이었다. 이 재료를 한 번 더 검수한 후 정말 우리가 먹어도 되는 것들만 남겨 세척하는 건 나의 몫이다. 이 일까지 다 끝내야 정말로 하루가 완료된다. 오늘은 감자가 많이 남았으니, 내일 아침으로 감자 된장찌개를 끓여 먹으면 좋겠다.

"물망초 식당은 가봤어?"

엄마가 뭉친 어깨를 털어내며 물었다. 나는 싱크대에 와르르 쏟아낸 식자재 중 감자를 골라내며 건성으로 대답했다.

"응."

이윽고 도착한 두 번째 물음, 택배 물건들도 다 가져다 났냐는 말에도 짧게 응수했다. 귀찮아서가 아니었다. 원래 멀티가 안 되는 성격이라 감자를 골라내며 오늘 있었던 일을 충분히 브리핑하지 못했다. 간단하게 대답하는 와중에도 집중력이 흐트러져 감자 한 덩이를 놓치고 말았다. 엄마가 놓친 녀석을 주워 들고는 옆으로 바짝 다가와 마저 물음을 이어갔다.

"처음 가보니 어때? 할 만하겠어? 손님은 어떻게 모셔올 거고?"

나는 한동안 입을 꾹 닫고 있다가 건조한 대답을 뱉었다.

"엄마, 나 이것 좀 하고."

"참나."

서운하다는 말을 축약한 짧은 감탄사를 던지고서야 방해꾼이 부엌을 떠났다.

나는 식자재 분류를 끝낸 후 거실 소파에 몸을 푹 기댔다. 온종일 일하고 온 엄마만큼 힘들겠냐마는, 나도 오늘 한 일이 꽤 많았다. 이 정도로 푹 퍼져 있을 만했다. 좀 더 적극적으로 누웠다. 등을 대자마자 척추 마디마디가 펴지는 느낌이 들었다. 육성이 절로 터져 나왔다.

"아으, 좋다."

"아가씨, 여기서 주무시면 안 돼요. 과음하셨나."

모양이 다 풀린 꽃빵처럼 엉망진창으로 소파에 널브러진 내가 우스운지, 엄마가 단단한 물건으로 허벅지를 툭툭 치며 너스레를 떨었다. 고개만 까딱 들어 물건의 정체를 살폈다. 나무로 된 작은 벽 간판이었다.

"이게 뭐야?"

"내일 가서 붙여."

"선물이야?"

"가게 구색은 맞춰야지."

"하긴……. 문 열기 전까진 식당인지 일반 집인지 분간이 안 되긴 해."

손을 쭉 뻗어 최대한 몸과 멀리 떨어트린 상태에서 벽 간판을 관찰했다. 별다른 디자인이나 꾸밈이 없다. 검은색 바탕체로 '물망초 식당' 다섯 글자만 적혀 있다. 과연 엄마의 취향은 한결같았다. 수수하고, 간결하고, 밋밋하고.

"왜 하필이면 조건이 편식이야?"

벽 간판 속 가게 이름과 엄마를 번갈아 바라보며 가장 궁금했던 것을 물었다. 엄마 역시 나와 벽 간판을 번갈아 바라보더니 대답했다. 엄마답게 차분한 목소리였다.

"요리하는 사람이라면 사람을 사랑해야 하거든."

그게 편식이랑 무슨 상관이야? 묻고 싶었지만 묻지 않았다.

엄마의 말뜻을 알 것 같으면서도 잘 모르겠다. 하지만 이미 계약서에 서명했으니 가타부타 따지고 싶지는 않았다. 사람을 사랑해야 한다는 말은, 아빠가 늘 했었던 말이었으므로 내게는 익숙했다. 어째서 그게 편식과 관련이 있는지는 모르겠지만 말이다.

"물망초는 내 이름 문망초에서 그냥 따온 거야?"

"그냥이란 건 없어. 거기에도 이유가 있어."

"이유가 뭔데?"

"물망초의 꽃말이 뭔지 아니?"

"진실한 사랑, 나를 잊지 말아요."

"그래, 그거야. 네 이름에도, 그 식당에도 꼭 필요한 거야."

철학 과제 같은 말이었다. 나는 사뭇 진지해진 엄마의 얼굴을 보고 더 묻지 않았다. 물어도 이해하지 못할 말뿐이려니 싶어 넘기고 말았다. 나는 계속하여 벽 간판을 바라봤다. 왠지 눈을 뗄 수 없었다. 정말로 시작됐구나, 금귀비 정찬으로 향하는 레이스가.

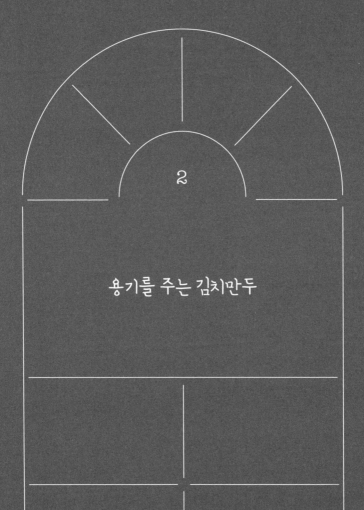

2

용기를 주는 김치만두

어떻게 이럴 수가 있나. 야심차게 물망초 식당 SNS까지 개설해서 영업을 시작했는데 무려 일주일이나 손님이 없었다. 생각한 시나리오 속에서는 벌써 예약 문의가 빗발쳐야 하는데! 금귀비 정찬과 비교하면 예약 경쟁이 어마어마하게 낮은데도 아무도 관심을 주지 않다니 황당했다. 이 식당이 '편식 개선'에 중점을 맞추다 보니, 부득이하게 손님과의 소통이 가장 중요했다. 공지 글에 '예약을 원하는 손님이 있다면 사연을 준비하여 사전에 1회 방문 필수'라는 내용을 기재했다. 신상을 묻는 정보는 없었다.

이 점이 허들이 될 것이란 걸 모르진 않았지만 7일이나 문의가 없다는 건 충격이었다. 마포 맛집, 코스 요리 등 필수 해시태그까지 넣었는데도 말이다. 100일 중 금쪽같은 7일을 낭비

한 후에야 나는 자존심을 대폭 낮추기로 했다. 기분이 상했지만 내가 졌다. 어쩔 수 없이 #감성 맛집, #일대일 맛집, #JMTGR, #20대 맛집, #30대 맛집……. 때려 박을 수 있는 해시태그는 다 때려 넣었다. 힙한 감성과 멀어진 게시 글에 마음이 참담했지만, 방법이 없었다. 블로그까지 개설하고 친구인 동희에게 홍보 좀 해달라 읍소를 한 후에야 겨우, 정말 겨우 예약 문의가 들어왔다. 딱 하나였다.

꼼꼼한 사람이었다. 작성된 공지를 토시 하나 놓치지 않고 정독하고서는 추가 문의를 몇 가지 더 남겼다. 첫 번째 예약자에게 보여줄 수 있는 최대한의 호의를 모두 보여주어야만 했다. 이름도 나이도 모르는 당신이 제발 가게에 방문해 줬으면 좋겠어요! 온 마음을 이모티콘에 꽉꽉 눌러 담아 답장을 보냈다. 생각해 보겠다는 답장으로 내 심장을 철렁하게 만든 그가 3시간 후에야 방문 일정을 잡았다. 자신이 직장인이라 저녁 7시 이후에나 올 수 있는데 괜찮냐고 물었다. 저녁 시간이 내키지 않는다는 눈치를 조금이라도 보였다간 금방 도망갈 손님이었다. 바짓가랑이를 잡는 심정으로 아침 7시라도 괜찮으니 꼭 방문하시라고 빌었다. 추가 답장이 없었다.

"접을까?"

가게 오픈 7일 만에 나는 현실의 쓴맛을 보았다. 자영업이란 이런 거구나.

처음으로 외부인이 가게 문을 연 시각은 정확히 7시 3분. 낯선 남자를 보자마자 단박에 며칠 전 내 마음을 들었다가 났다가 한 손님임을 알아챘다. 안 올 줄 알았는데 와준 그에게 고마워 실내화를 엉성하게 신은 줄도 모르고 부리나케 달려갔다.

"어엇, 어서 오세요!"

하루 중 처음으로 뱉어진 음성이 눈치 없이 쫙쫙 갈라졌다. 키가 177cm 정도 돼 보이는 남자가 흠칫 놀라 무의식중에 어깨를 살짝 뒤로 빼더니 경계 태세를 갖추었다. 지금 외부인은 당신인데요? 나는 그 모양이 황당했으나 신경 쓰지 않는 척 소파로 안내했다.

"식당…… 맞나요? 식당이라고…… 적혀 있던데."

아마 벽 간판을 보고 한 이야기이리라.

"식당 맞죠. 여기가 조금 특별한 식당이라 그래요."

곧이어 그를 안심시키기 위해 시키지도 않은 말들을 와다다 쏟아냈다. 긴말이 이어지는 동안 그가 멀찍이 떨어져 소파에 앉았다. 그러고는 모든 이목구비로 피곤하다는 시그널을 보냈다. 젠장.

"놀라셨죠? 제 소개를 할게요. 저는 이곳 물망초 식당의 경영자인 문망초입니다."

"아, 예예……."

남자가 다소 힘없이 대답했다. 평일 저녁 직장인과 딱 어울리는 목소리였다. 고개를 까딱거리며 인사하는 시늉을 하는데 어째 눈동자가 내 모양새를 훑기 바빴다. 이봐요, 저 이상한 사람 아니거든요, 그쪽 눈 다 보이거든요. 그래도 첫 번째 손님이니 최대한 친절해야만 했다. 오픈 첫 손님인데 허무하게 놓쳐버려선 안 된다. 마수걸이를 꼭 성공하고 싶었다.

"이곳은 손님의 마음에 필요한 요리를 제공합니다. 정해진 메뉴는 없어요. 다만 손님의 성향과 편식 사연, 살아오신 이야기 등 많은 것을 제가 듣고 알아야만 합니다. 그걸 바탕으로 요리를 만들 계획입니다. 절대로 이상한 곳이 아니니 안심하세요! 최상급 식자재만 사용할 거고요! 돈은 안 받을 겁니다!"

돈을 안 받는다는 말은, 여유를 부리며 멋지게 해야 할 말이었다. 그러나 미심쩍다는 눈빛에 당황해 버려 성급히 뱉고 말았다.

"식당 오픈하고 첫 손님이셔서 제가 지금 긴장했습니다!"

허겁지겁 발언을 정리했으나 어째 분위기가 더 산으로 가고 있었다. 남자는 웃지 않았다. 한번 웃어줄 법도 한데 야박한 현대인이 틀림없었다. 그는 한참 내 말을 듣고만 있다가 가게를 쓱 둘러보았다.

"정말로 편식을 고쳐주나요?"

고개를 세차게 끄덕이며 긍정을 표했다. 늦었지만 이제라도 그가 대화에 참여해 준 게 다행이다.

"고치고 싶은 편식이 있긴 해서 왔거든요. 정말 사장님이 고칠 수 있을지⋯⋯."

"심리적 편식이라면 제가 최대한 노력해 보겠습니다. 알레르기를 고치는 의사는 아니지만, 음식으로 마음을 보듬는 요리사는 될 수 있을 거예요."

자신 있게 말을 하고서도 그의 눈치를 살폈다. 사이비라고 생각하는 거 아냐? 그의 표정은 다행히도 평온했다. 그래서 더욱 긴장이 되는 건 왜일까. 움직이지 않는 눈동자와 고정된 입꼬리에서 은근한 거리감이 느껴졌다. 아마도 그는, 나같이 허술한 사람이 친해지기엔 다소 어려운 사람임이 틀림없었다. 정적이고 절제된 기운이 뿜어져 나오고 있었다. 하지만 그럴수록 나는 더 알고 싶어졌다. 첫 번째 손님이자 무언가를 편식하는 당신, 내가 꼭 고쳐주겠어. 부동의 얼굴에서 피어날 변화를 보고 싶다.

"실례가 되지 않는다면 편식 사연을 말씀해 주시겠어요?"

"어디에서도 말해본 적이 없기는 한데⋯⋯."

"참고해서 다음 방문 때 요리를 준비하겠습니다."

"말하려니 떨리네요."

꼴깍. 침을 삼키는 시간이 1초도 되지 않았다. 찰나 동안 시간이 멈춘 것 같은 적막에 휩싸였다. 어려운 웃어른과 마주 보고 앉아 있는 기분이다. 공기가 무거워졌다. 뭐라도 말을 해줬으면 좋겠다. 그러고 보니 음료 한 잔도 대접하지 못했다. 분위기를 풀기 위해서는 먹고 마시는 게 최고지. 재빨리 일어나 냉장고에서 오렌지 주스를 꺼냈다. 컵이 탁자와 닿는 소리가 나지 않게끔 조심히 올려두었다. 하지만 그는 컵을 힐끔 쳐다보고는 손을 움직이지 않았다. 나는 웃으며 눈동자로 오렌지 주스를 가리켰다. 마시라는 신호였다.

"나이를 서른이나 먹고 편식을 한다는 게 다소 창피한 일입니다만……."

"괜찮습니다. 편하게 말씀해 주세요."

"그렇다면……."

그는 컵에 관심을 보이지 않고 이야기를 꺼내기 시작했다. 호의가 받아들여지지 않았다는 사실에 살짝 서운했으나 이 오렌지 주스가 분위기를 환기했다면 그것으로 다행이다. 바싹 마른 입을 정리하고 그와 눈을 맞추었다. 그의 시선이 일순간 바닥으로 떨어졌다가 다시 나의 시야 높이로 올라왔다. 말하기를 망설이는 모습이었다. 이윽고 그가 머리를 한 번 긁적이더니 굳어 있던 몸을 조금 풀었다. 짧은 시간 동안 내게 들켜버린 서툰 몸짓들이 그의 진솔함을 전해주고 있었다. 오랫동안 숨겨놓은 비밀인가 보다. 사연이 더욱 궁금해졌다.

"김치를 못 먹습니다. 알레르기가 있는 건 아니고요."

그는 긴장을 풀려는 듯 마른 손바닥을 맞대 비비며 말했다.

삭삭거리는 소리가 건조하게 들려왔다. 서른에 김치를 못 먹는다고 고백하는 모습이 조금은 귀여웠다. 하지만 섣불리 반응하지 않았다. 편한 상황 속에서 이야기할 수 있게끔 배려하고 싶었다.

"저는 엄격한 부모님 밑에서 자랐습니다. 어린 시절부터 다른 소아들보다 더 많이 훈육, 질책을 받으며 성장했지요. 물론 그 덕에 남들보다 빨리 입신양명을 이루긴 했지만, 아직까지도 편식이라는 흠이 남아 있습니다."

그는 보통 사람들이 대화할 때 잘 사용하지 않는 단어를 종종 사용했다. 대체로 무겁고 진중한 단어들이었다. 그에게 영향을 준 '엄격한 부모'가 어떠한 어른을 의미하는지 조금은 추측할 수 있었다. 참으로 잘 교육받았고 그래서 참으로 딱딱해진 어른이구나.

"매운 음식을 잘 먹지 못했습니다. 특히 김치를요. 그때마다 부모님이 엄하게 질책하셨습니다. 한국 사람이면 마땅히 김치를 먹어야 하고, 어린아이가 어른과 함께할 때 반찬을 골라 먹는 건 예의가 아니라고 하셨죠. 부모님이랑 함께 밥을 먹을 때면 억지로 김치를 씹어 삼켜야 했습니다. 중간에 물이나 우유를 마시며 괴로운 티를 내서는 안 됐어요."

"김치를 유독 맵게 담그는 집이 있습니다. 혹시 집안 김치 맛이 문제였던 건 아닐까요?"

"처음 편식 시작은 그랬을지도 모릅니다. 하지만 더 이상 맛의 문제가 아니게 됐어요. 초등학교에 입학한 후, 점심시간에 저는 부모님의 눈에서부터 해방됐다는 마음에 고취돼 더 적극적으로 김치를 피했어요. 종류 불문 김치라고 불리는 반찬은 다 골라냈습니다."

"선생님이 혼내지 않으셨어요?"

"네, 그래서 문제가 더 심각해졌습니다. 보다 못한 담임선생님께서 하루는 점심시간에 저를 생각하는 자리에 앉게 하셨습니다. 아이들이 혼날 때 앉는 자리였어요. 배식을 받은 김치를 다 먹기 전까지는 일어날 수 없다고 하셨죠. 점심시간 한 시간 내내 저를 주시했어요. 부모님 눈에서 해방된 줄 알았는데 학교에서도 내가 김치를 먹는지 안 먹는지 감시하는 사람이 있었던 겁니다."

"세상에, 어린아이에겐 감당하기 어려운 공포였을 텐데요."

"별수 없었기에 결국 저는 울음을 터트렸습니다. 반 친구들이 모두 쳐다봤죠. 하지만 선생님은 봐줄 생각이 없어 보였어요. 직접 젓가락으로 김치를 집어 제 입에 넣었어요. '씹어봐, 그냥 삼켜봐, 빨리!' 하고 강하게 재촉했습니다. 지금은 없을 교육 방식이지만 그 당시에 교육이란 개선보다 개조고 변화보단 강요였습니다. 저는 울면서 김치를 씹었어요."

"그 기억들이 상처가 됐군요."

"네, 이후로 저는 김치를 볼 때마다 알 수 없는 수치심과 두려움을 느낍니다. 답 없는 제 모습에 부모님도 김치 먹이기는 포기하셨어요. 고작 음식 따위에 마음이 요동친다는 점이 자존심 상합니다. 저를 괴롭혔던 기억을 잊을 수가 없어요."

"혹시 지금도 부모님과……."

"아닙니다. 부모님과의 관계가 특별히 나쁜 상태인 건 아닙니다. 엄격한 교육 밑에서 어떻게 엇나갈 수 있겠어요. 저를 둘러싼 환경에 익숙해지며 성장했어요. 하지만 김치에는 여전히 익숙해지지 못했습니다. 나이 서른 먹고도 김치를 두려워하는 어른으로 성장한 게 너무 부끄럽습니다. 고치고 싶어요. 한국 사람으로 살면서 김치 안 먹는 거, 생각보다 피곤하거든요. 극복하고 싶습니다, 이젠."

그는 모든 말을 뱉고서야 오렌지 주스 한 모금을 마셨다. 액체를 삼키는 소리가 고요한 대기 속에서 분명하게 울렸다. 난 이런 이야기에 익숙하지 않은 편이었다. 김치를 두려워한다니 겪어본 적이 없다. 무슨 이야기를 해주어야 하나 고민하며 입술만 오므렸다가 다시 폈다. 그런 나의 곤란함을 눈치챘는지 그가 가방을 챙기며 자리에서 일어났다.

"이게 제 사연입니다. 다음 주 이 시간에 방문하면 될까요?"

"어어, 네네."

해야 할 말이 끝나자 곧바로 나갈 채비를 하는 모습에는 미련이 없었다. 매정하기보다는 굉장히 선을 지키는 듯했다. 손님이 아닌 비즈니스 상대와 대화를 나눈 것 같다는 착각이 들었다. 오히려 이 모습은 격식을 갖추는 사람이 내게 베푸는 배려였다. 억지로 공감을 쥐어짜지 않게끔 자리를 피해주려는 어른이었다.

"그때 뵙겠습니다. 아, 그리고 공간이 조금 썰렁하니 난방을 부탁드립니다."

찌르면 퍼런 피 나오겠다. 약점을 말하느라 잠시 흐트러진 모습을 재정비하여 각 잡힌 도시인으로 돌아간 그가 먼저 고개 숙여 인사를 건넸다. 나도 모르게 함께 일어나 식당 입구까지 그를 배웅했다. 사실 배웅이라기보다는, 엉겁결에 따라가고 있었다. 시계를 보니 고작 20분이 지난 상태였다.

"저기요."

한마디 위로라도 전해주고 싶었다. 그러나 해야 할 말이 떠올라서 그를 부른 건 아니었다. 고개를 돌려 나를 응시하고 있는 얼굴에선 의문이 보였다. 어, 일단 불렀는데 뭐라고 말해야 하나. 머리가 치열히 돌아갔으나 눈과 입이 머리의 신호만 기다리며 우왕좌왕하는 중이었다. 지체할수록 그의 얼굴을 더 오래 감상해야만 했다.

"선생님 이름…… 안 가르쳐주셨는데요."

아, 생각이랑 전혀 다른 이야기를 해버렸다. 이름을 물어보려고 부른 건 아니었다. '진솔한 이야기를 해주셔서 감사합니다.'

정도는 말하려고 했는데 너무 긴장했나 보다. 우물쭈물하며 바라보기엔 꽤나 호감형인 그의 얼굴 탓이었다. 나는 준수하게 생긴 사람을 보면 으레 긴장했다.

"제 이름은 변유현입니다."

그는 굉장히 납득이 되는 질문이라는 듯 매우 미안해하며 순순히 이름을 뱉었다. 나는 아무렇지 않은 척 "아하, 네." 하고 추임새를 넣고선 식당 문을 열어주었다. 그와 짧은 목례를 나누었다.

막상 식당을 떠나는 뒷모습을 보니 괜한 상념이 스멀스멀 피어올랐다. 이상한 곳으로 생각하면 어떡하지? 다음 주에 안 오는 거 아냐? 인터넷에 나쁜 후기 쓰면 어떡해? 아무래도 첫 시작이 개운하지 않았다. 첫 손님을 받아보니 자신감이 떨어졌다. 역시 좋은 셰프가 되기에 난 부족한 걸까.

한동안 포털 사이트 검색 기록엔 '김치 편식, 김치 먹게 하는 법, 김치 못 먹는 사람' 같은 키워드가 가득 찼다. 육아 카페부터 지식 공유 글까지, 전국에 있는 모든 김치 편식 사례를 수집할 기세로 읽었다. 아쉽게도 도움이 되는 건 없었다.

[아이가 김치를 못 먹으면 물에 헹궈서 주세요.]

잘 교육받은 성인에게 적용 가능한 일은 아니었다.

[김치를 아주 잘게 썰어 밥과 볶아주세요.]

이 정도로 성인 남성을 속일 순 없으리라. 찾아본 김치 편식 대응법이 대부분 어린아이를 상대로 한 것들뿐이었다. 어찌 보면 당연한 걸지도……. 척척박사들만 모아놨다는 인터넷이지만 내 비즈니스에는 무용했다.

돌파구는 오히려 책 속에 있었다. 심리적 편식을 깊이 알기 위해 정신심리학 관련 서적을 찾아 읽은 게 도움이 됐다. 의외의 사실을 발견했는데, 편식이란 음식에 대한 저항이 아니라 기억에 대한 저항이라는 것이었다. 맛과 식감, 재료 특성에 거부감을 느끼는 게 아니라면 편식자는 음식이 아닌, 그 음식에 얽힌 기억을 거부한다는 것. 그리고 책은 거부감을 공포 혹은 두려움이라 기술하였다. 유현 씨가 김치를 향해 표현하는 거부감도 일종의 두려움이었다. 하지만 두려움을 어떻게 없앨지가 관건이었다. 책도 그건 알려주지 못하더라.

"어으으으."

밤늦게까지 책을 읽다 보니 취침 시간이 눈에 띄게 늦어졌다. 피로가 심하게 누적돼 도저히 책상에 앉아 있지 못하는 상태가 됐다. 고3 때도 이 정도로 열심히 공부한 적은 없었다. 며칠간 읽었던 글자가 살면서 평생 읽었던 글자보다 훨씬 많을 거다. 결리는 어깨를 시계 방향으로 돌리며 풀어내려고 애썼다. 이왕이면 창밖의 시원한 공기를 마시고 싶어졌다. 거실 창 앞으로 직행했다.

"밖에서 보면 사람들 놀라."

엄마가 늦은 밤 대기를 휘젓는 내 몸짓이 이해되지 않는다는 투로 한마디를 던졌다.

"벌써 오십견이 왔나 봐."

특유의 유머로 받아치려고 했으나 사실 기분이 썩 좋진 못했다. 머릿속에는 온통 과제에 대한 걱정이 가득했다. 만약 금귀비 정찬 손님이었다면 어땠을까. 엄마라면 어떤 요리로 유현 씨를 위로했을까. 엄마에게도 두려움과 맞서 싸운 순간이 있었을까. 나는 넌지시 고개를 돌렸다.

"뭐야, 잘 안 돼?"

눈빛만 봐도 감정을 스캔하는 엄마에게는 망설임이 없었다.

"엄마도 어렸을 때 뭔가를 무서워해 본 적이 있어?"

"당연히 있겠지."

"금 여사도 무서움을 느끼다니."

엄마가 오른손을 턱에 괴고선 생각에 잠겼다. 한 번도 무언가를 무서워하는 걸 본 적이 없는데 고민하는 모습이 생경했다. 아빠가 떠났을 때도 엄마는 홀로 금귀비 정찬을 지켜냈다. 혼자 남겨진 자신의 삶을 포기하지 않았다. 그 모습엔 처절할 정도의 집념이 있었다. 그러므로 내 인생에서 엄마는 매우 강한 여자였다.

"자전거."

"자전거? 무슨 소리야, 몇 년 전에 산악용 자전거까지 산 여사님이."

"얘는⋯⋯. 나는 뭐 태어날 때부터 자전거 타면서 나온 줄 알아? 나도 처음엔 얼마나 무서웠다고. 그거 타다가 다리도 까지고 멍도 들고."

"그럼 어떻게 잘 타게 된 거야?"

"딱 한고비만 넘으면 돼. 정말 별거 아니구나, 깨닫는 한고비."

엄마가 검지를 세워 숫자 '1' 모양을 만들고선 흔들었다. 나역시도 기억이 났다. 자전거를 처음 탔을 때, 무릎을 적셨던 빨간 피는 나를 자전거 근처에도 못 가게 만들었다. 그 후로는 넘어지는 게 무서워 도전하지 못했다. 남들은 쉽게 타는데 왜 내몸은 거부하는 건지. 미천한 운동 신경을 개선하려는 의지보다두려움의 몸집이 더 컸다. 시도해 봤자 탈 수 없을 거라는 짐작이 나를 겁먹게 만들었다. 평생 자전거를 못 탈 줄만 알았다.

그러나 의외로 자전거는 별거 아닌 녀석이었다. 스무 살 때당시 어울렸던 친구들과 한강 둔치로 피크닉을 간 적이 있다.날씨가 좋으니 자전거를 대여해서 타자는 누군가의 즉석 제안이 받아들여졌다. 모두 마음에 드는 자전거를 골라 탔고 나는당황하며 자전거를 못 탄단 말만 연신 외쳤다. 하필 그들에겐자비가 없었다. 십년지기 우정은 칼로도 못 벤다던 동희마저 즐거워 보이는 얼굴로 매정한 말을 뱉었다.

"이참에 배워. 못 따라오면 너 놔두고 간다."

"무섭단 말이야."

"저기 앞에 봐봐. 일곱 살짜리 애기도 탄다, 야."

"나는 무섭다니까."

"먼저 갑니다요."

친구들은 뭐가 그리 재밌는지 자기들끼리 깔깔거리며 라이딩을 하기 시작했다. 혼자 자전거 대여 코너 앞에 남겨지는 게 싫어서 우왕좌왕하며 안장 위에 일단 몸을 실었다. 빨리 따라가지 않으면 이대로 남겨질지도 모른다는 생각에 발을 동동 구르다가 얼떨결에 앞으로 나아갔다. 조바심이 공포를 이겨버린 셈이었다. 바퀴가 굴러가는데도 넘어지지 않는다는 사실을 발견했을 때, 가장 먼저 든 생각은 '뭐야 별거 아니잖아?'라는 거였다. 정말 별거 아니었던 거다. 그냥 딱 한 번 눈 감고 앞으로 나아가면 그 후로는 넘어질 일도 없는데 난 그걸 몰랐다. 물론 그때 나를 배려해 주지 않은 친구들은, 동희를 제외하고 연락하지 않게 됐지만…….

아무튼 두려움은 결국 커다란 괴물이 아니었다. 자그마한 허들일 뿐. 두려움의 특성을 꿰뚫으니 머릿속에 전구가 켜졌다. 이제 문제는 그 허들을 처음 넘는 경험을 어떻게 요리로 승화시키냐는 것이었다.

"음식으로 두려움을 극복하게 할 수 있을까?"

마음의 전구 덕에 한결 밝아진 얼굴로 질문을 던졌다. 이제 올바른 방향만 찾는다면 금방이라도 유레카를 외칠 준비가 돼 있었다.

"계약서 조항 6번, 나에게 의존하지 말 것. 잊었어?"

"방금 완전 비즈니스적인 말투였어, 엄마."

"그래? 왠지 뿌듯하네."

깐깐한 사람이었다. 이 정도 힌트도 안 준다 이거지. 금 여사 야박하구먼. 괜히 엄마에게 앙탈을 부리곤 다시 어깨를 터는 행위에 집중했다. 과제 해결에 한 발짝 더 다가간 기분, 뜻밖의 수확이었다. 물론 아직 길이 다 보이는 건 아니었다. 두려움 극복과 맛있는 요리란 분명 다른 것이니까. 연결 고리를 찾아야 한다.

파프리카, 옥수수, 완두콩을 넣어 만든 형형색색 김치 리소토가 만족스럽지 못했다. 동치미 국물을 셔벗처럼 얼려 만든 음료도 김치 극복 요리로 보기에는 어려움이 있었다. 마지막으로 김치 갈비찜을 만든 다음 김치를 쏙 빼고 갈빗살만 플레이팅한 요리를 만들었다. 다 만들고 보니 김치 국물만 묻은 고기 찜이지 이건 김치 요리조차 아니었다. 김치 냄새를 빼기 위해 창문을 활짝 열어봤으나 역부족이었다. 3일 밤낮으로 김치만 만져댔으니 그럴 만도 했다. 대체 이 새콤한 음식으로 허들을 극복하는 경험을 어떻게 성공하느냔 말이다. 김치 자체를 허들로 삼는 사람에게 김치를 들이대면서 허들 극복하게 하기. 애당초 성립되지 않는 조건이었다. 정확히 딱 3일, 망쳐놓은 김치만 벌써 몇 포기일까. 기어이 물망초 식당을 찾은 엄마에게 등짝 두 대를 맞고서야 나는 앞치마를 던졌다.

"나 오늘 오후 반차."

"식당 주인이 무슨 반차야."

"머리가 복잡해서 리프레시 좀 하려고."

"김치 범벅된 싱크대 리프레시는 안 하고?"

세 번째로 등짝을 때릴 준비를 하는 손바닥을 피하기 위해 겨우 정리를 마친 후 식당을 나서려 했다.

"도망치면 안 돼."

그렇게 말하는 엄마에게 나는 도망치는 게 아니라고 말했다. 단지 내가 말했듯이, 머리를 좀 식히려는 것뿐이라고 몇 번이나 변명을 덧붙였다. 이윽고 요리에 대한 설교가 이어졌다. 최선을 다해 한 귀로 흘려보냈다. 다 듣고 있노라면 머리가 터져버릴 것 같았다. 그녀를 금귀비 정찬으로 모셔다드리고서야 겨우 목적지로 발을 돌릴 수 있었다.

시작부터 이래도 되나 싶을 정도로 어려웠다. 식당을 잘 운영하려면 요리만 잘하면 되지, 왜 내가 사람들 편식까지 신경 써야 해. 아무리 금귀비 정찬이 감성 케어 음식을 판매하는 곳이라고 해도 그렇지, 편식을 고치러 오는 사람은 없단 말이다. 그리고 김치가 얼마나 맛있는데! 매콤하고 새콤하고 시원하기까지 하다고.

그래, 인정한다. 자신이 없다. 내가 싫어하지 않는 음식을 두려워하는 사람을 위해 무슨 요리를 해야 할까. 의기소침해져 가는 길에 휴대폰만 꼼지락거렸다. 마침 타이밍 좋게 전화가 걸려왔다.

"망초! 오고 있어?"

"응, 곧 도착할 것 같아."

"오는 길에 호빵 좀 사다 주라. 호빵 가게가 하나 생겼거든. 아주머니가 수제로 판매하시는 곳인데 팥 둘, 야채 둘에 만 원이야. 물론 팥은 다 내 거다."

"만 원? 내가 내?"

"응! 입장료."

"맡겨놨니?"

"흐흐흐."

십년지기의 민낯이었다. 친구는 가업을 잇는 업무로 힘겨워하는데 호빵 서빙이나 시키다니. 친구 집조차 공짜로 들어갈 수 없는 현대사회. 김치보다 십년지기가 더 무섭다고 생각하다가 픽 웃음이 나왔다. 별 의미 없는 생각에 웃음이 나는 걸 보니 마음이 편해지고 있는 걸까.

동희는 고등학생 때부터 호빵을 유독 좋아했다. 겨울방학 보충 학습이 끝나면 우리는 하굣길마다 호빵을 쓸어 담았다. 자기는 볼에 살이 없는 편인데 호빵을 먹으면 볼이 빵빵해져 귀여워 보인다나. 내가 보기엔 귀여워 보이려고 하기보단 그냥 호빵을 좋아하는 애였다. 팥은 다 동희 몫이고 나는 주로 야채 호빵을 먹었다. 호빵을 볼에 빵빵하게 담으며 오물거리는 동희를 보는 게 우스워서 자주 따라 먹었던 게 기호로 자리 잡아버렸다. 같이 먹으면 즐거워지는 게 좋았다. 지금 흘러나오는 입가의 미소가 그때의 것과 같았다.

오랜 시간이 지나도 호빵 하나에 우리는 히죽거리며 눈을 맞추었다.

"준비가 완벽하네. 들어와라."

동희가 문을 열자 나는 문 앞에서 마음속으로 30초를 세었다. 멈춰 선 나를 보고 동희 역시 허겁지겁 거실을 정리했다. 하얀 털 뭉치를 안방으로 쏙 집어넣었다. 몇 달 전부터 이 집에서 살게 된 새 식구인데 나와 그리 친하지 않았다. 우두커니 선 30초는 서로를 위해 집주인이 공간을 분리하는 시간이었다. 준비된 카운트가 소진된 후 고개를 빼꼼 넣어 집 안을 둘러봤다. 주변을 살피고 발부터 조심스레 입장했다. 다행히 위협적인 생명체가 보이지 않았다.

"김치 셔벗도 꽝?"

"말도 마. 맛이 없더라."

"김치 없는 김치찜은?"

"최악이던데."

소파에 앉자마자 마음속 한탄에 육성을 덧입혔다. 지긋지긋한 김치 음식을 나열하다 보니 답답함이 씻겨 내려가는 기분이 들었다. 우리는 서로의 감정에 동화돼 함께 미간을 찌푸리고 또 눈꼬리를 움찔거렸다. 방문자의 고민에 섬세히 반응해 주는 주인장 태도가 언제나 나를 흡족하게 만들었다. 이윽고 집주인의 고민도 이어졌다. 그녀는 대리의 히스테리 탓에 직장 생활이 꼬이고 있다며 울분을 토해냈다. 우리는 서로 감정을 버리고 주워 담으며 각자의 응어리를 정돈했다. 해결되는 일이 하나도 없었지만, 목소리를 나누는 것만으로도 큰 위로가 됐다. 잔뜩 움츠러든 어깨가 펴졌다.

집 안에 입장하자마자 30분 동안 치열히 서로의 안부를 물었다. 이 정도는 으레 있는 인사치레였다. 쉬지도 않고 떠든 탓에 입 안이 짝짝 갈라짐을 느끼고서야 동희가 부엌에서 쟁반을 가져왔다. 그 위에는 내가 건넨 호빵 네 개와 우유 두 잔이 놓여 있었다. 아주머니가 은박지로 잘 감싸준 덕에 온기가 아직 남아 있었다. 차가운 우유와 먹으면 딱 좋을 궁합이었다. 손톱이 밀가루 반죽을 긁지 않도록 조심히 은박지를 벗겼다. 매끄럽게 빛나는 수제 호빵 겉면이 탐스러웠다. 아무거나 가져가려는 순간 동희가 내 손을 찰싹 내려쳤다. 황급히 올려다본 그녀는 탐탁지 않은 얼굴을 하고 있었다.

"첫입 가득 물었을 때 야채가 씹히면 얼마나 기분 나쁜지 아니?"

"또 시작이야."

문제가 있었다. 아주머니가 표시해 놓지 않은 탓에 무엇이 팥이고 야채인지 구별이 불가했다. 그녀는 곧 죽어도 팥 호빵파이며 예민한 혓바닥까지 갖고 있다. 첫입은 결코 싫은 걸 먹어서는 안 된다는 지론까지 주장했다.

동희는 호빵 네 개 중에서 팥 호빵을 찾으라고 지시했다. 황당했다. 겉으로 보기엔 다 똑같은 흰 빵이다. 아주머니가 빵 표면에 팥이라고 적을 일도 없지 않은가. 아무거나 먹으란 말이 목 끝까지 차올랐으나, 동그란 팥 호빵을 야무지게 베어 물면 행복해하던 얼굴이 떠올라 참았다. 제대로 고르면 볼 수 있는 미소였다. 코를 갖다 대고 냄새를 맡았지만 이미 봉지 안에서 냄새가 뒤섞인 탓에 구분하기 힘들었다. 조심스레 들어 빵 겉면을 좀 더 살펴봤다. 다행히 한 개의 빵 바닥에 팥 덩어리가 묻어 있는 걸 발견했다.

두 손에 호빵과 우유 컵을 나눠 들고 그녀에게 내밀었다. 밑고 먹어도 좋다는 신호였다. 그녀는 받아 들고서는 기대가 되는지 혀로 윗입술을 훔쳤다. 나도 호빵을 아무거나 하나 집었다. 내 몫이 무슨 맛인지는 먹어봐야 알 수 있었다. 배가 고프니 뭘 먹어도 좋을 테지. 우리는 우유를 한 모금씩 마시고 곧장 호빵을 베어 물었다. 위아래 앞니가 밀가루 반죽의 따뜻한 온기를 뚫고 맞물렸다. 그제야 혀에 감기는 자잘한 덩어리들. 이건 틀림없이 팥이었다. 달콤하고 되직한 결이 곧이어 어금니까지 들어찼다. 이건 내가 딱 좋아하는 당도의…….

"팥이라며."

눈 안에 담긴 그녀의 모습이 내 입 속의 즐거움과는 반대였다. 동희가 우물거리던 입을 멈춘 채 자신이 선택한 호빵의 단면을 보여주었다. 아뿔싸, 속 재료가 야채였다. 겉에 묻은 팥은 그냥 실수로 묻은 것이었던 모양이다. 동희가 불만 가득한 표정으로 야채 소를 꼭꼭 씹고선 잔소리를 뱉었다. 나는 팥 호빵을 먹는 내내 그녀에게 혼이 나야 했다. 아니 이 안에 야채가 들어 있을 줄 내가 알았나, 뭐. 치열히 대변했다.

"감쪽같긴 하네."

두 여자를 놀린 호빵이 어느새 대화 주제가 돼버렸다. 우리는 호빵 하나를 먹으면서도 한 시간을 너끈히 떠들 수 있었다. 우유 컵을 90도로 세웠지만 한 방울도 나오지 않았다. 죄다 마셔버렸다. 배도 부르고 입도 실컷 움직였으니 졸음이 밀려왔다. 집

주인은 공간이 주는 익숙함에 이미 취해 있었다. 나는 그녀를 따라 거실 바닥에 웅크려 누웠다. 몸에 힘을 풀었다. 나른한 기분에 집중하니 내 세상이 잠시 멈추었다.

살결을 스치는 부드러움이 특별했다. 잠이 깰 듯 말 듯 몽롱한 의식으로 눈을 감은 채 집중했다. 이 감각은 꿈일까. 힘을 쭉 빼고 손가락을 꼼질거려 봤다. 따뜻한 온도가 내 손 위에 포근히 내려앉았다. 꼭 먹다 남은 호빵 조각을 만지는 것 같았다. 손가락 끝에 조금 더 힘을 실어서 느껴봤다. 나른한 감각이 서서히 사라지고 의식이 돌아왔다. 얼마나 잔 걸까. 게슴츠레 눈을 떴다. 아직 세상이 누워 있다. 나는 따뜻함이 감돌던 손끝으로 시선을 돌렸다. 과연 무엇이 나를…….

"악! 개! 개! 동희야, 개! 저리 가!"

개였다. 질겁하며 손을 몸 쪽으로 거칠게 움직여 회수했다. 놀라 감춘 손이 축축했다. 순간 등허리에 소름이 쫙 돋았다. 잠결엔 그토록 포근했는데 눈을 떠 바라본 광경이란, 수년간 내 인생에 없었던 상황이었다. 내 호들갑에 녀석도 크게 놀랐는지 털이 쭈뼛 설 정도로 경계하며 뒷걸음질 쳤다. 하얀 몰티즈 새끼가 주인 품으로 숨었다. 동희는 내 목소리에 우왕좌왕하며 서둘러 녀석을 감쌌다. 그러고는 미간을 팍 찌푸리고 노려봤다.

"솜이가 무냐? 물어?"

"미안, 너무 놀라서 그만……. 알잖아."

"이 조그만 게 얼마나 무섭다고 호들갑이야."

동희가 잠에서 깬 것치고는 정갈한 목소리로 나를 나무랐다. 낮은 음성이 내 행동을 반성하게 했다. 품에 안긴 새끼 몰티즈가 나를 바라보며 연신 끙끙거렸다. 하얀 털 뭉치에 눈 두 개, 코 하나, 초코칩이 세 개 박혀 있었다. 간 떨어지게 놀라기엔 확실히 너무나도 작은 크기였다. 쩝, 귀엽긴 하네.

나는 개를 무서워한다. 지각을 면하기 위해 분주히 달렸던 등 굣길에서 들개에게 물린 적이 있다. 짖지 않는 동네 들개라 평소에 신경을 쓰지 않았다. 골목길 모퉁이가 녀석의 고정석이었는데 하필이면 그걸 까먹고 돌진했다. 위협적으로 뛰는 나를 보고 놀라버린 녀석이 발목을 물었다. 그 후로 나는 개를 무서워하게 됐다. 동희는 내 두려움의 인과를 알고 있는 유일한 친구였다. 작은 몰티즈 한 마리를 안방에 가둬준 이유이기도 했다. 하지만 이유를 알고 있는 동희마저도 언짢은 내색을 할 정도니 이번은 내가 민폐였던 게 맞다. 엄연히 저 녀석은 이 집의 새 식구인데 말이다.

살짝 부끄러워졌다. 스물아홉이나 먹고도 작은 개에게 큰소리를 치는 모습은 좋은 어른의 모습이 아니었다. 더군다나 소중한 친구네 가족에게 겁까지 줬으니. 개에게 물린 이후로 겁이 나서 피하기만 했다. 나를 위협하는 녀석인지 아닌지 분간하지 않았다. 저렇게 작고 동그란 녀석이 나를 해칠 수 있을 리가 없었다. 그저 개라는 이유로 무차별적인 두려움을 품었으며 상대를 배려하지 않고 표출했다.

동희가 놀란 몰티즈의 정수리를 쓰다듬으며 달랬다. 신기하게 울음이 잦아들었다. 주인의 손길을 알고 있는 눈치였다.

"미안."

침묵을 틈타 부끄러운 사과를 건넸다. 동희가 나를 가자미눈으로 째려보고는 한숨을 푹 쉬었다. 쥐구멍이 있다면 숨고 싶은 심정이었다.

"미안하다고 전해주라."

분위기를 만회하기 위해선 거듭 사과하는 수밖에 없었다. 눈알을 굴리며 눈치를 살폈다.

"생각해 보니 너, 몇 년 만에 강아지랑 접촉했네."

신기하다는 기색이었다. 동희가 대뜸 몰티즈를 내 쪽으로 보여줬다. 나는 깜짝 놀라 무의식적으로 몸을 뒤로 뺐으나 이내 눈을 똑바로 뜨고 하얀 털 뭉치와 시선을 맞췄다. 뒷다리를 아래로 쭉 늘어트린 어린 몸이 아무리 길게 봐줘도 내 두 손바닥 길이만 못했다. 가까이서 본 코는 손가락 마디보다 작았다. 형광등 불빛이 번져나가는 눈동자가 어여뻤다. 접촉했네, 이렇게 작고 약한 녀석이랑.

동희가 자기 새끼를 자랑하는 어미처럼 눈을 초롱거렸다. 그냥 이참에 귀엽다고 말해보라는 무언의 압박이 느껴졌다. 내가 뭔가를 말하기 전까지는 개를 치우지 않을 듯했다. 한 번도 이런 적이 없었던 친구인데 오늘은 작정했나 보다. 주인 손에 가슴팍을 포박당한 녀석이 입을 벌리고 다시 칭얼거리기 시작했다. 낑낑거리는 입 안에서 무언가가 꿈질거렸다. 말랑하고 번들거리는 물체였다. 선명한 분홍. 아깐 소스라치게 두려운 형체였는데 자세히 보니 참 작았다.

"얘는 안 물지?"

"물지 않는 개가 어디 있어."

"뭐?"

"흐흐흐흐, 농담이야! 얘는 아직 이빨도 다 안 났어."

손을 뻗어보았다. 손이 달달달 떨려왔다. 개도 긴장했는지 칭얼거림을 멈췄다. 나는 침을 꼴깍 삼켰고 집주인은 잔뜩 상기된 표정으로 고개를 끄덕였다. 우리 사이에 침묵이 꽉 들어찼다. 손을 내릴까 말까. 이 녀석의 정수리 위에 얹어볼까 말까. 이렇게 작은 녀석이라면 괜찮지 않을까. 선명한 의식으로 만져본 수년 만의 촉감이 남달랐다.

"봐봐, 진짜 귀엽지?"

주인이 이 모든 상황을 자랑거리처럼 바라보았다. 두려움을 극복한 건 나인데 왜 네가 더 기뻐하니. 앞니가 보일 정도로 히죽 웃는 동희의 입가에는 아까 털어내지 않은 야채가 묻어 있었다. 반쯤 켜졌던 머릿속 전구에 환한 불이 들어왔다. 역시 이 집에 오길 잘했다. 나는 그녀에게 이 개라면 식당에 데려와도 좋다고 말했다.

이번 도착 시간은 6시 57분이었다. 설마 지난번에 3분 늦었으니 지각을 만회하려고 3분 일찍 온 걸까. 유현 씨의 옷은 조금도 흐트러지지 않았다. 57분이라는 시간을 맞추기 위해 잰걸음으로 걸었을 법한데 말이다. 그는 참으로 엄격히 성장한 어른이었다. 오늘 난 그 어른을 첫 손님으로 맞이했다. 물망초 식당의 진짜 시작이었다.

"김치만두와 고기만두입니다."

"겉으로 보기에는 똑같네요."

"네, 하지만 맛은 분명 다를 겁니다."

"흠."

만두가 담긴 두 접시를 내밀었다. 한쪽은 김치만두처럼 살짝 주홍빛이 도는 만두고 다른 쪽은 보통의 만두였다. 편하게 드시라는 말을 끝으로 그에게 집기를 서빙했다. 검은색이 선명한 소분 접시를 고른 탓에 만두 색감이 극명히 대비됐다. 그가 손끝으로 공손히 만두를 가리켰다.

"너무 평범해 보이네요. 준비를 하신 게 맞는 건지……."

목소리에는 실망이 잔뜩 묻어 있었다. 하지만 난 실망하지 않았다. 아직 먹지 않았으니까. 목이 바싹 타들어 갔다. 손바닥에 간지러운 감각이 돋아나며 땀이 흘러나왔다. 긴장 속에서 그를 예의 주시했다. 어떤 만두를 먹는지 알고 싶었다. 정정당당하게 주홍빛을 뽐내는 만두를 먹지 않을까 하는 기대가 있었다. 젓가락이 망설임 없이 향한 곳은 아쉽게도 보통의 만두였다. 가장 잘 빚어진 것이 입 속으로 들어갔다. 그는 큰 입을 몇 번 오물거리더니 한숨을 내쉬었다.

"맛은 있네요. 야채 식감이 아삭하고 잡내도 없어요. 특이하게 뒷맛은 시원하네요. 좋은 야채를 썼나 봅니다. 그런데 맛으로 김치만두까지 먹게 하겠다는 생각인가 보죠? 이 정도로 해결되는 편식이라면 제가 이곳에 왔을까요."

나는 축축해진 손을 파리처럼 싹싹 비비며 되받아쳤다.

"횡성 한우를 다져 넣은 만두이니 준비한 것은 다 드시고 가셔요."

"돈을 내지도 않는데 좋은 식자재를 쓰셨군요."

"돈을 받지 않더라도 최선을 다해 만들었어요."

첫 접객이라 그런지 별거 아닌 말을 하면서도 여유롭지가 않앉다. 긴장이 심했던 탓에 어깨까지 움츠러들었다. 멋없게 보이긴 하겠으나 괜찮았다. 내 계획은 아직 끝나지 않았으니까.

탁. 출출했었는지 네 개의 보통 만두를 모두 먹은 후에야 그가 젓가락을 내려놓았다. 단말마의 비명과 같은 마찰음이 물망초 식당을 채웠다. 상냥하지 못한 소리였다. 분명 맛있었을 텐데 큰 실망이라도 한 듯 그의 표정이 일그러져 있었다. 그런 유현 씨에게 질문을 던질 차례였다. 내 순서가 온 거다.

"다음에도 이 만두를 먹을 의향이 있으신가요?"

긴장감 때문에 말끝이 조금 떨렸다. 그는 겉모습만큼이나 엄격한 눈으로 나를 바라보고는 식당 모퉁이로 대충 시선을 돌렸다. 이 상황을 좋지 않게 생각하고 있으리라. 주눅 들지 않고 더 상냥한 목소리로 재차 물었다. 조금 기다린 끝에 그가 답했다.

"아까도 말했듯이 맛은 있네요."

됐다. 그거면 됐다. 기쁜 마음에 손뼉을 쳐버렸다. 작은 소란에 차가운 눈동자가 다시 나를 향했다. 곧이어 원망이 이어졌다. 편식을 고쳐준다고 해서 왔는데 약속이랑 다르다며 말이다. 그래, 당신은 고작 고기만두를 먹으러 여기까지 온 게 아닐 테지. 그가 내뱉는 원망에서 진정성을 느꼈다. 다행이었다. 나의 준비는 값어치가 있었다.

"유현 씨가 방금 드신 것이 김치만두입니다."

부엌에서 볼을 가져와 보여주었다. 그가 선택한 만두에 들어 있는 속 재료였다. 그는 고기와 야채가 뒤섞인 재료를 보고는 더 얼굴을 찌푸렸다. 꼭 어린아이의 장난에 놀아난 어른 같았다.

"차이가 있다면 백김치를 사용했으며 아주 잘게 다졌습니다. 살짝 볶은 한우에서 나오는 육즙을 만두피 겉면에 발라 김치 향을 죽였지요. 두부를 적당히 섞어 부드러움도 더했고요. 야채로 느껴지는 식감은 모두 백김치의 식감입니다. 찌는 조리 과정을 거치더라도 배추 속에 백김치의 특색이 배어 있을 거예요. 뒷맛을 살짝 받쳐주는 시원함이 그 증거입니다."

"이게 김치만두라고요? 그럼 이 주황색 만두는 뭔데요?"

"만두피에 당근 가루를 갈아 넣어 김치만두와 유사한 주홍빛을 구현했습니다. 덕분에 두 만두의 대비가 극명하죠. 고기만두이니 드셔보세요."

"이게요?"

믿을 수 없다는 얼굴이었다. 고개를 오른쪽으로 갸우뚱거리더니 주홍빛 만두를 얼른 집어 먹었다. 천장을 바라보며 골똘히 씹다가 그는 냅다 고개를 돌리더니 강한 어조로 말했다.

"뭐야, 이것도 김치만두잖아요."

"그 만두는 백김치 만두보다 고기가 더 많이 들어갔어요. 차이가 있다면 백김치가 아닌 보통 김치가 들어가서 김치 향이 더 세게 느껴지는 것뿐. 김치만두면서 고기만두이기도 하죠."

"말장난 같기도 하고 아닌 것 같기도 하군요."

"분명한 사실은, 먹기 전까지는 알지 못한다는 점이에요."

겉만 봐서는 두 만두의 진짜 맛을 알지 못한다. 경험은 눈으로 하는 게 아니다. 오감을 다 사용해 겪어낸 후에야 기억으로 남게 된다. 자전거를 타지 못했던 내가 앞으로 나아갈 수 있었던 건 두 발로 페달을 밟았기 때문이다. 개를 두려워하는 것을 극복한 것 역시 녀석을 직접 만졌기 때문이고.

두려움은 허들처럼 우리를 가로막지만 별거 아니다. 매우 견고하게 느껴지나 사실은 높지도 않다. 용기를 내 다리를 뻗어 넘어버리면 그대로 끝나버린다. 우리는 한번 넘은 허들을 뒤돌아보지 않는다. 자전거를 배우면 그 이후로는 자전거를 무서워하지 않게 되듯이. 개의 귀여움은 말할 것도 없다. 김치는 사람을 죽음으로 몰아넣는 음식이 아니다. 김치는 나약하다. 아무런 힘도 없다. 과거의 괴로운 기억으로 높은 허들인 척 허세를 부릴 뿐이다. 한번 이겨내면, 그만이다.

동시에 알고 있다. 실체가 초라한 허들이라 할지라도 당사자에겐 얼마나 큰 위협이 되는지를 말이다. 친구들 모두가 탈 수 있었던 자전거를 나는 넘어진 적이 있다는 이유로 무서워했다. 몰티즈가 작은 동물임을 알면서도 개라는 이유로 두려워하기도 했다. 그러니 허들을 넘기 위해 꼭 하나의 행동을 취하라면, 그건 온몸에 힘을 주는 게 아니다. 그냥 아주 잠시만, 눈을 감는 거다. 눈을 감고 두 다리를 뻗어 넘으면 된다.

나는 유현 씨가 해내리라고 믿었다. 빵 안에 야채가 들었다고 말하면 동희는 절대 야채 호빵을 먹지 않겠지. 유현 씨도 마찬가지다. 그를 위해 나는 이런 짓을 했다. 결국 유현 씨가 받은 선택지는 모두 김치만두였다.

"겉과 속이 일치하는 게 세상에 얼마나 될까요?"

그는 물을 한 모금 마시고 입을 헹구었다. 고개를 까딱거리곤 생각에 잠긴 표정을 지었다. 이윽고 팔짱을 낀 채로 먼 곳을 바라보았다. 나는 단 한 명의 고객을 위해 침묵했다. 조금은 절박한 얼굴로 고요한 시간 내내 그를 바라봤다. 그의 정갈한 입에서 침이 튀었다.

"파하."

그가 황당함이 뒤섞인 미소를 보여주었다. 엄격했던 모습이 살짝 흐트러졌다. 유현 씨의 손이 길을 잃고 앞머리를 몇 번 스치더니 이내 만두 근처로 향했다. 어이가 없다는 듯이 퉁명스레 남아 있는 만두를 젓가락으로 몇 번 찔러댔다. 장난기가 있었다. 아이의 농간에 당해버린 어른이 이내 자신도 갚아주겠다는 듯 주홍빛 만두를 반으로 갈랐다.

"이야, 만두로 장난치신 거네요."

물음에 악의가 없었다. 나는 그런 유현 씨의 모습에서 처음으로 덜 자란 아이의 천진함을 보았다. 그는 새빨간 김칫소를 보아도 돌아서지 않았다. 김치만두도, 유현 씨도 모두 제자리에 있었다. 나는 깨끗한 접시에 주홍빛 김치만두 하나를 올렸다. 수분이 마르지 않아 여전히 겉면이 반질반질 빛났다.

"이 김치만두는 이제 유현 씨를 괴롭히지 않아요."

"그렇겠죠……."

"하지만 유현 씨가 겁을 낸다면, 언제까지고 괴롭힐 수 있어요. 뒷걸음질 치는 사람은 괴롭히기 쉬우니까요."

"……."

기다렸다, 당신이 이 만두를 스스로 먹어주기를. 숨 막히는 침묵이 다시 물망초 식당을 채웠다. 괜찮았다. 고작 만두 하나가 담긴 접시일 뿐이다. 내 팔을 아프게 하지 못했다. 또한 당신의 어깨를 짓누르지도 못할 거다. 김치를 둘러싼 과거의 기억을 지우진 못하지만, 그 모든 기억 속에 자리 잡았던 김치가 사실은 용감한 당신에 비해 아무것도 아니란 점 정도는 전달할 수 있기를…….

"딱 한 입 크기네요."

유현 씨가 만두를 입 안에 넣어주었다. 처음엔 속임수에 속았다지만 이제는 아니었다. 그는 이 만두가 어떤 재료를 품고 있는지 알고 있다. 그래도 스스로의 의지로 음식을 품었다. 김치는 더 이상 그에게 허들이 될 수 없을 거다. 입 안에 굴러가는 김치만두의 촉감과 맛, 향기, 따뜻한 식당의 조명, 모든 오감으로 만들어질 새로운 기억일 뿐이다. 더 경쾌히 씹어주길, 꼭꼭 씹어

부디 이 용기를 잘 삼켜주길······.

우리는 조금 더 이야기를 나누었다. 그는 대체 어느 마트에서 이런 한우를 구매한 거냐고 물었고, 나는 잠시 곤란해하다 계약된 축산 센터라고 말했다. 자신이 고기를 구매할 수 없는 곳임을 알게 된 그가 퍽 서운한 표정을 지었다. 나는 냉장고로 달려가 남은 고기 조금을 소분하여 주었다. 덧붙여 10분 정도 오늘 만든 만두 레시피를 알려줬다. 오늘 만두의 모티프는 피가 두꺼운 야채 호빵이란 말을 남겼을 때, 그가 한 번 더 웃음을 보였다. 홀가분한 미소였다.

"앞으로도 김치를 잘 먹을 수 있을지는 모르겠지만 좋은 경험 하나 얻었네요."

"오늘 먹었던 김치만두만 생각해 주세요. 정말 아무것도 안 되는 작은 만두만."

나는 손가락을 동그랗게 모아 작은 만두를 흉내 냈다. 한 주먹보다도 작은 크기였다. 그가 고개를 끄덕이곤 사인을 남겨주었다. 'byun.' 그가 가진 성이었다. 획수가 간결하고 재빠른 사인, 내가 얻어낸 첫 번째 서명이었다. 나는 눈높이가 배꼽과 같아질 정도로 크게 허리를 접어 감사 인사를 건넸다. 앞으로 김치를 얼마나 능수능란하게 극복할지는 그에게 달렸다. 오늘 내가 이끌어낸 건 작은 성취일 뿐이다. 앞으로도 두려움을 이겨내고 오늘처럼 허들을 뛰어넘기를 진심으로 바랐다.

벌써 식당 창문에는 달이 걸려 있었다. 그가 사용한 볼펜을 돌려주고선 식당 문을 열었다. 일주일 동안 그를 위해 고민했다. 치열한 시간이었다. 어쩌면 이제 다시 못 볼 손님이라고 생각하니 마음 한구석이 허전해졌다. 그를 생각하는 동안 혼자 정이라도 들었나 보다. 기억에 남을 인사말을 해주고 싶은데 마땅한 말이 떠오르지 않았다. 첫 번째 손님을 허무하게 보내긴 싫었다.

"값어치 있는 시간이었습니다."

그가 내 인사의 반절만큼 고개를 푹 숙였다. 당황스러운 표현에 나는 손사래를 치며 놀란 시늉을 했다. 인사는 내가 더 해야 할 입장인데 받아버렸다. 값어치 있는 시간이라니, 나 꽤 잘했나 본데? 가슴이 라테 속 마시멜로처럼 따끈히 녹은 느낌이었다. 생전 처음 느껴보는 성취감에 대응하느라 얼굴도 제대로 바라보지 못했다. 결국 난 아무 대답도 하지 못했다. 유현 씨는 재빨리 엄격한 사람으로 돌아섰다. 일자로 곧게 걸어갔다. 주름 하나 없이 팽팽한 셔츠 등판이 유독 넓어 보였다. 마지막으로 돌아선 유현 씨의 얼굴이 궁금했지만, 이름을 부르지 않았다. 언제 어디서나 행복하길 진심으로 바라기만 했다.

식당으로 돌아와 온수를 틀었다. 남겨진 설거지가 있었다. 접시와 젓가락을 씻어내며 오늘 보았던 얼굴을 떠올렸다. '뭐야 이것도 김치만두잖아요.' 되묻던 표정이 떠올랐다. 칭찬받은 순간을 몇 번이고 되풀이하는 아이처럼, 그가 만두를 먹던 장면을 머릿속에서 반복 재생했다. 내가 한 거라곤 그저 만두를 빚어낸 일뿐이다. 그게 나를 이만큼이나 즐겁게 하는구나. 실전 접객이란 이런 거구나. 오늘의 경험을 잊지 말아야겠다.

"문망초 씨 배달이요."

웬 여자의 목소리가 들렸다. 젖은 손을 앞치마에 대충 닦고 입구로 달려갔다.

"편의점에서 음료수도 사 왔어요. 배달비는 특별히 공짜입니다."

동희가 익살스러운 표정으로 검은 봉지를 내밀었다. 호빵 가게 장사가 잘되는 탓에 세 개밖에 사지 못했다면서. 그런데 낯선 손님이 하나 더 있었다. 흠칫 놀라며 몸을 뒤로 뺐으나 내가 했던 약속을 기억해 냈다. 이 녀석이라면 내 식당 문을 넘어도 돼. 이제는 무섭지 않았다. 오늘 서명을 얻어내는 데 녀석도 큰 공헌을 했다. 오히려 기특해 보였다. 동희와 함께 소파 한 자리를 차지한 녀석에게 다가갔다. 용기 내 손끝으로 정수리를 톡 건드렸다. 보드라운 털이었다.

"첫 번째 성공 축하한다."

아직 동희에게 오늘 일화를 브리핑하지는 않았는데……. 어떻게 알았느냐고 되물었다.

"방금 나간 검정 셔츠 남자."

유현 씨 인상착의였다.

"웃고 있더라고."

나는 하얗고 보드라운 언덕을 손 하나로 폭 감쌌다. 애정을 담아 이리저리 흔들었다. 착하게 쓰다듬어지는 둥근 머리였다. 녀석이 편안하다는 듯 눈을 지그시 감았다. 나와 너 그리고 유현 씨에게 모두 좋은 밤이구나. 선명한 확신이었다.

바람개비가 돌고 있었다.

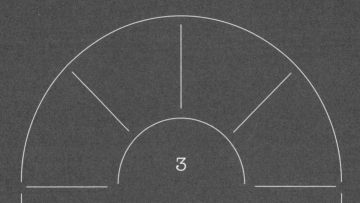

3

슬픔을 이겨내는 족발

온종일 족발 물을 끓였다. 레시피 서적에서 본 한약재가 별로였다. 좀 더 가벼우면서도 돼지 족과 어울리는 게 필요했다. 두 번째 손님이 향신료를 좋아하지 않기에 향으로 승부를 봐서는 안된다. 그는 마라탕이나 똠양꿍조차 향 때문에 먹지 못한다고 했다. 다른 접근이 필요했다. 다행히 돼지고기 결을 살려 익히는 작업은 수월했다. 급하게 구매한 후족으로 몇 번 연습해 보니 금방 터득할 수 있었다. 시중 프랜차이즈 품질 정도의 부드러움은 흉내가 가능했다. 이제 관건은 두 가지였다. 하나는 결을 유지하면서 어떻게 향신료 없이 잡내를 잡느냐다. 육수 앞에서 버티는 시간이 길어지고 있지만 괜찮다. 첫 번째 손님 경험 이후로 도전 욕구가 더욱 커졌다.

다만 이번에도 두 번째 문제는, 어떻게 편식을 고치느냐였다. 가까운 시일 내 완성할 족발을 이 손님에겐 어떻게 먹여야 할까, 실마리를 찾기 힘들었다. 머리가 지끈거렸다. 서둘러 생각을 거두고 육수에만 집중하려 했다. 일단 오늘은 족발 육수만 연구하자.

두 번째 남자는 나보다 세 살이 많았다. 공공 기관에 재직 중인 행정원이며 취미는 넷플릭스로 영화 보기, 특기는 영화광인 척 심오한 평론을 쓰는 것이라고 했다. 좋아하는 음식은 미나리된장국이고 키우는 고양이는 노르웨이숲 암컷인데 식탐이 강해서 고민이라더라. 그는 이만큼이나 붙임성이 좋은 사람이었다. 한참 동안 쓸모없는 정보들을 들어주며 시간을 버렸다.

"편식하시는 음식은 무엇인가요?"

"음식이요. 제가 또 음식을 상당히 좋아하는데요. 바닐라 아이스크림 같은 디저트도 음식으로 쳐주는 거 맞죠? 굉장히 부드러우면서도 혀에 착착 감기는 것이 아주 퍼펙트⋯⋯."

인내가 소진되는 걸 실시간으로 느껴야 했다. 본론으로 이끌기 위해 거듭 주제를 바꾸려 했으나 그때마다 다른 방향으로 달아났다. 도대체 이 남자는 뭘 하러 여기에 온 걸까. 나는 무료 말벗이 아니었다. 인내가 분노로 바뀔 때쯤 겨우 눈치챌 수 있었다. 이 사람, 사력을 다해 도망치는 중이구나 하고. 5년 전 이야기가 그때야 나왔다. 의도가 들통 난 도망자는 더 이상 웃지 못했다.

"족발은 저에게 사랑이자 노력이었습니다."

잊지 못하는 사람이 있었다. 족발을 가장 좋아한다고 말하는 상대를 위해 첫 만남 때 족발을 먹으러 갔다. 애프터를 신청할 때도 맛있는 족발집을 한 군데 더 안다며 그녀를 꾀었다. 이후 사랑이 깊어진 후에는 그녀 집 근처 배달 족발집을 모두 섭렵할 정도였다. "콜라겐으로 피부가 좋아진다니까 먹는 거야."라고, 음식을 밝히는 모습으로 비칠까 노파심에 그녀가 갖다 붙인 핑계까지도 그는 사랑스럽게 보았다. 본래 향이 강한 음식을 선호하지 않음에도 족발만큼은 그녀를 위해 먹고 또 먹었다. 자신도 모르게 가장 좋아하는 음식으로 족발을 말하게 될 만큼이었다. 하지만 함께하는 식사 시간이 쌓일수록 현실이 그들을 빠르게 쫓았다.

"연애는 환상이 아니더라고요."

"어려운 문제가 있었나요?"

"그 사람 발목에는 족쇄가 하나 있었어요. 장녀에다 부모님도 넉넉하지 않으셨어요. 저보다 먼저 취업을 해서 마냥 안심했었는데, 제가 한심했지요. 그 사람을 위해서 제일 먼저 해줘야 했던 건, 저도 자리를 잘 잡는 일이었어요."

"마음이 좋지 않았겠어요……."

"여러 번 기다려줬는데 자꾸만 채용 공시에 떨어졌어요. 왜 그때는 더 잘하지 못했을까요?"

"누구에게나 때가 있는 법이고 가끔은 그게 내 바람을 빗겨나 가기도 하죠."

"그런가요……. 그녀와 같이 먹었던 마지막 음식도 족발이었 네요."

족쇄는 차가웠다. 그가 온 마음으로 데워낸 손도 족쇄를 달구 진 못했다. 사뭇 다른 온도가 그녀의 다리를 타고 온몸을 휘감 았으리라. 홀로 남겨진 그가 번듯한 직장을 가졌을 땐, 그녀의 곁에 다른 이가 있었다. 이후 지금껏 그는 족발을 먹지 않았다. 아니, 먹지 못했다.

"아휴, 제가 감정 표현에 서툴러서…… 죄송합니다. 얄궂네요."

"괜찮습니다."

웃으며 자신의 이야기를 읊던 두 눈이 살짝 붉어져 있었다. 참으로 뻔한 사랑 이야기, 그 진부한 사연이 한 사람을 괴롭히 고 있었다. 누구나 하는 사랑, 너나 나나 하는 사랑이라지만, 그 흔한 감정을 참으로 각별하게 느끼는 존재가 사람이다. 밝아 보 이는 사람에게도 상처가 있다. 이번 적수는 괴로움이나 두려움 이 아니었다. 나는 누군가의 5년 전 사랑과 맞서 싸워야 한다.

나도 참 어쩔 수가 없다. 눈물 좀 봤다고 금방 마음이 약해져 서는 이리도 최선을 다해 족발 물을 끓여내고 있으니 말이다. 구해주고 싶었다. 한 음식을 5년이나 미워하는 게 얼마나 힘든 일인지, 5년이나 누군가의 기억에서 벗어나지 못하는 심정이 어떠한지 짐작조차 되지 않았다.

국자로 육수를 휘저으며 계속 집중했다. 내 요리가 힘이 돼줄 수 있을까. 과거의 그녀를 이길 수 있을까. 머리가 더 지끈거렸다. 오늘은 편식 개선보다 족발에만 집중하려고 했는데 어렵다. 관자놀이가 아프다. 머릿속에서 그녀가 큰북을 친다. 사무치는 슬픔이 나까지 덮치려고 한다. 어찌나 세게 흔드는지 땅까지 울렁거려 핑핑 돈다. 아무래도 무리다.

두통약 두 알을 급히 삼켰다. 한 알이면 충분한 걸 알고 있다. 하지만 아파선 안 된다. 빨리 두통을 잠재워야만 한다. 물망초 식당을 오픈하고 컨디션 관리를 잘해왔는데 오늘 불 앞에 너무 오래 있었나 보다. 찬물을 들이켜고 샤워까지 했다. 속이 시릴 만큼 온도를 급격히 낮췄으나 머리가 계속 어지러웠다. 일시적인 두통일 뿐이라도 허용할 수 없다. 아프면 안 된다. 절대로, 절대로 나는 아파선 안 된다. 계약을 이행해야 해. 실패해선 안 돼. 무슨 일이 있더라도 꼭 내 힘으로 서른이 되기 전에 가업을 물려받아야 해. 약효가 미미했다. 빨리 약발을 받으려면 역시 씹어 삼켜야 했나.

"낮에도 두통약 먹었다며. 또 먹게? 평상시에 몸 좀 챙겨."

"그러는 엄만 오늘도 10시가 다 돼서야 들어왔어?"

괜히 신경질적으로 물었다. 나뿐만 아니라 '우리'가 아프면 안 되는 이유를 알면서 왜 말려. 나도 모르게 엄마를 노려봤다. 엄마는 조금 놀란 기색이었다. 두통 때문에 예민해졌나 보다. 괜한 싸움을 만들고 싶지 않았다. 말리는 엄마의 손을 뿌리치고 약을 손바닥 중앙에 놓았다. 반대쪽 손으로는 물컵을 잡았다. 별거 아닌 편두통이다. 약 하나를 간단히 털어 넣으면 금방 끝날 고통.

"넌 저녁도 안 먹고선⋯⋯."

자꾸만 욱욱 치밀었다. 왜 내가 저녁도 먹지 않고 빈속에 약을 털어 넣을까. 엄마가 할 수 있는 거라곤 뜨거워진 머리에 물수건 올리기, 말로 걱정하기, 근심 가득한 표정 짓기 정도다. 엄마가 왜 아픔에 무력한지 알고 있다.

"걱정되면 죽이라도 챙겨줘."

괜한 말을 해버렸다. 엄마는 죽을 먹을 수 없는 사람이다. 그리고 나는 엄마의 결함에 화가 난다. 이 분노가 시작되는 지점을 정확히 인지하고 있다. 하지만 감히 설명하지 않았다. 아무리 화가 나도 서로에게 그래선 안 된다. 이건 우리가 지켜야 하는 몇 개 없는 규칙 중 하나였다. 엄마는 말없이 찬장에서 인스턴트 잣죽을 하나 꺼냈다.

"이거라도 데워줄까?"

내가 예전에 비상용으로 사놓은 것. 엄마가 준비한 제품조차 아니었다. 목구멍 끝까지 차오른 갑갑함이 해소되지 않았다. 엄마 있지, 나는 오늘 고민할 거리가 정말 많아. 이런 일 따위에 또 마음 쓰고 싶지 않아. 잘 알잖아. 속으로만 거듭 삼켰다. 건네받은 죽을 들어 전자레인지가 아닌 방 책상 위에 신경질적으로 내려놓았다. 물건에라도 화를 풀어야겠다. 쾅. 굉음이 거칠게 울렸다. 문을 닫고 침대에 팍 누워 이불을 머리 끝까지 덮었다.

나와 엄마는 아파선 안 되는 사람이다. 아파도 우리가 할 수 있는 건 겨우 인스턴트 잣죽으로 서로를 위하는 일일 뿐이니까. 아빠가 떠난 이후 모녀에게는 깊은 흉터가 하나 남았다. 엄마의 흉터는 죽이라는 음식을 거부하는 형태로 발현됐다. 그녀는 죽을 만들 수 없으며 또 먹을 수 없는 사람이 됐다.

"미안해."

기어들어 가는 목소리가 닫힌 문을 기어코 넘었다. 짜증이 났다. 사과해야 하는 건 난데 사과를 받으니까 더 화가 났다. 우리는 이름대로만 살아야 해. 아빠가 해줬던 말처럼 늘 피어나는 꽃과 같이 살아야 한다고. 엄마랑 난 아파도 극복하지 못하는 사람이잖아, 그러니 절대로 아프면 안 돼. 한숨 자고 나면 다 괜찮아질 거다. 지끈거리는 편두통은 잠시일 뿐이다. 정신 차리자. 가뜩이나 중요한 때잖아. 감정을 자꾸 소모해선 안 돼. 이 지겨운 무기력함에 잠겨서도 안 되고.

시동을 걸었다. 도착지까지 예상 시간은 50분이었다. 내비게 이션 지시에 따라 고속도로를 타기로 했다. 직접 운전해서 수원 까지 가는 건 처음이라 조금 긴장됐다.

"지금 네 모습을 두 글자로 뭐라고 하는지 알아? 객기야, 객기."

"너무하네."

"꼭 객기 부려야 해?"

"응, 혹시 길 잘못 들면 그때 바꿔줘."

동행하는 동희를 겨우 안심시켰다. 어젯밤과 오늘 아침에 약 을 챙겨 먹은 덕에 이제 괜찮다. 내 나이 또래 여자들이라면 많 이들 편두통이 있지 않은가. 동희 품에 안겨 있는 녀석이 눈치 가 없어 다행이다. 주인처럼 잔소리를 하지 않으니, 이제는 편안 히 녀석을 쓰다듬었다. 내 손을 기억하는지 냄새를 한 번 맡고 는 혓바닥을 내밀어 헥헥거렸다. 참 귀엽긴 하단 말이지.

이번 손님을 묻는 동희에게 그가 말한 갖가지 정보들을 하나 도 빼놓지 않고 설명했다. 동희는 나와 똑같은 지점에서 지쳐버 렸다. 곧이어 사연을 말해주고 나름대로 괜찮다 싶은 방법을 추 천받았지만 내키지 않았다. 아픔을 고려하지 않고 단지 치즈 족 발이나 불족발을 준비하는 것으로는 편식을 고칠 수 없으리라. 어떻게 마음을 치유할까. 동희가 연상해 낸 온갖 족발 종류에 무표정으로 답을 대신했다. 동희는 집요한 구석이 있어서 별별 요리를 다 읊어댔다. 슈바인스학세까지 제안받고 나서야 나는

"메뉴는 나중 문제야." 하고 억지로 웃으며 동희를 멈추었다. 그녀는 입을 비죽 내밀고는 딴 얘기로 화제를 돌려버렸다.

납품 업체에 도착해 사장님과 인사를 나누었다. 구면이었다. 그는 이전에 보았을 때보다 부쩍 나이가 들어 보였다. 이곳은 금귀비 정찬과 납품 계약을 맺고 있지만, 고정 주문량이 많지 않았다. 그래서인지 나를 보자마자 발주량을 문제 삼았다. 나름 좋은 가격에 주고 있는데 서운하다는 불만이었다. 하지만 어쩔 수 없었다. 금귀비 정찬에는 정해진 메뉴가 없으며 손님 요구에 따라 개인 식단을 제공한다. 돼지 족을 사용하는 요리가 언제 필요할지 가늠하기는 어렵다. 식자재 회전율을 예상하기 어렵다면 소량 매입 후 선입선출식으로 사용하는 길이 최선이다. 대신 무조건 고가의 양품을 매입하며 한번 계약을 맺은 업체와는 꾸준히 거래했다. 납품 업체가 말하는 불만이 무엇인지 알고는 있으나 지금 내 선에선 해결하지 못하는 것이었다. 신선한 한돈 전족 소량을 단박에 얻을 줄만 알았는데 쉽지 않았다. 하긴 웃긴 그림이긴 하다. 아무리 금귀비네 딸이라고 해도 그렇지, 유통 업체에까지 와서는 최상품 전족을 달랑 네 쪽만 사겠다니.

예산 안에서 해결해야 했으므로 그가 제안한 수량을 구입할 수는 없었다. 필요 물품을 모두 지급받는 물망초 식당이었으나 재료 사입에 정해진 예산을 초과해선 안 된다. 돈을 잘 관리하는 것도 예비 경영자의 필요 자질이라나 뭐라나. 금귀비 정찬과 계약을 맺은 곳이니 응당 재료를 잘 줄 거라고 생각했는데 내가 너무 세상을 만만히 봤나 보다.

"이 가격으로 안 돼. 차라리 전족 후족 섞인 혼족으로 가져가세요."

"전족이어야 돼요."

"후족도 그 가격엔 안 돼요. 더군다나 한돈 전족을……."

"어떻게 안 될까요?"

"요즘엔 많이 도와주시지도 않잖아요."

계획이 다소 틀어졌다. 양품 전족이 필요한 사실엔 변함이 없었다. 아무리 좋은 육수를 만든다고 해도 정작 입으로 씹어내는 고깃결이 최상이 아니라면 풍미가 줄어든다. 냉철한 거절에 주눅이 들긴 했으나 동희를 데리고 서둘러 가게를 나섰다. 다행히 근처에 동종 납품 업체들이 많았다. 개인 명함을 가져오길 잘했다. 오너 자리를 갖게 된다면 가장 먼저 금귀비 정찬 CEO 명함부터 파야겠다.

화창한 날씨가 더 독이 됐다. 구름이라도 껴 있으면 가는 길마다 그늘일 텐데. 지나치게 화창한 햇살이 어젯밤의 두통을 다시 불러왔다. 아침에 먹은 약의 효과가 오후 3시를 넘기지 못했다. 속까지 울렁거렸지만 참아야만 했다. 나빠지는 표정을 눈치챈 동희가 거듭 손수건을 내밀었다. 괜찮은 척을 하기 위해 몇 번이나 거절했는데 식은땀을 숨기기 어려웠다.

꼭 양품 전족으로 구하고 싶었다. 요리사로서의 고집이다. 총 네 군데 납품 업체를 방문했고 똑같이 입씨름을 했다. 넉살 좋은 동희의 지원까지 더해졌으나 응해주는 곳이 없었다. 고작 국산 돼지 앞다리 네 개 구하는 일이 이렇게 어려울 줄이야. 대충 집 근처 식자재 마트에서 사버릴까 하는 마음이 들었으나 어금니를 꽉 깨물어 참았다. 이왕 하는 거 잘하고 싶다. 김치만두를 먹으며 옅게 미소 짓던 유현 씨를 떠올렸다. 그 미소를 두 번째 손님에게도 선사해 줄 수 있으리라 믿는다. 최선을 다할 거다.

"아가씨, 소매상이야?"

"아니요, 마포구 금귀비 정찬 관계자입니다. 여기 명함이요."

"아, 이제 보니 문 사장이랑 닮았네."

"정말이요? 오랜만에 들어봐요."

"판박이구먼, 뭘."

다섯 번째 사장님이 아빠를 알고 있었다. 그는 돼지 족과 더불어 족발 소스도 납품하고 있었다. 주방에서 본 소스 병이었다. 기회를 놓치지 않고 아첨을 떨었다. 내가 경영권을 갖게 되면 이 업체에 발주를 많이 넣겠다며 보이지 않는 종을 열심히 흔들어 댔다. 덕분에 그를 겨우 설득했다. 사장님은 잘 부탁한다는 말과 함께 전족 네 개를 포장해 주었다. 한눈에 보아도 색감이 우수했다. 보관 상태가 양호했고 절단면도 깔끔했다. 오래되지 않은 상품임이 틀림없었다. 걱정을 한시름 덜었다. 역시 오길 잘했다.

물건을 챙기고 차에 타서 시동을 걸자마자 재빨리 에어컨을 틀었다.

"에어컨 켤 정도는 아닌데."

뒷좌석을 휘적거려 카디건 하나를 잡아 끄집어냈다. 툴툴거리는 동희의 허리께를 감싸며 강아지도 덮어주었다. 감기를 이겨내기엔 너무 작은 몸이니 배려가 필요해 보였다. 말없이 운전대를 잡았다. 여기서 집까지 다시 50분. 아무래도 중간에 동희와 바꾸어야 할 것 같다. 상태가 아주 좋지 않다. 어젯밤부터 계속 공복이어서 더 힘들다. 괜히 빈속에 약을 먹었나.

한 시간 남짓이 흘렀다. 결국 집까지 가지 못하고 동희네 집에서 잠시 쉬기로 했다. 익숙하게 거실 소파에 냅다 누워버렸다. 그런 나를 따라 흰 뭉치 녀석이 도도도 쫓아왔다. 아직 배에 올리는 건 무리여서 나는 녀석을 손으로 슬쩍 밀었다. 끼잉, 소심한 표현 뒤 금방 포기해 버려 다행이었다. 눈을 감았다. 정말 머리가 핑핑 돈다. 어제는 더위를 먹은 기분이었다면 오늘은 몸살을 앓는 감각이다.

"내가 못 챙겨주면 인스턴트 죽이라도 먹어. 그러라고 사놓은 거잖아."

대꾸하지 않았다. 동희는 내 마음을 모르지 않는다. 다 알고 있는 사람이니 굳이 가타부타 대들고 싶지 않았다. 운전하는 동안에도 내 이야기만 들어준 사람인데 미워서 잔소리하는 것이 아니겠지. 하지만 자꾸만 화가 난다. 죽, 그놈의 죽만 생각하면 정말이지…….

동희가 부엌에서 덜그럭거리는 동안 잠시 휴식을 취했다. 생각해 보면 몸이 아플 때 도움받았던 적이 참 많았다. 유유상종이라는 말처럼 동희는 나만큼이나 음식에 관심이 많았다. 센스가 부족해 하나부터 열까지 열심히 배웠던 나와 달리 동희는 배우지 않아도 척척 만들어냈다. 미각이 좋은 편이라 일단 먹으면 어떤 재료가 사용됐는지 입 대중으로 알아맞혔다. 덕분에 절대 계량하지 않는다는 나쁜 습관을 얻었지만…….

오늘처럼 엄마를 대신해 내게 끓여주는 죽에는 각별한 풍미가 있었다. 아주 오래전에나 느껴본 온기와 함께.

"대파 뿌리 갈아서 넣었는데 좀 알싸할 거야."

"너밖에 없다."

"친구 좋다는 게 뭐냐? 배 음료 한 캔 따줄게. 그것도 마셔."

"박사야, 박사."

대파는 잎과 뿌리에 따라 효능이 달라진다. 잎 부분은 활력을 높이지만, 뿌리 부분은 체온 조절을 돕기에 해열 음식으로 종종 쓰인다. 배 역시 마찬가지다. 체온을 내려주며 기침을 진정시킨다. 죽과 함께 먹으라며 가져온 밑반찬이 역시나 무김치였다. 고춧가루를 살짝 헹궈낸 덕에 색은 밋밋했다. 모두 소화가 잘되라는 배려였다.

"난 매운 걸 좋아하는데."

괜한 꼬투리를 잡아보며 이죽대 봤으나 그녀가 끓여준 죽은 내게 늘 미안함과 감사함을 불러일으켰다. 어젯밤 집어 던진 잣죽이 떠올랐다. 어찌 보면 본질은 똑같은 죽일 뿐인데 어떤 기억으로, 또 어떤 사람과 함께 바라보느냐에 따라 전혀 다른 음식이 된다.

"어머니는 아직 힘드셔?"

"묻지 말아주라."

"그래, 네가 괜찮아야 어머니도 극복하셔. 그건 꼭 알아둬."

"……."

"네 마음 먼저 챙겼으면 해."

꾹꾹 씹었다. 펄펄 끓인 죽을 뜨거운 줄도 모르고 어금니로 잘게 씹었다. 심심한 맛 사이로 익힌 쌀알이 품은 희미한 단맛이 느껴졌다. 힘들게 끓여내도 결국 쌀은 쌀, 죽은 죽이다.

아주 오래전 엄마가 만들어준 죽을 떠올렸다. 흰 쌀죽까지도 맛있게 먹을 수 있었던 가족이 그리웠다. 기억 속 우리는 웃고 있었다. 따뜻한 죽 한 그릇을 나누며 다 괜찮다고 위로했다. 죽은 미운 음식이 아니었다. 이제는 다시 먹지 못할 그 죽이 그립다. 엄마의, 아니 동희의 마음을 잘게 씹어냈다.

허무해서 웃음이 나올 지경이었다. 결국 모든 원인은 공복이었나. 지끈한 머리와 울렁거리는 속이 언제 그랬냐는 듯 말짱해졌다. 집에 돌아와서 먹은 약이라고는 해열제뿐인데 약효가 이보다 더 좋을 수 있을까.

[뿌링클 사주라. 허니콤보도 좋고.]

[아주 당당하네.]

[그럼 당당하지 못할 이유가 어디 있어.]

[말이라도 못하면.]

괜찮아졌다는 소식을 듣자마자 그녀가 득달같이 보상을 요구해 왔다. 벌써 메시지가 열두 개나 쌓여 있다. 전부 치킨 이름이었다. 사채업자가 따로 없지.

한숨 자버린 탓에 시간이 늦어졌지만 물망초 식당을 찾았다. 손님맞이를 앞두고 미리 전족을 삶아볼 참이었다. 육수와의 합도 점검해야 했다. 생수 몇 개를 육수 통에 콸콸 붓고 재료를 손질했다. 한약재 향을 줄인 조합을 만들어 육수 주머니에 담았다. 부디 삶은 족과 잘 어울려야 할 텐데.

완성한 육수 레시피대로 계피를 덜어 족을 삶았다. 그런데 예기치 못한 문제가 발견됐다. 잡내가 강해졌다. 연습용 족으로 삶았을 땐 괜찮았는데 이상했다. 마지못해 월계수와 구기자를 더넣었다. 영향이 미미했다. 팔각과 당귀를 덜어내고 계피를 다시추가했다. 이것도 아니었다. 혹시나 싶은 마음에 레몬수를 넣어

끓였다. 잡내는 사라졌으나 살결이 손상됐다. 이번엔 다른 재료량을 모두 줄이고 마늘을 왕창 넣었다. 전혀 족발 특유의 풍미가 나오지 않았다. 잡내를 잡으면 향이 너무 세고, 향을 잡으면 족발 맛이 나지 않았다.

"곤란한데."

이래서는 다시 원점이지 않은가. 시간이 많지 않았다. 무슨 일이 있어도 그가 오기 전까지 최고의 족발을 완성해 내야 한다. 강한 향을 싫어하는 사람도 맛있게 먹을 수 있는 족발을. 물론 아직 더 큰 문제를 해결한 것도 아니었다. 그래서 최고의 족발을 만들어놓으면 어떻게 먹일 건데? 족발만 보면 슬픈 기억이 자꾸만 떠오른다는 사람한테 말이야. 아, 모르겠다. 또 머리가 지끈하게 아팠다. 일단 지금은 족발부터 완성하자. 후, 답답하다. 왜 뜻대로 안 되는 거지. 역시 내 실력이 부족한 건가. 난 엄마와 아빠처럼 한 식당을 이끌 요리사가 될 수 없는 걸까.

"창문이라도 열어놓고 끓이지."

주방을 빼곡히 채운 뽀얀 수증기가 창밖으로 빠져나갔다. 엄마였다. 지난밤 말다툼으로 서로 소원한 사이라 구태여 인사를 하진 않았다. 육수에 집중하는 척 힐끔 쳐다보고 고개를 돌렸다.

"이럴 줄 알았지."

엄마의 손엔 선풍기가 담긴 상자가 들려져 있었다. 엄마는 자리에 앉지도 않고 그것을 꺼내 조립하기 시작했다. 간이식당이라 에어컨까지 설치하지는 않았다. 그러니 지금처럼 계속 불 앞에 오래 서 있으면 머리가 핑핑 도는 게 당연했다. 특히 난 예전부터 열기에 취약한 편이었다. 엄마는 그런 나를 잘 알고 있었다. 하지만 잘 알면 뭐 해, 정작 아플 땐…….

"뭐 도와줄 거 없어?"

날 못 도와주잖아. 속으로만 되받아쳤다. 나름대로 침묵시위 중이었다. 하고 싶은 말이 많을 때마다 습관처럼 침을 삼켰다. 차마 내뱉지 못하는 말들을 식도 아래로 묻어버렸다. 답답함이 쌓여갔지만, 아무리 미워도 또 상처를 줘선 안 된다. 아빠도 화를 내는 나보다 참는 나를 더 사랑할 것이다. 대답하지 않았다.

나는 향을 줄이기 위해 향신료와 한약재를 소분해 놓은 상태였다.

"향 빼려고?"

엄마가 어지러운 싱크대 주변을 보고 귀신같이 상황을 해석했다. 딱 두 번 고개만 끄덕였다. 향신료와 한약재가 든 주머니를 모두 열어 재료를 살펴본 엄마는 식자재 냉장고를 뒤지기 시작했다. 나를 바라보지 않는다는 걸 안 뒤에야 고개를 빼꼼 돌려 뒷모습을 빤히 바라봤다. 아직 미웠다. 친구였다면 쫓아냈을 텐데. 가족과 싸우면 이런 게 참 불편하다니까. 마음대로 화를 내지도 못하고.

"있는 재료를 뺄 게 아니라 다른 걸 넣어서 향을 잡아야 해."

"……."

"지금 상황에서 간단히 해볼 수 있는 건……."

"……."

"요 정도가 좋겠네."

엄마는 발견한 것은 녹차잎이었는데, 곧바로 포장을 뜯기 시작했다. 아직 한 번도 쓰지 않은 재료인데 요리하려고 산 게 아니었다. 그냥 중간중간 내가 쉴 때 마시려고 산 것이었다. 엄마를 말려보려다가 지금 내가 침묵시위 중이란 사실을 상기하곤 다시 입을 다물었다. 하지만 움찔거리는 몸짓을 들키고 말았다. 금귀비 여사는 얄밉게도 참 눈치가 빨랐다. 속마음을 당최 숨길 수가 없다. 엄마가 어정쩡한 내 동작을 확인하고서는 어깨에 손을 올렸다. 뭐야, 어영부영 넘어가자는 건가. 난 아직 그러기 싫다. 기분 나쁜 티를 충분히 더 낼 수 있다. 각오하는 편이 좋을 거예요.

"엄마가 미안해."

비겁한 사람. 기어이 사과하고야 말았다. 이런 일이 한두 번이 아니었다. 항상 내가 화를 내면 사과하는 쪽은 엄마였다. 평소엔 그렇게 고집이 세면서도 나에게는 약한 사람이었다. 난 이상하게도 그게 더욱 화가 났다. 왜 엄마가 나한테 사과를 해. 아니, 엄마 때문에 화가 난 건 맞는데 사과를 해버리면 너무 허무하잖

아. 내 마음은, 내 미움은 어쩌라고.

"잘 못 챙겨줘서 미안해."

목소리 주인을, 미움을 담아 노려봤다. 눈을 아무리 크게 떠도 흔들리는 눈동자 속의 마음을 숨길 수가 없었다. 엄마가 한쪽 손으로 이마 위 땀을 닦아줬다. 녹차 냄새가 났다.

"다음번엔 인스턴트 죽이라도 데워줄게. 미안하다."

볼이 간질거렸다. 조금 뜨거워진 것 같기도 했다. 덤덤한 척해야 하니까 고개를 휙 돌려 외면해 버렸다. 입술이 파르르 떨렸다. 아직 내 시위는 끝나지 않았는데 자꾸만 다음 화면으로 전환되려 했다. 눈치 없는 눈이 온 세상을 뿌옇게 페이드아웃시켰다. 짜증 나는 감정이네. 알고 있다. 엄마 잘못이 아니다. 엄마가 내게 죽 한 그릇 끓여주지 못하는 건 절대로, 절대로 엄마 탓이 아니다. 하지만 엄마가 밉다. 극복하지 못하는 당신이 밉다. 사랑하니까 밉다.

모녀 싸움은 판에 박혀 있다. 한 차례도 어긋난 적이 없었다. 결국 나는 입을 열었고 그녀에게 뒤늦은 일상을 털어놨다. 수원까지 처음 다녀왔다는 것과 아빠를 기억하는 납품 업체 사장이 준 전족 품질이 꽤 좋다는 사실이 주 내용이었다. 그 후엔 손님 이야기를 했다. 사연을 들은 엄마는 금귀비 정찬 오너로 돌아왔다. 표정을 바꾸었고 여러 번 턱을 괴고 고민에 빠졌다. 하지만 해답은 스스로 찾고 싶었다. 향 잡는 일을 도와주는 것만 해도 나에겐 큰 발전이니, 이후는 맡겨달라고 했다.

"할 수 있겠어?"

확신이 없지만 일단 고개를 끄덕였다. 엄마는 녹차 가루 반 숟가락을 육수 전용 팩에 넣었다. 개수로 승부를 보려고 했던 마늘은 정량 외엔 덜어내고 생강을 소량만 담았다. 대신 월계수 잎과 청주의 양을 늘렸다. 그 외 재료들도 다시 소분 첨가했다.

"녹차 가루로 향을 뺄 땐 변색에 주의해."

"아 참, 색!"

"녹색 족발을 만들면 안 되니까."

엄마가 펄펄 끓는 육수를 국자로 휘저으며 설명했다. 처음 보는 레시피였다. 미심쩍었지만 엄마를 믿고 전족 하나를 담갔다. 물이 끓는 동안에는 함께 소스를 만들었다. 녹차 가루가 잡지 못한 잡내가 있다면 소스로 잡아야만 했다. 엄마가 추천한 소스는 칠리였다. 젊은 세대들이 좋아하는 맛이자 족발과도 잘 어울린다는 이유였다. 나는 고개를 끄덕였다.

엄마에게 요리를 처음 배웠던 날이 떠올랐다. 주방에서 엄마는 누구보다 멋있는 사람이었다. 빛나는 눈빛과 확신에 찬 손끝. 그녀는 나의 꿈이었다. 과거와 중첩되는 엄마의 옆모습을 빤히 바라보았다. 강하고도 나약한 사람, 역시 미워하지 못할 이상한 사람이다.

"웃는 거 보니 이제 괜찮나 봐?"

"동희가 죽 끓여줬거든, 엄마 대신."

"매번 아플 때마다 동희한테 신세 지네. 죽에는 뭘 넣어줬니?"

"대파 뿌리. 아 무즙도 넣은 것 같더라."

"이야, 의사가 따로 없어. 너 이제 죽 보면 동희 있는 쪽으로 절하고 다녀야겠어."

엄마가 할 소리인가. 피식거리는 입꼬리가 황당했다. 죽 보면 절을 하라니? 동희가 나한테 죽을 많이 끓여주긴 했지만 엄마가 할 농담은 아니네요. 몸살이 났을 때, 맹장 수술 후 퇴원했을 때, 모두 동희가 끓인 죽을 먹었다. 먹을 때마다 옆에서 어찌나 생색을 많이 내던지. 나는 물에 불린 쌀을 씹으면서도 그녀의 치킨값을 계산했다. 호화로운 죽일수록 더 비싼 치킨이 머리에 아른거렸다. 웃긴 애라니까. 아주 내가 아프길 바라나 봐. 죽 끓이면서 치킨 먹을 생각에 히죽거리는 거 아냐? 황당한 생각에 실소가 터져 나왔다. 엄마와 죽을 떠올리면 답답함뿐이었는데 동희와 죽을 떠올리니 웃음뿐이었다. 고마웠다.

똑같은 음식인데도 이렇게 다를 수가 있구나. 아무런 속임수가 없는데도 말이다. 엄마 말이 맞다. 죽을 볼 때마다 절을 한다면 죽이 더는 밉지 않을 것 같다. 엄마가 아닌 동희를 떠올린단 의미일 테니까. 편식 개선을 위해 찾아봤던 책에서도 본 것 같다. 문제 유발 행동과 관련된 기억 자체를 아예 바꿔버리는 기억의 치환. 나는 이번에도 동희에게 빚을 졌다.

삶아진 전족을 꺼냈다. 겉면에 참기름을 서둘러 발라 열기를 가두었다. 우리는 위생 장갑을 낀 손으로 열심히 전족의 상태를 확인했다. 아뜨뜨, 아뜨뜨. 경력자 요리사도 뜨거운 건 못 참았다. 과연 이번엔 괜찮을까. 일단 향은 합격인데 맛이 관건이다. 엄마가 익힘 정도를 체크하고 칼로 살점을 썰었다. 긴장됐다. 썰린 돼지 족발을 조심스럽게 입에 넣었다. 혀로 한 번 훑고 어금니로 씹었다. 해체된 살점에선 익숙한 듯 낯선 향이 났다. 옅게 깔리는 쌉싸름한 녹차 향이 나쁘지 않았다. 향신료를 적당히 눌러주면서 동시에 깔끔한 맛, 이건…….

"합격."

훌륭했다. 이 맛과 식감이라면 누구도 족발을 싫어하지 못할 거다. 엄마가 집어 먹지 않고도 다 안다는 표정을 지었다. 우리는 마주 보고 고개를 끄덕였다.

"미안하니까 도와준 거야. 두 번은 없어."

자발적으로 계약서 조항을 어겨버린 엄마가 넌지시 변명을 덧붙였다. 내 마음도 마찬가지였다. 다음번엔 도움을 받지 않고 해내겠다. 엄마처럼 열정을 보이겠어. 만족스러운 족발 살점을 씹으면서 마음을 다잡았다. 고맙고 사랑하는 사람들에게 꼭 증명해 보이고 싶다. 많은 도움으로 완성된 족발이 유독 뜨거웠다.

집으로 돌아가니 다행히 늦지 않은 밤이었다. 남자에게 전화를 걸었다. 정중한 두 가지 부탁을 하기 위해서였다. 첫 번째, 반드시 공복으로 올 것. 두 번째, 좋아하는 영상 장르를 알려줄 것.
남자가 1분도 걸리지 않아 되물었다.

"이게 편식이랑 무슨 상관이죠?"

고객의 질문에 솔직하게 답변하는 것이 사장의 도리지만,
나는 최소한의 신비로움을 고집했다.

"꼭 지켜주세요."

다행히 그가 두 번 묻지는 않았다.

홀가분한 마음으로 준비하니 족발 때깔도 고왔다. 유독 잘 삶
아진 전족을 집어 칼로 썰어냈다. 탱글탱글한 껍데기와 속살이
쫀득하게 한 몸이었다. 그가 반할 만한 달콤한 칠리소스도 준비
했다. 마침 좋아한다고 말한 예능 쇼의 새로운 편이 업데이트됐
다. 테이블엔 족발을 올려놓았고 TV 화면을 조정했다. 혹시 몰
라 탄산음료와 과일 주스, 맥주까지 진열 완료. 유비무환이잖아.
어떤 취향을 갖고 있을지 몰라 음료는 몽땅 준비했다. 이번 물
망초 식당의 콘셉트는 '편안한 거실'이었다. 좋아하는 영상과
안락한 공간 그리고 싫어하는 음식. 난 오늘 이 간극을 뛰어넘
어 볼 것이다.

"이건 대놓고 족발이잖아요."

"일단 앉으세요. 편식을 고쳐드리고 싶지만, 강요는 안 해요."

"굵고 오래서 내시경이라도 하는 줄 알았네요."

보자마자 실망한 표정이라니. 약속 시간에 15분이나 늦어놓고선 첫 표정에 불만이 가득했다. 보기보다 솔직한 사람이구나. 그는 첫 번째 손님과는 다르게 엄격하지 않았다. 수다스러웠고 가벼웠다. 오는 데 차가 막힌 것부터 내일 비가 올 것 같다는 것까지 재잘거렸다. 푼수데기 같은 모습이 밉지는 않았다. 식당 주인과도 친목을 다지려는 직장인이라니, 오히려 귀엽게 느껴졌다. 한편으론, 저 모습 뒤에 상처를 감춰둔 사실이 짠했다. 오늘만큼은 편해졌으면…….

"못 봤던 회차네. 센스가 있으시군요?"

TV 화면을 보자마자 흡족한 얼굴로 소파에 앉았다. 족발을 보고 울상이 된 얼굴이 금방 활짝 펴졌다. 물론 그는 더 이상 족발을 보지 않았다. 공복이라 배가 많이 고플 텐데도 말이다. 나는 그에게 양해를 구하고 소파에 함께 앉았다. 옆에 붙어서는 아니었다. 단 둘뿐인 공간이지만 충분한 거리를 확보했다. 주인과 손님 사이에 딱 알맞은 사회적 거리였다.

"사장님이 드시게요?"

"안 드시니까요."

"본인 먹으려고 만든 거구나."

"일단 편하게 TV 보세요. 드시고 싶으면 드시고요."

오늘 물망초 식당 콘셉트, 편안한 거실은 남자에게만 해당되지 않았다. 내게도 마찬가지였다. 오전 내내 족발을 끓이느라 뭉친 어깨를 두어 번 통통 두드렸다. 그러곤 접시에 족발을 덜었고 그대로 소파에 등을 푹 기대어 앉았다. 역대급으로 잘 삶아진 족발이었다. 만든 나라도 맛있게 먹어줘야겠지. 적극적으로 주객전도에 돌입했다.

상추 물기를 툴툴 털어 손에 올리고 생마늘 반쪽을 얹었다. 족발 두 점을 칠리소스에 푹 찍었다. 상추와 족발이 제각기 불빛을 받아 반짝였다.

"우으으으. 이거지, 이거."

침을 꿀꺽 삼키고 한입에 넣었다. 입 안에서 모든 재료가 잘게 으깨졌다. 다채로운 식감을 모든 치아로 느꼈다. 혀를 휘감는 상추와 족발의 결. 달콤한 칠리소스 덕에 잡내가 전혀 느껴지지 않았다. 녹차 분말 역시 깔끔한 맛을 만들었다. 흥건한 침에 잘 녹은 음식물을 꿀떡 삼켰다. 부드럽게 식도를 타고 내려가는 맛. 소중한 족발이었다.

"맛있어요?"

황당하다는 표정이었다. 나는 힘껏 고개를 끄덕였다.

"여태 만든 족발 중 제일 잘됐어요."

더 황당해지라고 실컷 맛 자랑을 했다.

"씹었을 때의 향이나 혀에 감기는 촉감이 이야, 야들야들이 뭔지 알아요?"

"저도 알거든요. 맥주나 마셔야지."

"진짜 야들야들한 게 뭔지 못 느껴보셨잖아요. 이게 꼭 탱탱볼처럼 탱글한 것이……. 어어? 방금 화면 봤어요? 대박 웃겼는데."

"아, 저 사람 또 개인기 한다!"

"으하하하하하하하하."

"흐흐하하하하하."

한바탕 웃음 덕에 분위기는 훨씬 더 편안해졌다. 나는 다시 족발을 한 입 더 먹었다. 천상의 맛! 고개를 부르르 떨며 환희했다. 진짜 맛있다니까.

"뭐 씹을 거라도 없나요?"

"하하하하하!"

그에게 족발을 권하지 않았다. 예능인이 우스꽝스러운 행동을 하는 와중에 벌써 내가 다섯 점이나 먹었다. 참다못한 그가 편의점에서 감자칩이라도 사오겠다며 일어섰다.

"외부 음식 반입 금지요."

대신에 건빵 몇 조각을 제공했다. 그는 배고픔에 텁텁함까지 이중고를 겪었다. 다행히 그가 퍽 서운한 표정을 지을 때마다 예능인이 달래줬다. 오늘 준비한 에피소드는 정말로 웃겼다. 우리는 여러 번 크게 웃었다.

"하 웃기다, 정말. 오늘 대박이죠."

"개그 감성이 취향 저격이에요."

"맞아, 우리 코드가 맞네요."

"근데요, 그렇게나 맛있어요?"

"오늘 거 대박이라니까요. 색다른 재료를 썼거든요. 여기요."

"족발 안 먹는다니까요."

"배 안 고파요? 오늘 같은 날 이건 족발이 아니고 팝콘이죠."

아무렇지 않게 그에게 쌈 하나를 만들어 내밀었다. 배가 많이 고픈 눈치였다. 이미 몇 번이고 꼬르륵 소리가 났다. 눈앞에서 쌈을 흔들거나 받아달라는 시늉을 하지는 않았다. 전혀 신경 쓰지 않고 TV만 응시했다. 반대쪽 손으론 허벅지를 퍽퍽 치면서 웃어댔다. 오늘 회차 너무 웃긴다니까, 정말. 그가 내 쌈을 받든 말든 행복한 표정으로 계속 TV를 응시하며 마늘을 한 점 집어 먹기도 했다.

"저는 족발만 보면 슬프다니까요."

"누가 뭐래요. 아, 오늘 맛 대박!"

이른바 먹든지 말든지 전략이다. 무심한 척하지만 사실은 확실히 권하고 있는 중인 쌈. 그는 고민이 돼 보였다. 공복이라 허기가 지니 그냥 눈 딱 감고 먹어볼까 하는 마음이 눈에 그렁그렁했다. 오늘 게 유독 맛있다고 설쳐댔으니 궁금하기도 할 거고. 무엇보다도, 족발을 실컷 먹으며 꺽꺽 웃고 있는 내가 내심 부럽기도 할 거다.

예능 한 편이 끝나갈 때쯤이었다. 팔이 저렸지만 내렸다가 올리기를 반복하며 나는 계속 쌈을 들고 있었다. 팔 아프지 않느냐고 물어도 대꾸하지 않았다. 최대한 그를 신경 쓰지 않는 척, TV에 집중한 척만 할 뿐이었다. 그는 예능을 즐기면서도 나를 여러 번 쳐다봤다.

"맛만 볼게요, 그럼. 먹는 건 아니고."

TV 소리가 한창 시끄러울 때 그가 결국 못 이기는 척 쌈을 받아 들었다. 됐다. 성공이다. 족발을 입에 넣을 때까지 나는 일부러 그를 쳐다보지 않았다. 음식에 집중하지 않고 계속해서 TV에만 집중해 화제를 돌렸다. 그는 내 이야기를 들으면서 음식을 씹었다. 생각보다 맛있을 거다. 확신했다. 기회를 놓치지 않고 접시에 족발을 소분해 줬다.

"못 본 척해줄게요. 편하게 배 채워요."

한마디 후엔 재빨리 TV 볼륨을 높였다. 그는 망설이고 있었다. 몇 년 만에 먹어본 족발이 분명 생각보다 맛있겠지. 하지만 지난 편식 세월을 돌이켜 보면 다시 먹지 말아야 할 음식일 거다. 응원하는 마음으로 나는 내 몫을 더 맛있게 삼켰다. 그러곤 행복하게 웃었다. 오늘은 최고의 밤이고 이 음식이 최고의 요리인 것처럼.

"내가 만들었지만 무말랭이 조합 대박. 반찬 리필해 줄게요."

"됐어요, 안 줘도 돼요."

"아직 씹고 계시는구나."

분명 이 음식은 슬픈 음식인데 지금 슬퍼도 되나, 본인이 이걸 먹어도 되나 헷갈릴 거다. 나는 개의치 않고 경쾌한 움직임으로 입 안에 수차례 족발을 넣었다. 사실 배가 불렀다. 하지만 더 힘을 냈다. 우리는 예능 한 편을 더 봤다. 이왕 웃은 김에 뽕을 뽑자.

"내 생각에 오재석이 김호동보다 더 웃긴 것 같아요."

"에이, 요리만 하셔서 뭘 모른다. 김호동도 웃기거든요."

"오재석이 더 웃기거든요?"

"네, 다음 오재석 팬."

식사에 소극적이었던 그는 내가 TV에 한창 집중하던 중에 족발을 한 점 더 먹었다. 그러곤 나를 따라 다른 반찬을 집어 먹기도 했다. 시간이 흐름에 따라, 그의 젓가락질이 조금씩 더 자연스러워졌다. 예능 두 편을 봤더니 벌써 한 시간 반이나 흘러 있었다.

"마시고 치웁시다."

막잔으로 건배를 나누었다. 김이 다 빠진 맥주지만 청량함이 남아 있었다. 족발을 과하게 먹어 소화가 안 될 지경이었는데 맥주 덕에 속이 시원해졌다. 만족스러운 표정으로 TV를 껐다. 왁자지껄한 소란이 빠진 거실이 고요했다. 텅 빈 대기에 각자의 감정이 채워졌다.

"맛있네요……."

그는 읽기 어려운 표정으로 족발을 바라보고 있었다. 아무것도 담겨 있지 않은 황망한 얼굴인 듯 보이기도 했고, 너무나 많은 감정이 담겨 있는 얼굴 같아 보이기도 했다. 나는 오늘 콘셉트를 지키기 위해 호들갑을 떨지 않았다. 조용히 티슈를 가져왔다.

"모처럼 즐거운 밤이었네요."

"네, 저도 정말 즐거웠네요. 많이 웃었고."

"제가…… 이렇게 즐거워도 될까요?"

"안 될 게 있나요."

"내가 이 족발을 먹으면서 즐거워해도 될까……."

복잡한 감정을 숨기려고 애쓰는 모습에서 그가 외면하려고 했던 아픔이 보였다. 그동안 짊어졌을 슬픔이 대기를 무겁게 채웠다. 그녀를 많이 사랑했었구나.

"이제는 보내주는 게 어때요."

"무얼요?"

"음…… 오늘 먹다 남긴 족발들이요. 즐겁게 식사를 끝냈으니 이제 미련 없이 정리합시다. 다음에는 이 테이블 위에 더 맛있는 식사를 차려야 하니까요."

그가 조용히 고개를 끄덕여 줬다. 그러고는 티슈를 몇 장 집어 들고 고개를 돌렸다. 나는 그가 부끄러워하지 않도록 식탁을 치우며 말했다.

"오늘처럼 웃고 떠들면서 먹을 수 있는 음식이에요. 당신이 마음만 연다면."

그에게 오늘 족발은 무슨 맛이었을까. 이별과 닮지 않은 맛이었으면 좋겠다. 그냥 좋아하는 예능 프로그램을 보고 웃으며 삼켜낸 맛이었으면 좋겠다. 음식 맛은 인지가 아닌 해석에 달렸다. 같은 음식이라도 어떤 기억으로 해석하느냐에 따라 달라지곤 한다. 나는 오늘 그에게 편안한 족발을 대접했다. 그가 앞으로 족발과 마주해도 슬퍼지지 않도록. 함께 꺽꺽대며 웃던 기억만 나게끔.

"족발이 생각나면 또 와도 되나요?"

다소 부은 눈과 살짝 상기된 볼. 그는 나이보다 좀 더 앳된 얼굴을 하고 있었다. 두 번째 서명을 받아 들자 여러 감정이 교차했다. 마음을 가득 채운 보람 너머에 숨겨진 감정이 있었다. 나는 그 감정에 집중했다. 슬픔을 이겨낸 손님을 포용하려는 격려와 위로, 누군가를 위하는 마음이 요동쳤다. 그 마음이 시키는 대로 고개를 끄덕였다.

"얼마든지 또 와요."

먼지 쌓인 마음도 이불처럼 팡팡 털어버릴 수 있을까. 처음보다 후련해 보이는 그의 얼굴에서 작은 확신을 얻었다. 오늘 내가 대접한 것은 한 접시의 음식뿐만이 아니었다. 묵은 먼지가 마음에서 목으로, 또 목에서 입 밖으로 후 하고 뱉어졌다. 분명 그의 마음을 털었음에도, 내 안의 묵은 숨들이 조금씩 빠져나갔다. 나는 아마도 대접하며, 동시에 대접받았나 보다.

손님이 퇴장한 후 3분의 간격을 두고 따라 나가보았다. 먼발치에서 점처럼 작아진 그가 집으로 돌아가는 중이었다. 나는 왠지 그 모습을 계속해서 보고 싶었다. 하지만 행여나 바라보는 모습을 들킬까 싶어 괜스레 뭔가 용무가 있는 척 편의점으로 향했다. 사실은 살 게 전혀 없었다.

"어서 오세요……."

오늘도 알바생의 목소리가 입장하자마자 바닥에 가라앉았다. 어서 오라는 건지 빨리 가라는 건지 헷갈렸다. 이른 시간부터 저녁 시간까지 이곳에 남아 있어야만 했던 그녀의 고단함이 흘러나왔다. 나는 익숙하게 파우치 커피와 아이스 컵을 구매했다.

"3천 원입니다."

물품을 받아 들고 그냥 가려다 그녀의 얼굴이 너무나도 노곤해 보여 한마디를 할 수밖에 없었다.

"좋은 하루 보내세요."

"네? 아…… 손님도요……."

웬일일까. 인사를 받아주는 그녀의 얼굴이 조금 밝아져 있었다. "손님도요."라는 짧은 네 글자 덕에 나는 찰나의 순간 그녀의 모습을 한 번 더 바라보았다. '박휘민.' 유니폼 조끼에 힘없이 달려 있는 명찰에 적힌 이름을 속마음으로 읊어보았다. 내일은 힘찬 하루가 되기를.

커피를 구매한 후 손님이 걸어갔던 길을 다시 바라보았다. 이제는 완전히 사라지고 없었다. 나는 그가 앞으로 걸어갈 길이 어제보다 행복하길 바랐다.

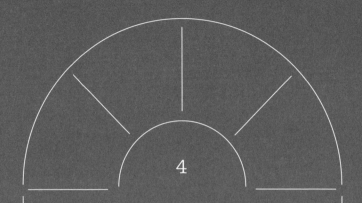

4

변화하는 꽁치 완자

물망초 식당을 개업한 지 정확히 40일이 흘렀다. 한 달 하고 10일이 더 지났지만 수집한 서명은 두 개뿐이었다. 두 번째 손님과 세 번째 손님 이후로 간격이 이렇게나 길어져선 안 됐다. 조바심이 나는데 방법이 보이지 않았다. SNS를 비롯해 온라인 바이럴 광고를 했는데도 소용이 없었다.

솔직히 물망초 식당 콘셉트상 진입장벽이 있긴 하다. 댓글에 더러 사이비냐고 묻는 사람도 있었다. 처음에는 화가 나 캡처라도 해놓을까 싶었지만 생각해 보니 이해가 됐다. 돈도 받지 않고 편식을 고쳐주겠다며 대뜸 오라니. 게다가 1주 차 상담, 2주 차 요리 제공이라는 이상한 과정까지 갖추고 있다. 유현 씨와 낙원 씨가 손님으로 와준 걸 감사하게 여겨야 할지도 모른다.

아, 낙원은 두 번째 손님 이름이다. 최근에 알게 됐다. 낙원과 정원. 아빠와 비슷한 이름이라 귀찮다고 내치기도 뭣했다.

"오늘도 꽝?"

"문의 0건이요. 족발도 이젠 질려요. 차라리 편의점에서 과자라도 사오시지."

"맞은편에 소심한 알바생이 카운터 보는 편의점이요?"

"네, 알고 보면 친절하시거든요."

"참고할게요. 그나저나 주변에 편식하는 동생들 많은데 내가 다음에 손님으로 꼭 데려올게요."

낙원 씨와 작별할 땐 우리가 꽤 아련한 인사를 나누었다고 생각했다. 근데 나만의 착각이었다. 낙원 씨는 진짜로 찾아왔다. 족발 중 짜를 테이크아웃해서 말이다. 으레 마지막 인사로 '가끔 놀러 와.'라고 말하지 않나. 낙원 씨는 한다면 하는 사람이었다. 어차피 손님도 없으니 딱히 그를 거절할 이유가 없긴 했다. 덕분에 하루가 밋밋하지 않았다.

오전에는 편식 관련 서적을 공부했다. 낮에는 평소 취약했던 요리를 복습했다. 주로 한식이었다. 시간이 남으면 화초로 식당을 가꾸었다. 구색을 갖추기 위해 노력은 했다만 아빠만큼은 못한 실력이었다. 물망초 식당은 아직 갈 길이 멀었다. 이런 자책을 서너 번 정도 하고 나면 오후 7시가 된다. 낙원 씨가 방문하는 시간대다. 우리는 종종 식사를 하고 예능 프로그램을 같이 봤다. 이제는 낙원 씨도 나에 대한 정보를 많이 알게 됐다. 얼떨결에 손님과 친구가 된 기분이 오묘했다. 싫지는 않았다.

'혹시 이상한 사람일지도 몰라. 조심해라.'

동희가 처음 했던 평가였다. 하지만 며칠이 지난 후에야 알게 됐다. 낙원 씨는 모두와 쿵작이 잘 맞는 사람이었다. 어느새 가게로 온 동희와 낙원 씨가 이야기를 나눴다.

"유입이 많다는 카페에 글을 올려도 손님이 없다니요."

"음, 온라인에만 의존해서 그런가."

"이 동네는 아직 전봇대에 전단이 많이 붙어 있던데요. 오프라인도 활용해요."

"오, 이 동네 사람도 아니면서 제법이네요?"

"그러니까 절 이제 이상한 사람으로 오해하지는 말아줄래요?"

"글쎄요, 그건 모를 일이죠."

"아휴! 망초 씨보다 내가 사온 족발을 더 많이 먹으면서!"

"글쎄요, 그건 그럴 수도 있죠."

한마디 물음만 던져도 시끌벅적한 상황이 만들어졌다. 예전보다 더 분주히 대화에 참여하지 않으면 금방 흐름을 놓쳤다. 둘을 번갈아 바라보며 치열히 고개를 끄덕였다. 대충 경청하고 있다는 신호였다. 물론 경청할 내용은 없었다만…….

"아무튼 과외나 학원 홍보 같은 전단지의 전화번호를 뜯어가는 사람들이 꽤 있는 것 같아요. 식당 홍보도 한번 해보는 게 어때요?"

"주민 센터에 허가받으면 거리 게시판에 홍보할 수 있을 것 같네. 하긴 지역 주민들이 먼저 찾는 식당이 돼야지."

생각해 보니 맞는 말이었다. 홍보나 마케팅을 제대로 배워본 적이 없었다. 당연히 나는 SNS에만 의존해 왔다. 오프라인도 홍보 경로가 다양한데 고려하지 못했다. 남는 시간을 활용해서 홍보 전단이라도 부착하면 도움이 될 것 같았다.

내 귀가 팔랑거리는 걸 보고선 둘이 더 신났다. 식당 주인이 오케이 하기도 전에 전단 디자인을 논하기 시작했다.

순식간에 쭉쭉 빼버리는 진도가 당혹스러웠지만 수고를 던다는 사실 자체는 무척 고마웠다. 남의 일인데 이 정도로 챙겨주기 쉽지 않으니까. 하지만 어째 둘은 누군가를 돕고 있다기보다는, 지루한 일상에서 이벤트를 개최하는 이들처럼 들떠 보였다. 직장인의 일상 탈출인 걸까. 뭐라도 상관은 없다. 서로 장단이 잘 맞고 즐거우면 그만이지.

주민 센터는 업무 속도가 느렸다. 덕분에 우리는 충분히 전단 배포를 계획할 수 있었다. 허가가 떨어진 이후 대학로 주변 게시판을 중점적으로 활용했다. 게시판 수가 생각보다 많지 않아

남는 전단은 오피스텔이나 원룸, 근처 가게에 뿌렸다. '우린 미심쩍은 사람들이 아니고 식당 사장이랑 측근들이다.'라고 서로를 격려했으나, 푸릇푸릇한 대학생들 사이에서 셋이 우르르 전단 작업을 하는 건 다소 창피한 일이었다. 꼭 수상한 백수들처럼 보였다. 검은 볼 캡을 푹 눌러쓰고 얼굴 반을 가렸으나 그 모습이 더 이상했다. 세 명에서 음모를 꾸미는 것 같았다. 낙원 씨와 동희는 말과 부끄러움이 동시에 많았다. 참 이상한 성격이었다. 쓸데없는 말은 잘하면서 정작 얼굴에 철판을 까는 건 쥐약이었다. 나는 애초에 말할 것도 없었고.

결국 우리 셋은 밤이 돼서야 제대로 된 전단 작업을 했다. 몸은 피곤했지만, 마음이 편했다. 소심한 어른 셋이 절대 흩어지지 않고 뭉쳐 다니며 작업을 했다. 속도가 날 리 없었다. 덩어리처럼 구는 게 비효율적이었으나 이왕 하는 일, 즐겁게 하자고.

"낙원 씨 똑바로 붙여요. 수평 몰라?"

"502호에 붙인 거처럼 하셔야죠."

"한 명이 붙이면 두 명이 잔소리하네요. 효율이 개똥."

찰싹. 동희가 성실하지 못한 낙원 씨의 등짝을 내려쳤다. 낙원 씨가 등살을 움켜쥐며 아픈 시늉을 했다.

"경찰 불러, 경찰."

재치 있는 사람 덕에 밤 10시가 돼도 지치지 않았다. 물론 붙여야 할 전단 양을 보면 머리가 아팠다.

"남은 건 내가 마저 붙일게요."

"이 많은 걸 어디에요?"

"금귀비 정찬 근처에도 게시판이 몇 개 있어요."

출근하는 사람들을 야밤까지 붙잡고 있을 수는 없었다. 둘에게 근사한 대접을 약속하고 집으로 돌려보내려고 했다. 낙원 씨가 차로 데려다주겠다며 한사코 난리를 피웠지만 나도 염치가 있었다.

"식당 사장만 챙기나요? 저는요?"

낙원 씨만큼이나 재치 있는 동희 덕에 소란이 길지 않았다. 티격태격하다 같은 차를 타고 퇴근하는 둘을 보며 나는 손을 흔들었다. 가는 길도 부디 즐겁기를 바랐다.

금귀비 정찬 근처에서 작업을 혼자 하고 싶은 이유는 따로 있었다. 엄마와 함께 귀가할 계획이었다. 얼마 전에 싸웠던 일이 마음에 걸렸다. 오랜만에 딸 노릇을 하고 싶었다. 무엇보다도 예전 같지 않은 엄마의 건강이 걱정됐다. 밤이 되면 집으로 가는 길이 유독 길어지기 마련이다. 누구에게나 그렇다. 긴 길을 혼자 걷게 하고 싶지 않았다. 게시판 작업을 부리나케 완료한 다음, 금귀비 정찬 정문 앞에서 그녀를 기다렸다. 곧이어 고단한 얼굴이 보였다.

"짠."

"어머, 뭐야? 왜 여기 있어."

체력이 빠르게 소진되고 있었다. 엄마는 어제보다 오늘 더 피곤해 보였다. 어두운 밤공기 속에서 안색이 창백했다. 달빛 때문이 아니었다. 또 속상한 마음이 피어올랐다. 불 꺼진 식당 앞에서 바라보는 얼굴이, 나를 나답지 않게 만들었다. 그녀의 곁에 바싹 붙어 걸었다. 마주 보지 않으니 그나마 나았다.

"오늘도 간 많이 봤어?"

"응, 매운 요리가 많아서 살짝 속이 쓰리네."

"엄마, 제발 몸 좀 챙겨. 좀!"

예민하게 굴고 말았다. 애써 속상함을 참았더니 그 감정이 고스란히 화로 이어졌다. 또 버럭 소리를 쳤다. 엄마는 요즘 들어 자주 체했다. 겁이 났다. 우리는 아프지 말아야 하잖아. 왜 자꾸 본인을 혹사하는지…… 빨리 이 식당을 내가 가져와야만 한다. 엄마가 고갈되는 걸 보고 싶지 않다. 언제까지고 엄마가 건강하진 않을 거다. 모르지 않는다. 그래서 더 무섭다. 우리에겐 한계가 있다. 손이 파르르 떨렸다.

"호들갑은? 이 나이 먹고 속 멀쩡한 사람이 어디 있어."

나긋한 목소리였다. 엄마가 나의 팔을 더 깊게 끌어당겼다. 팔짱 낀 손까지 맞잡아 깍지를 꼈다. 내 떨림이 그녀에게 고스란히 전달됐다. 차라리 화를 내주길 바랐다. 그러면 더 마음 편하게 윽박지르려 했다. 하지만 상냥한 엄마 때문에 결국 화도 못

냈다. 미안함에 눈물이 자꾸 나려고 했다. 한편으로는 또 미웠다. 내 마음을 아는지 모르는지 엄마의 체온이 따뜻하기만 했다.

대화 주제를 얼른 바꾸었다. 오늘 낙원 씨, 동희와 뭘 했는지 하나부터 열까지 떠들었다. 집으로 돌아가는 길이 참으로 멀게 느껴졌다. 오늘따라 유독 더, 함께하는데도.

7일. 나쁜 생각을 얼마든지 할 수 있는 시간이었다. 한 주 동안 괴로웠다. 전단까지 붙였는데 반응이 없었다. 상온에 방치된 파김치처럼 축 늘어진 엄마를 보는 밤이 쌓일수록, 스트레스가 심해졌다. 어떻게든 서명을 모아 계약을 완료하고 싶었기에 대행 아르바이트라도 고용할까 고민했다. 낙원 씨와 동희가 번갈아 나를 위로해 줬지만 위로에도 내성이 있었다. 모든 격려가 무용해질 때쯤 신청서가 도착했다. 우리는 마늘을 까다가 소리를 질렀다. 기다리는 시간 동안 식당이 망하면 어쩌나 하는 생각뿐이었는데 죽다 살아났다. 고작 접객 한 명 성공했을 뿐인데도 구원받는 기분이 들었다.

동희는 세 번째 손님을 안다고 말했다. 이 동네 알짜배기 구역에서 규모가 큰 자격증 학원 몇 개를 운영하는 원장이란다. 신청서 어디에도 개인 신원을 요구하는 곳이 없지만 굳이 말미에 적어 넣은 "곽태준, 36세."라는 정보를 보고선 알아맞혔다. 전국 단위 체인 학원과 맞붙어도 쟁쟁히 경쟁할 만큼 실력 있는 원장이었다. 그래서 동희는 더욱 조심하라고 경고했다.

"한번 찍히면 상권에 발도 못 붙이게 할걸."

음식 하나 제공하는데 찍힐 일이 뭐 있나 싶으면서도 살짝 겁이 났다. 대학로는 분명 좋은 상권이다. 그런 영역의 중심에 위치한 교육 브랜드 원장에게 잘못 보였다간 곤란해질 만했다. 하지만 두렵다고 손님을 마다할 이유는 없었다.

세 번째 손님을 처음 만나곤 두 가지 관점에서 놀랐다. 첫 번째로 그는 '그'가 아니라 '그녀'였다. 본명이 맞다고 했다. 내 세상이 편협했던지라, 태준이라는 이름을 가진 여자는 없었다. 그녀는 자주 있는 오해라며 대수롭지 않게 여겼다. 여유 있는 포용이었다. 두 번째로 그는, 아니 그녀는 굉장히 거칠었다. 그렇게 느낀 건 귀가 훤히 보이는 시원한 커트 머리 때문이 아니었다. 물 한 잔을 마실 때도 단번에 비워냈으며 대화를 할 때도 목소리가 매우 큰 편이었다. 상담을 시작한 지 얼마 되지 않아 허스키한 소리로 흡연 장소를 물었다.

"따로 없어요."

태준 씨가 헛웃음을 치고는 조언을 남겼다.

"그래서야 장사 되겠어요?"

기분이 상하는 건 당연 내 쪽이었다. 본격적으로 편식 이야기를 시작할 때는 지하철 민폐 승객처럼 다리를 쫙 벌렸다. 긴장을 푸는 자세로 보였다. 조금은 작위적인 느낌이 있었다. 작은 덩치를 숨기기 위해 고의로 턱을 부풀리는 도마뱀 같았다.

"꽁치 한번 먹어봅시다."

태준 씨가 나를 빤히 쳐다보며 말했다. 이 사람은 꽁치구나. 팔딱이는 은빛 생선 한 마리가 떠올랐다. 그녀는 이야기를 이어갔다. 시종일관 손으로 턱을 쓰다듬는 습관이 있었다.

"꽁치를 보면 화가 납니다. 어렸을 때 아빠가 맨날 꽁치만 구워줬거든요. 가난해도 단백질은 먹고 살아야 한다나 뭐라나. 시발."

갑작스러운 단어 선정에 귀가 확 트였다. 날 보며 하는 욕은 아니었다. 그녀는 욕이 입에 밴 듯 자연스러웠다. 학원 원장으로 보이지가 않았다.

"구질구질한 옛날 생각이 나서 열이 뻗칩니다. 아득바득 살아온 덕에 이젠 꽁치 돈 주고 사 먹을 일도 없지만, 그냥 꽁치만 봐도 화가 나요. 만날 꽁치 요리에 지지리 궁상으로 살았던 때가 생각나서요. 아빠도 싫고, 노란 장판 고향 집도 싫어요. 꽁치가 싸구려 생선이긴 하잖아요. 구지레하고, 냄새나고, 보잘것없고. 그런 음식은 딱 질색이란 말이에요. 아빠가 돌아가신 이후로는 아예 딱 끊어버렸어요. 나는 이제 밥 한 끼를 먹어도 맛있고, 향이 좋고, 비싼 것들만 먹습니다. 근데 자꾸 생각이 나요. 시발, 먹지도 않는데."

태준 씨의 미간이 굽이쳤다. 이상하게도 화가 난 사람 같아 보이진 않았다. 날카로운 말과 점차 고조되는 목소리 뒤에는 분명 다른 감정이 있었다. 그녀는 어떠한 감정을 분노로 숨기는 중이었다. 아버지가 계시지 않는 점은 나와 비슷했으나, 분명 내게는 없는 감정이었다.

아버지가 부산 영도 출신 선원이어서 태준 씨 역시 바다 근처에서 나고 자랐다. 생선 요리를 태생부터 싫어하진 않았다고 한다. 다만 살아온 세상이 너무 험했다. 어머니와 이혼 후 아버지 홀로 가족을 양육했으나 녹록지가 않았다. 그는 책임을 다하려고 치열히 살았고, 바다는 그런 사람을 속절없이 거둬갔다. 지나치게 빨리 가장이 돼버린 태준 씨를 붙잡은 건 냉혹한 현실이었다.

그녀가 당시에 선택한 수단은 공부와 일이었다. 수학여행을 반납해야 할 정도로 상황이 어려워지자 일찌감치 대학을 포기했다. 하지만 비상한 머리를 활용하여 발버둥 쳤다. 여러 자격시험에 합격해 그 경력으로 과외를 시작했다. 험난한 교육 필드에서 고졸이라는 신분으로 살아남기 위해 갖은 수를 다 썼다고 한다. 모두가 그녀를 인정해 주지 않았기에 그녀는 본인이 가진 몇 없는 재능을 살리기 위해 억척같이 살아야만 했다. 그게 지금 태준 씨의 모습을 만들었다.

순종적으로 살 이유가 없는, 오히려 그래서는 안 될 사람이었다. 과외 아르바이트에서 학원 원장까지 그녀가 걸어온 가시밭 길이 그려졌다. 거칠게 변하기 전엔 어떤 사람이었는지 가늠조차 되지 않았다.

"편식 개선에 실패해도 질책 안 합니다. 내 학원 모토가 '학생 탓을 하지 말자'입니다."

"독특하네요."

분명 서비스는 내가 제공한다. 그런데도 태준 씨는 본인이 서비스를 제공하는 사람인 양 말했다. 아마도 직업병인 듯했다. 우리는 다양한 이야기를 더 나누었다. 그녀는 약 두 시간 동안 부가적인 정보를 더 주었다. 대부분 살아온 이야기였다. 짠한 이야기를 하면서도 결코 주눅 들지 않았다. 그 당당한 모습이 나이에 맞지 않게 당돌해 보이기까지 했다. 낙원 씨가 사연을 털어놓기 전 한참이나 헛소리를 하며 자신을 숨기려고 했던 모습과는 달랐다. 모든 사실을 한 방에 오픈했지만 비굴함이 어디에도 없었다. 슬퍼 보이지도 않았다. 그러나 낙원 씨와 아주 다른 사람은 아니었다. 그녀 역시 필사적인 구석이 있었다.

나는 그녀의 이야기를 듣는 동안 꽁치를 떠올렸다. 비리고, 크지 않은 생선. 저렴하고 고급스럽지 못한 생선. 이름마저도 꽁치. 귀티 나지 않아. 그녀가 무엇을 미워하는지 추적해 갔다. 대화의 말미에 명함을 받았다. 혹시나 비용 청구가 필요하다면 연락하라는 이유에서였다. '원장/CEO' 곽태준 이름 석 자 뒤에 붙은 그녀의 신분이 눈에 띄었다.

그녀는 처음처럼 호탕하게 인사를 건넸다. 찌푸렸던 미간이 온데간데없이 사라져 있었다. 식당을 나서고선 뒤도 돌아보지 않고 걸어갔다. 등허리가 꼿꼿이 세워져 있었다. 그녀처럼 흐트러짐 없이 걷는 사람을 본 적이 없었다. 완벽한 직립 자세였다. 매사에 혼신을 다하는 사람이었다. 들었던 사연보다, 그녀의 허리를 보았을 때 마음이 먹먹해졌다. 인위적일 정도로 안간힘을 쓰는 당당함, 그 뿌리에 얼마나 고된 역사가 있었을까 하고.

"편견 생길까 봐 말 안 했는데 말이야."

동희가 태준 씨에 대한 소문을 이야기해 줬다. "남성 편력이 있어서 큰돈으로 남자를 갈아치웠대, 이름도 바꾼 거래, 지금 애인이 연예계에서 활동한대, 교육부 높은 자리들이랑 연결돼 있대." 등등. 알고 보니 그녀는 이 구역 연예인이었다. 사는 게 한가한 사람들을 위해 아무 대꾸도 안 했던 걸까. 고혈로 쌓아온 명성의 뒤에는 숱한 사람들의 저열함이 있었다. 그녀 또한 본인 가십을 모르지 않지만, 오히려 즐긴다더라. 소문 많은 사업가치고 뒤가 구리지 않은 사람이 없다며, 동희가 세간의 입방아를 빌려 검증되지 않은 폄하를 했다.

그런 태준 씨조차도 나름의 사연을 짊어지고 있다는 말을 들었을 때에야 동희는 발언을 멈췄다. 그녀는 발 뒤에 달린 그림자를 즐길 만큼 고통 없이 살아온 사람이 아니었다. 그저 악착같이 강해졌기에 살아남았을 뿐이다. 아마도 태준 씨가 걸어온 가시밭길이란 이처럼 노력으로 변화한 자신을 인정해 주지 않는 세상일지도 몰랐다.

낙원 씨가 우리의 이야기를 조용히 경청하고는 분위기와는 사뭇 다른 얼굴을 보였다.

"이상하네요. 요즘엔 꽁치가 옛날만큼 저렴하진 않거든요."

휴대폰을 잠시 만지작거리더니 사진 하나를 보여줬다. 싱싱해 보이는 회 접시였다. 사진을 뚫고도 바다 향이 날 만큼 생기가 있어 보였다.

"울릉도 갔을 때 먹었던 꽁치 회인데요. 생각보다 비싸요."

그는 횟집 점원의 호객 행위에 떠밀려 억지로 먹었던 꽁치 회를 회상했다. 꽁치 주제에 가격이 비싸, 바가지 썼다는 불안감이 컸다더라. 막상 서빙된 양도 넉넉하지 않아 화를 낼 뻔했다는 건 덤이었다. 하지만 먹어보니 청어 회만큼 식감이 좋아 깜짝 놀랐다고 했다. 비린내도 거의 없고 산뜻한 맛이었다며.

꽁치를 요리 메인 재료로 삼아본 적이 없기에 나는 꽁치에 무지한 편에 가까웠다. 물론 '꽁치'라고 하면 태준 씨 말처럼 그 이미지가 고급스러움과는 거리가 멀다. 결이 쉽게 바스러지고 퍽

퍽함이 강한 생선. 특유의 비린내도 센 편이다. 그래서 꽁치 회이야기를 들었을 땐 의외라는 생각이 먼저 들었다. 활용도가 다양한 식자재는 아닌 편이니 말이다. 하지만 그렇다고 한들 꽁치가 가난의 상징으로 분노의 대상이 될 이유는 없었다. 낙원 씨역시 내 의견에 동감을 표했다.

"세상에 겉과 속이 똑같은 게 얼마나 되겠어요? 초라해 보여도 결국은 표리부동."

내가 유현 씨에게 해주었던 말이었다. 다른 사람의 입으로 듣게 된 나의 의견이 반가웠다. 그렇지, 표리부동.

그는 호기롭게 말하며 손가락 하나를 쭉 뻗었다. 그 손가락끝에는 다름 아닌 물망초 식당의 나무 간판이 있었다. 엄마가만들어준 것으로 이곳을 나타내는 상징이기도 했다. 나와 동희가 일제히 간판과 낙원 씨의 얼굴을 번갈아 바라봤다.

"이 사람이?"

이해를 하고서야 나는 낙원 씨의 옆구리를 팔꿈치로 얕게 쿡찔렀다. 은근히 우리 식당을 돌려 까고 있잖아.

"아얏! 잠깐 기다려봐요. 이 물망초 식당도 밖에서 보면 누가대단한 식당인 줄 알겠어요? 들어와서도 몰라요. 오히려 손님 하나 없는 모양새를 보면 편식 만드는 식당인 줄 알걸요. 근데 날봐요. 이 식당 때문에 지금은 이렇게 족발을 깻잎에다가, 어? 두점씩 싸서 먹잖아요! 숨겨진 진가는 아무도 모르는 거라고요."

낙원 씨가 깻잎쌈을 입 안에 마구 넣으며 고개를 흔들었다. 방금 말을 증명하려는 노력이었다. 그가 한 말은 확실히 맞는 말이었다. 대상 선정이 매우 잘못됐지만……. 비록 나 혼자 꾸리는 작고 소박한 공간이긴 하나 물망초 식당은 큰 포부를 품고 있다. 아빠와 엄마를 이어 오너가 될 초석을 닦는 공간이다.

금귀비 정찬도 과거 마찬가지였다. 추억 속 금귀비 정찬은 매우 작고 협소한 공간이었다. 사람들 발 닿는 자리까지도 꽃을 놔둔 아빠의 취향 때문에 고급스러운 식당으론 보이지 않았다. 예쁜 인테리어의 가게 정도면 모를까. 하지만 요리를 먹은 손님들은 누구나 단골이 됐다. 위로를 받고 기쁨을 얻었다. 겉보기엔 수목원인지 식당인지 분간이 안 되는 공간일지라도 사람들에게 꾸준히 용기를 선사했다. 금귀비 정찬의 성공 요인은 그게 전부였다. 사람을 향한 끊임없는 사랑, 요리를 향한 무한한 애정. 나는 물망초 식당에서 그의 가훈을 잇는다. 나무 간판 하나로는 꿰뚫어 볼 수 없는 역사가 담겨 있다.

"팔꿈치가 왜 이렇게 매워요, 정말."

"농담도 참……."

머릿속이 쾌청해졌다. 얼얼함을 토로하는 낙원 씨 얼굴 대신 창밖을 내다봤다. 이 세상에 가난을 위해 탄생한 식자재는 없다. 구황작물로 여겨졌던 감자조차도 어떻게 만드느냐에 따라 값어치가 달라진다. 꽁치도 마찬가지다. 물망초 식당의 긍지를 걸고, 꽁치 네 녀석의 가치를 올려주겠어. 내 식당을 보라. 세상 모든 것은 표리부동. 지긋지긋한 가난의 상징도 마찬가지다.

⌣

엄마가 신선로를 빌려줬다. 원래 금귀비 정찬 것인데 궁중 음식 수요가 적은 편이어서 빌릴 수 있었다. 먼저 마른 천으로 표면을 닦았다. 금귀비 정찬에서도 자주 사용하지 않아서인지 광이 살아 있었다. 조금만 닦아도 황금 같은 빛이 나왔다. 이번에는 맛도 중요하겠지만 플레이팅에 유독 신경을 써야 된다. 최대한 화려하고 고급스러운 요리를 만들어볼 작정이다. 신선로는 존재만으로도 진귀한 느낌을 더해준다.

메뉴를 뭐로 할 거냐면…….

"엄마, 신선로로 먹어본 것 중에 제일 화려한 음식이 뭐였어?"

이제부터 정할 참이다. 사실 신선로까지만 생각했다.

"네 아빠가 해준 궁중 떡볶이."

떡볶이? 별로 도움이 안 되는 답변이었다. 혹시 장난을 치는 건가. 확인차 엄마를 바라봤다. 표정이 사뭇 진지해 보였다. 아빠가 해준 신선로 궁중 떡볶이는 나도 먹어본 적이 있었다. 하지만 그거 말고 다른 답이 있을 거라 기대했다.

"못 믿네. 너네 아빠가 신선로로 나한테 해준 요리는 떡볶이

뿐이었어. 궁중 요리에 약했걸랑."

"그럼 엄마가 이걸로 직접 해본 요리 중 제일 자신 있는 건 뭔데?"

"궁중 떡볶이."

"엄마 나 장난치는 거 아닌데."

"네 아빠가 떡볶이만 기막히게 가르쳐줬다고."

신선로로 꽁치 떡볶이를 만들 순 없는 노릇이었다. 아무래도 그건 안 될 말이었다. 엄마 역시 대답이 민망했는지 멋쩍은 표정을 지었다. 하지만 나는 왜 아빠가 엄마에게 궁중 떡볶이 레시피를 계속 알려줬는지 어렴풋이 짐작이 가능했다. 엄마가 세상에서 제일 좋아하는 음식이 떡볶이니까. 반대로 아빠는 분식을 좋아하지 않았다.

신선로 궁중 떡볶이는 보통 떡볶이와 달랐다. 불고기 소스를 국처럼 맑게 끓여 베이스 육수를 만들었다. 탄수화물 비중이 높은 요리라서 영양 균형을 맞추기 위해 갖은 채소와 육류도 함께 끓여냈다. 조리 과정 때문에 떡볶이보다 떡 탕에 가깝다고 오해할 수 있으나 탕 속에서도 떡이 푹 퍼지지 않아 식감이 살아 있었다. 또한 고춧가루로 매콤한 향을 가미하여 떡볶이 특유의 매운맛도 일정 부분 살려냈다. 그래서 엄마는 신선로 궁중 떡볶이를 먹고 나면 항상 극진한 대접을 받은 기분이었다고 했다. 누군가에겐 분식이지만, 엄마에게만큼은 요리였다. 나 역시 아빠가 궁중 떡볶이를 해주는 날이면 밥도 먹지 않고 기다렸던 기억이 있다. 하나의 요리가 신선로와 좋은 셰프를 만나 훌륭히 재탄생한 셈이었다.

본인이 선호하지 않는 떡볶이마저 변화시킨 까닭은 간단했다. 엄마를 그만큼 사랑하신 거지. 요리사는 사람을 사랑해야 한다는 말, 이 말을 내게 처음 해준 건 엄마가 아닌 아빠였다. 어린 시절 그와 나누었던 대화가 떠올랐다.

'나 꿈이 생긴 것 같아. 아빠 같은 사람이 되고 싶어. 요리사 말이야!'

'기쁜 얘기구나. 나는 식당을 서른 살에 열었단다. 언젠가 이 식당을 너에게 물려줄 날이 올 거야.'

'지금 당장이라도 좋아! 나도 아빠 따라 할래.'

'어린이로 살 때는 요리보다 더 재미난 일들을 많이 누리렴. 이름처럼 좋은 곳에 가서 아름답게 피어보기도 하고, 때로는 실패로 시들어보기도 하며 사는 거야. 망초도 아빠처럼 이 식당을 운영하고 싶으니?'

'응! 아빠처럼 될 거야.'

'우리 딸은 나보다 훨씬 더 잘할 수 있을 거야. 네가 이 식당을 열었던 내 나이가 되면 훌륭하게 자라 있겠지. 그런 의미에서, 욕심이겠지만, 너의 서른이 우리의 공간에서 피어나면 좋겠구나.'

'꼭 그렇게 될게. 약속!'

'정말로 약속할 수 있겠어? 힘든 길일 텐데.'

'아냐, 할 수 있어. 약속!'

'좋아, 아빠랑 약속이다. 꿈을 가진다는 건 마음에 멈추지 않는 바람개비를 심는 일이란다. 하지만 스스로의 힘만으로는 돌아가게 할 수 없어. 부디 네가 살아가며 좋은 바람을 만나고 또 너른 땅을 찾길 바란다.'

아빠가 해준 요리에는 구석구석 사랑이 깃들어 있었다. 그는 우리의 마지막 사랑이었다. 나는 또다시 그리움에 잠길 수밖에 없었다. 그가 살다간 시간이 참 짧았다. 사랑으로 혀끝에 녹였던 수천 번의 소금과 설탕은 독이 됐다. 평소 위가 약했던 아빠는 위암 진단을 받은 이후에 모든 요리 비결을 엄마에게 전수해 주었다. 엄마는 주방에서 매일 눈물만 흘리는 제자가 됐다.

마치 악마와 계약이라도 한 듯, 엄마가 아빠에게서 받아낸 요리 실력과 아빠의 생명이 반비례했다. 모든 수업이 끝났을 때 내 나이는 고작 열 살이었다. 가장 사랑하는 사람을 두고 떠나던 그의 마지막 말은 "금귀비, 문망초, 사랑하는 꽃밭을 지켜주지 못해서 미안해."라는 것이었다. 나는 평생 그 음성에서 벗어나지 못하리라. 우리 삶에 처음이자 마지막 정원사였던 그가 떠나고 금귀비 정찬은 한동안 문을 열지 못했다. 모녀는 참 많이도 울었다.

밝은 해가 난폭히 쏟아졌던 금귀비 정찬에는 아빠의 사랑이 깃들지 않은 게 없었다. 키가 작은 꼬마 화분, 가게 입구에 놓인 붉은 화초, 계산대에 놓여 있던 선인장마저도 꽃을 피웠다. 잔인했다. 우리는 그가 남긴 꽃밭에서 유일하게 시든 존재가 되기 싫었다. 눈물을 털고 일어나 다시 가게 문을 열었다. 엄마와 내가 고군분투하는 오늘은 모두 아빠가 만들어준 선물이다. 그러니 나는 꼭 계약에 성공하여 금귀비 정찬을 이어갈 거다.

다시 신선로에 집중했다. 손님을 행복하게 만들 요리, 내가 꼭 해낼 거다. 당신이 미워하는 가난함을 화려함으로, 그 대상은 꽁치로. 책꽂이 구석에 때가 탄 세계 궁중 요리 책을 가져왔다. 물티슈로 얼른 먼지를 닦아내고 펼쳤다. 가장 화려하고 예쁜 요리를 찾아 책장을 넘겼다. 할 수 있다. 지금 이 순간 누구보다도 태준 씨를 사랑해 보기로 했다. 그를 가엾게 여기지 않고 오직 기뻐하는 얼굴만 바라는 마음을 채웠다. 아빠가 엄마를 위해 만든 떡볶이처럼 나도 할 수 있다.

할 수 있어야만 한다. 서른이 되기 전에 식당을 꼭…….

딤섬은 중화권에서 분식으로 통한다. 가벼이 먹기 좋다는 이유 때문인데 사실 역사는 그렇지 않다. 중국어로 딤섬은 '디엔신(點心)'으로, 마음에 점을 찍는다는 뜻이다. 대접하는 사람이 딤

섬 한 점으로 손님 마음까지 닿도록 성의를 녹여내 만든 음식이
다. 그래서 딤섬은 얼핏 보면 잘 빚은 만두 같아 보이지만 그 종
류가 상당히 다양하고 모양까지 예쁘다. 간단히 만두류로 치환
될 수도 있었으나 3,000년 역사를 초월하여 딤섬 자체로 존재해
왔다. 왕을 대접하는 궁중 요리부터 서민의 삶까지, 딤섬은 누구
에게든지 대접할 수 있다. 여기까지가 책에서 얻은 힌트였다.

　이러한 점에 착안하여 나는 딤섬 형태 중 완자를 떠올렸다.
생선 살은 고기와 달리 기름기가 적어 잘 뭉쳐지지 않는다. 그
래서 만두를 빚으면 피 안에서 쉽게 바스러져 식감이 좋지 않
다. 반죽해 생선가스로 만들 순 있지만, 신선로와 어울리지 않는
다. 완자라면 괜찮다. 꽁치 살이 반죽에 골고루 섞인 채로 익혀
진다. 비린내를 숨기고자 완자를 시래기로 한 번 말았다. 삼삼한
맛을 살리면서 비린내가 줄어든다. 이것을 야채와 된장 육수로
오래 끓인다. 그 후 실고추와 계란 지단, 배추, 감자, 무 등을 함
께 끓여내 탕의 구색을 더한다. 이른바 꽁치 완자 신선탕이다.

　태준 씨가 보글거리는 신선로 앞에서 입을 오므려 감탄했다.

　"오오, 제 요리가 맞나요? 저는 꽁치구이를 주실 줄 알고 안
먹을 각오를 했는데."

　수저로 탕을 휘휘 저으며 구경하듯 말했다. 신기해하는 기색
이 역력했다. 오늘 상은 지극히 화려하게 차려졌다. 숟가락을 비
롯한 모든 식기를 금색으로 선택했다. 티타늄 소재라 실제 금은

아니지만, 오히려 실제 금보다 더 반짝거렸다. 함께 먹으면 좋은 찬 역시도 단가가 비싼 것만 골라왔다. 덕분에 카드를 무지하게 긁어야만 했다. 태준 씨가 좋아할 모습만 상상하며 세팅했기에 아깝지 않았다. 물론 예산을 초과해선 안 되니, 상한선을 겨우 지켰다.

그녀는 대가 없이 대접받는 게 익숙지 않아 보였다. 혼자 고급 요리를 종종 즐겼으나 이런 건 처음 보는 메뉴라더라. 누구나 꽁치 완자 신선탕을 먹어본 적은 없을 거다. 그녀가 휴대폰을 꺼내 동영상을 찍었다. 연신 오오, 감탄을 뱉었다.

"꽁치는 어디 있죠? 시래기가 둘린 이 동그란 건 뭐죠?"

그녀는 손부채질을 하며 냄새를 맡기도 했다. 어디에도 비린 향이 없었다. 고개를 갸우뚱하며 본인이 아는 꽁치와 다르다고 몇 번이나 의구심을 표현했다.

"꽁치구이, 꽁치찜, 꽁치조림, 어렸을 때 안 먹어본 게 없는데요. 이런 건 처음입니다. 아빠가 꽁치로 이런 걸 해주지는 않았어요. 이거라면 구지레하지 않아서 괜찮네요. 눈 딱 감고 도전해 보죠."

나는 고개를 끄덕이고 아무 말을 하지 않았다. 그릇에 탕을 덜어 건넸다. 태준 씨가 탕 안을 요리조리 쳐다봤다. 시래기가 둘러진 완자를 굴려도 보고 푹푹 찔러도 봤다. 먹으면 죽기라도 할까. 꼭 고양이가 음식으로 장난치는 모습을 보는 듯했다. 한참이나 경계한 뒤 완자 하나를 국물과 함께 입에 넣었다. 그녀의 몸짓은 호쾌하면서도, 여전히 작위적이었다.

"맛이 나. 분명 꽁치가 맞아. 그런데 비리지가 않아. 내가 싫어하는 그 맛이 아니야."

눈이 휘둥그레져서는 혼잣말을 뱉었다. 음식이 입에 맞았는지 상기된 표정으로 두 번째 국자를 폈다.

"천천히 드세요."

오랜만에 꽁치와 만난 그녀를 위해 나는 조용히 자리를 비켜주었다. 주방으로 가 레몬 물을 만들었다. 찬물에 레몬즙을 살짝 넣은 다음 탄산을 3분의 1 정도 첨가한 물이다. 소화를 돕기 위한 목적이었다. 탕을 먹은 후 입가심하기 좋았다. 이런 물마저도 일일이 만들려면 참 귀찮은 것이다. 당신을 위해 이만큼이나 노력한다는 걸 보여주고 싶었다.

"이 꽁치는 어디에서 공수하신 거죠? 프리미엄인가요?"

오늘 요리를 위해 단 한 가지 신경을 쓰지 않은 재료가 있었다. 그건 바로 꽁치였다.

"시장에서 샀어요. 다섯 마리 5천 원."

"거짓말 마요. 전문 업체에서 납품받았죠? 시장 꽁치에선 이런 맛이 안 나요."

나는 냉장고에서 통 하나를 가져왔다. 완자를 만들고 남은 꽁치 토막이 들어 있었다. 뚜껑을 열자 확실한 비린내가 풍겼다.

태준 씨가 인상을 찌푸리며 통을 치우라고 말했다. 뜻대로 얼른 뚜껑을 닫아 시야에서 제거해 줬다. 꽁치 출처에 대한 증명이 확실히 됐으리라.

"구질구질한 재료는 아무것도 없습니다. 어떤 요리를 만나느냐에 따라 천차만별로 변화할 뿐입니다."

만들어진 레몬 물을 그녀의 왼손 옆에 내려놨다. 신선로를 바라보니 충분한 양을 먹은 상태였다. 이제 내게 남아 있는 역할은 단 하나였다.

"사람도 마찬가지라고 생각합니다. 어떤 환경에서 어떤 노력을 하느냐에 따라 다른 모습이 됩니다. 풍족한 삶이었다면 아버지도 분명히 좋은 재료를 쓰셨을 거예요. 하지만 어쩔 수 없으셨을 겁니다. 그런데도 당신을 사랑하셔서, 어떻게든 단백질을 채워주고자 꽁치를 고집하셨겠죠. 이 녀석이 가격은 헐값이어도 영양이 꽤 괜찮거든요. 싫은 모습이었겠지만 결국 모든 게 당신을 향한 사랑이셨을 겁니다."

태준 씨가 내 말을 듣더니 고개를 좌우로 저었다. 납득하지 못한다는 티를 팍팍 냈다.

"아니요, 그냥 우리 집은 가난했던 겁니다. 포장하지 마세요. 나는 그냥 보잘것없는 아빠 밑에서 힘들게 살았던 것뿐입니다. 저 통 속의 꽁치처럼 비리고 보잘것없어요. 솔직히 이런 완자는 눈속임이잖아요. 내 과거는 아름답지 않아요. 나는 여전히 아빠가 원망스럽습니다."

"그런데 왜 꽁치를 편식하는 습관을 고치고 싶으셨던 거죠? 원망스럽다면 계속 외면하면 되는데요."

답이 없었다. 태준 씨는 할 말을 찾고 있지 않았다. 맥이 탁 풀려버린 듯 멍한 표정을 지었다. 우리는 서로 알고 있던 관계가 아니었다. 그러므로 이 식당에 와달라 부탁한 적은 없었다. 그녀가 제 발로 편식을 고치기 위해 식당을 찾았다. 나는 그녀의 마음 깊은 곳에 부정하지 못할 의지가 있으리라 믿었다. 나쁜 모습을 바꾸고자 노력하는 사람은 누구나 대접받을 가치가 있다. 그녀를 바라보되 채근하지 않았다. 아직 온기가 가득한 신선로에 태준 씨의 얼굴이 비쳐 보였다.

"그러게요, 왜 자꾸 꽁치가 생각이 났을까요? 저도 모르겠습니다."

어쩌면 간단한 이유겠지만 그녀는 스스로의 입으로 말하지 않았다. 직접 말해주면 좋겠다고 생각했으나 너무 강하게만 자라온 태준 씨였기에 한발 물러나기로 했다. 내가 도움을 줄 차례였다.

"사람의 마음은 결코 구질구질하지 않다고 생각해요. 태준 씨가 어떤 삶을 살아왔든 또 지금 어떤 삶을 살아가든 말이에요. 마음만큼은 화려하다거나 혹은 초라하다거나 하는 판단 속에 있지 않아요. 그러니 아버지의 마음도, 태준 씨의 마음도 결코 구질구질했던 적이 없습니다. 다만 당신을 몰아세운 환경과 시선만 있을 뿐이에요."

아버지와 함께했던 순간을 떠올리는 일이, 필연적으로 가난을 추억해야 하는 일이라면 괴로울 수 있다. 그토록 벗어나고 싶었던 초라함과 마주하는 일이 유쾌하진 않을 테니까. 그러나 그 아픔 끝에는 누군가가 있었다. 가난을 탓하며 부정하고 싶었으나, 실은 제일 보고 싶은 사람. 기억 속에 갇혀 있는 사람이 분명 있었다.

나는 태준 씨가, 원망에 매몰돼 버린 아버지와의 끈을 발견하길 바랐다. 살아온 환경이 이토록 거친 모습으로 그녀를 변화시켰어도 본인의 뿌리를 향한 마음이 남아 있으리라. 고급스러운 탕 속에 숨어서도 제 맛을 전부 상실하지는 않는 꽁치처럼. 사랑과 정성 덕분에 궁중 요리로 거듭났으나 본질을 잃지 않은 떡볶이처럼. 본질과 변화의 공존 속에 그녀가 찾아야만 하는 답이 있었다.

태준 씨가 마른세수를 몇 번 반복했다. 한숨까지 푹 내쉬었다. 이윽고 조금은 홀가분해진 얼굴로 나를 바라봤다.

"사람의 마음이라…… 그렇네요……. 저는 아버지가 그리웠나 봅니다."

조용히 손수건을 내밀었다. 오랜 시간 부정했던 감정과 마주하는 시간이었다. 강해진 사람에게도 원 없이 그리움을 토하는 나약함이 필요했다. 억척스러운 사람의 이면에는 언제나, 그렇게라도 버텨야만 했던 슬픔이 있다. 험준한 환경 속에서 수년을 버틴 사람이라 하여도 그 사람의 심장까지 강철로 바뀔 수는 없다. 누구든지, 사람의 심장은 태어날 때부터 죽을 때까지 말캉하다.

"잠시 우편물을 가지러 1층에 다녀올게요. 10분 뒤에 돌아오겠습니다."

한때는 거친 세상을 대신 지탱해 줬을 아버지. 혼자가 돼 스스로 이겨내는 세상 속에서 기댈 곳이 필요한 건 모든 이가 마찬가지다. 똑똑한 그녀에겐 오랜 시간이 필요하진 않을 것이다. 10분이면, 자신이 외면했던 마음속 존재를 깨닫기에 충분했다.

다시 돌아왔을 때 그녀의 눈은 이전보다 촉촉하게 빛나고 있었다.

"가게가 너무 조용하죠?"

괜스레 TV를 켜 음악 채널을 틀었다. 엉뚱하게도 식당과 전혀 어울리지 않은 록 밴드 음악이 흘러나왔다. 나는 허둥거리며 잔잔한 음악을 선곡하고자 채널을 거듭 돌렸다.

"선곡이 쉽지 않네요."

"……고맙습니다."

"음악이요?"

"네. 그리고 다른 것도요."

다행히도 그녀는 참으로 당찬 어른이었다. 재빨리 화젯거리를 바꾸며 마음을 정돈해 갔다.

세 번째 서명은 여태껏 받아본 서명 중 가장 화려했다. 태준이 아닌 태희. 차마 바꾸지 못한 서명이 주인과 똑 닮아 있었다. 누군가의 사연이 담겨 있는 서명이란 내게 성취 그 자체였다. 나도 모르게 얼굴에 미소가 번졌다. 그녀가 나를 보더니 나지막이 감상을 남겼다.

"사장님의 부모님은 분명 좋은 사람들이셨을 겁니다."

과연 교육자다운 통찰이었다. 식당을 나서며 마지막으로 질문을 던졌다.

"만약 오늘 이후로 다시 꽁치를 먹지 않으면 어떡하죠?"

주저 없이 답했다.

"실패해도 질책은 안 합니다. 우리 식당 모토가 '손님 탓하지 말자'입니다."

그녀가 오늘 처음으로 소리 내어 웃었다. 그 모습이, 내가 아버지를 떠올리던 얼굴과 닮아 있었다.

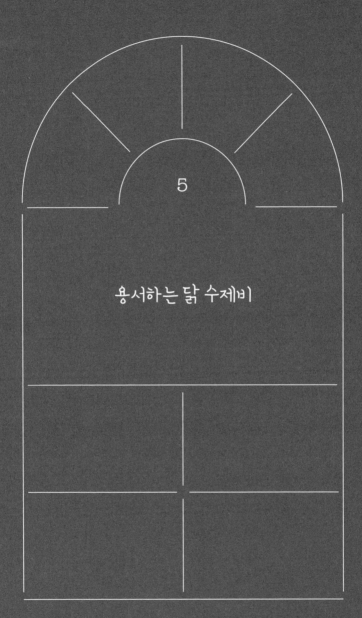

5

용서하는 닭 수제비

언젠가 엄마는 내게 100개의 가정집엔 100개의 수제비 레시피가 있다는 말을 한 적이 있다. 수제비라 하면은 밀가루를 뜯어 육수와 끓여낸 음식인데 이 육수가 정형화돼 있지 않아 끓이는 사람 마음에 따라 얼마든지 레시피 변형이 가능하다. 감자를 넣으면 감자 수제비요, 김치를 넣으면 김치 수제비, 고추장으로 간을 하면 고추장 수제비가 된다. 나는 맑고 담백하게 끓여낸 멸치 육수 수제비를 선호하는데, 추운 날 몽글몽글 김이 솟는 수제비 한 입을 딱 베어 물면 입 안이 따끈해지는 것이……. 여기에 아삭한 배추김치 한 점에 다시 또 짭짤한 국물을 한 모금 삼키면 입 안이……. 사연을 읽던 도중 배고파질 뻔했네.

　네 번째 신청서는 닭 수제비였다. 각양각색의 방법으로 끓여

내는 수제비가 편식의 대상이 된다는 게 낯설었다. 보통 편식이라 하면은 맛이 정형화돼 있어 어떤 경우에도 비슷한 맛이 나는 음식을 향해 발현된다. 수제비처럼 가변성이 높은 음식은 편식을 고집하기가 어렵다. 고로 손님의 사연에 시선이 묶일 수밖에 없었다. 꽤나 길고 상세한 신청서였다.

[닭 수제비를 볼 때마다 만식이에게 잘못한 제 과거가 떠오릅니다.]

반복적으로 등장하는 만식이라는 상대는 사람이 아니었다. 반려견의 이름이었다. 상아색 털에 황색 점이 얼룩덜룩하게 박힌 믹스견이라고 한다. 생후 3개월 만에 '앉아'와 '손'을 마스터하고 '하이 파이브'까지 배울 정도로 명석한 친구라는 설명이 길게 서술돼 있었다. 만식이는 1인 가구의 쓸쓸함과 고독, 기쁨과 슬픔을 모두 함께한 존재였다. 홀로 살아가던 중년에게 찾아온 네발 가족. 낯선 점박이 한 마리가 내 머릿속에서 경중경중 뛰어다니기 시작했다.

[벌써 1년이나 흘렀습니다.]

이미 먼 여행을 떠난 녀석이었다. 손님의 마음이 텍스트를 뚫고 느껴졌다. 기나긴 신청서를 가득 채운 사랑이 쓸쓸했다. 반려견과 종종 닭 수제비를 끓여 먹었다고 했다. 개가 수제비를 먹어도 되려나? 개를 키워본 적이 없으니 모를 일이었다. 조금은 궁금한 마음으로 읽어 내려간 글에서 그는 자신이 왜 닭 수제비를 선택했는지 알려주었다.

강아지가 열 살이 넘어 노견이 됐던 시기에, 그는 조금이라도 기운을 차리란 마음에서 고깃국을 자주 끓였다. 돼지고기나 소고기를 매번 구입하기에는 부담이 있었고 또 마침 자신이 닭 살코기를 좋아하여 닭을 즐겨 선택했다. 이왕 산 김에 사람도 함께 먹을 수 있는 요리를 고민했다. 하지만 요리에 조예가 깊지 않았던 그에겐 선택지가 많이 없었다. 고민 끝에, 닭고기를 넣어 육수를 팔팔 끓인 다음 밀가루 반죽을 아무렇게나 넣었다. 그리고 자신은 밀가루 위주로, 만식이에게는 닭고기 위주로 주었다고 한다. 배우지 않았어도 닭 수제비라는 음식을 만들게 된 거다. 털이 보들보들한 강아지와 사람 한 명이 작은 집에서 오손도손 음식을 나눠 먹는 모습이 그려졌다.

하지만 그는 자신의 행동을 후회했다. 기회가 주어진다면 반드시 되돌리고 싶단 말과 함께였다. 사연 말미에는 먼저 떠난 아들 만식에게 참 미안하다는 말이 적혀 있었다. 덜컹, 아들이라는 두 글자가 방지 턱을 넘듯 내 시선을 느리게 만들었다. 사랑했던 존재와 함께 먹었던 음식을 왜 이제는 먹을 수 없게 된 건지 그를 알고 싶어졌다. 나는 지체 없이 방문을 요청했고 메시지를 보낸 지 채 한 시간이 지나지 않아 일정이 확정됐다. 장소와 시간을 거듭 묻는 상대에게서는 간절함이 느껴졌다.

손님과 만나기로 약속한 날, 오전 시간이 비는 덕에 인근 애견용품점을 방문했다. 개에 대한 사연을 들으니 동희네 몰티즈가 떠오르지 않을 수 없었다. 첫 번째 서명을 받게 해준 고마운 녀석이자, 나의 작은 두려움을 하나 없애준 좋은 도우미이기도 하니까. 마침 녀석에게 선물을 해주고 싶었던 참이고, 사연자와 유대감을 형성하려면 애견 문화를 아는 일이 도움될 거라는 판단이 섰다.

　평생 내가 올 일은 없을 줄 알았던 곳인데 막상 방문해 보니 생각보다 낯설지가 않았다. 마치 내게는 매장 전체가 다이소의 한 코너처럼 보였다. '애견'이라는 주제 아래에 일렬종대로 진열된 물품이 잔뜩 있었고 하얀 백색광 덕에 반질반질한 포장재가 제각기 빛났다. 여러 팻말 중에서도 내가 찾아온 목적과 부합하는 팻말은 '소형견 의류'였다. 사람이 입는 옷과 묘하게 비슷하면서도 조금씩 다른 옷 모양새가 퍽 귀여워 혼자 큭큭거리는 중이었다. 디자인도 각양각색이라 앞에서 10분을 넘게 알짱거리자, 보다 못한 점원이 내게로 다가와 키우는 견종이 무엇이냐 물었다. 견종을 알면 체구에 맞는 의류를 추천해 주겠다는 의미였다. 나는 이때부터 당황하여, 쇼핑몰 점원에게 낯가리는 손님처럼 말을 더듬거렸다.

"아, 그, 저는 개를 안 키우고, 친구 주려고요······."

실수였다. 친구에게 주려는 게 아니라 친구 집 개에게 준다는 뜻이었는데. 많이 구매할 여력이 없었으므로 괜히 혼자 의식되어 긴장하는 중이었다. 눈치를 준 적도 없는데 어색하게 굳어버린 나를 보고도 점원은 전혀 당황하지 않았다. 하긴, 여기에 사람 입힐 옷 사러 오는 손님이 어디 있겠어.

"그러시군요. 친구분 강아지 견종이?"

"모, 몰티즈요."

처음부터 그냥 몰티즈라고 할걸. 점원이 간단하게 고개를 끄덕거리고선 등에 날개가 달린 하늘색 슈트를 추천해 주었다. 꼭 코스프레 복장 같았다. 털이 하얀 몰티즈가 입으면 걸을 때마다 흰 날개가 함께 나풀거려 귀여울 거라는 점원의 의견이 뒤따랐다. 그녀는 홈쇼핑 쇼 호스트 뺨치는 설명력을 갖추고 있었는데, 내가 망설이니 내친김에 분홍색과 보라색 의류까지 소개해 주었다.

"친구한테 물어볼게요······."

혼자 놔둬도 알아서 잘 고를 텐데. 나는 갑자기 압박감이 느껴져 허겁지겁 휴대폰으로 의류 사진을 찍은 다음 동희에게 전송했다. 이렇게라도 시야를 돌리면 마음이 좀 편할 것 같았다. 선물해 주려고 하는데 어떤 것을 갖고 싶냐는 물음에 돌아온 대답이 짤막했다.

[다 사줘도 돼.]

한결같은 사람이다.

"지금 의류 사시면 원 플러스 원 행사 중이에요."

강아지 옷도 그런 행사가 있나요, 묻고 싶었으나 어렵히 만족스러운 척 연기를 하곤 다시 앞만 바라봤다. 땀이 날 것 같았다. 10분 정도의 시간이 더 흐른 뒤 나는 처음 보았던 날개 옷과 분홍색 옷 두 개를 집어 들었다. 점원은 더 필요한 물품이 있으시면 천천히 결정하라는 말을 남긴 뒤 계산대로 돌아갔다. 옷을 사러 와서 옷만 사면 됐지 더 살 게 있으려나 하는 마음으로 얼른 나도 계산대로 향했다.

점원의 여유엔 이유가 있었다. 계산대로 가기 위해서는 식품 코너를 지나쳐야 했는데, 반려동물 전용 음식들이 양옆을 빼곡히 채우고 있었다. 훈제 오리, 연어 스틱, 건조 황태……. 그 종류와 가짓수가 사람 음식 못지않을뿐더러 품질도 우수해 보여 호기심이 생겼다. 고양이는 생선 가게를 그냥 지나치지 못하고 나는 식재료를 모른 척할 수 없나 보다. 몇 개를 집어 들어 살펴보니 사람이 먹어도 괜찮을 정도였다. 반려동물을 위한 식품들이 이렇게나 다양하다는 것은, 얼마나 많은 사람이 반려동물을 아끼며 살아가는지를 알 수 있는 부분이기도 했다.

식당을 마감한 뒤 나를 위해 소소한 간식거리를 사 오던 엄마처럼 누군가는 털 뭉치 가족을 위하여 이런 제품들을 구매하겠지. 영양 성분과 기호를 꼼꼼히 따져보며 작은 가족의 행복을 바랄 것이다. 평생 동물을 키워본 적 없는 나에게 전혀 다른 세상의 먹거리가 신선한 자극으로 다가왔다. 음식이란 정말로, 이리도 다양한 형태의 사랑이구나.

더딘 발걸음으로 계산대에 도착했다. 둘러본 시간이 꽤 길었으나 손안에 옷 두 벌이 전부인 내게 점원이 물었다.

"간식은 사지 않으셔도 되나요?"

나는 그녀가 영업을 위해 자꾸만 물건을 더 사라고 권유하는 건지, 정말로 궁금해서 묻는 건지 구분이 잘 안 되었다. 분명 물망초 식당을 혼자 꾸려나가고 있을 정도니 내가 낯가림이 심한 건 아니지만, 타인에 대한 의심이 결코 적지 않은 편이었다. 친밀하지 않다면 상대의 마음을 있는 그대로 받아들이지 못하는 내 습성이 잘 숨겨지지 않았다. 아빠와 일찍 작별을 한 뒤 스스로 만든 방어기제이기도 했다.

무뚝뚝한 얼굴로 누군가를 대할 때, 상대의 굳어버리는 얼굴을 본 후에야 또 내가 실수했다는 걸 자각하곤 했으나 대부분의 인간관계는 이런 식으로 실수 몇 번에 망쳐지기 일쑤였다. 그래서인지 어린 시절부터 나는 또래와 좋은 관계를 형성하진 못했다. 좀 더 가감 없이 말하자면 동희를 제외하곤 마음을 열어본 친구가 없다. 어린 시절 친구들과의 인연은 아무리 길어도 2년을 넘기지 못했다. 이 사실을 인정하는 일은 언제나 달갑지 않았다.

내 인생과는 전혀 무관한, 다소 엉뚱한 장소인 애견용품점에서도 발현돼 버리는 나의 결함이 익숙한 불편함을 남겼다. 내가 타인에게 닫힌 문이란 걸 느끼는 순간이 싫다. 그럼에도 점원은 불편한 기색 없이 답을 기다리고 있었다. 나는 말없이 얼굴을 저어 살 필요가 없다는 의견을 간접적으로 내비쳤다. 조용히 옷 두 벌을 올리고 카드를 건넸다.

"제가 하나 챙겨드릴게요. 몰티즈 견주분들이 자주 사가는 건데 좋아할 거예요."

오히려 그녀는 부탁하지 않은 덤을 챙겨주었다. 아무리 내가 손님이라고 해도 무뚝뚝하게 굴면 마음이 상할 텐데 그녀는 달랐다. 뒤늦게 오늘 받은 호의가 물건을 하나 더 팔기 위한 점원의 노력이라기보다는, 그저 그녀의 성품임을 알게 됐다. 이런 사람들을 보고 판매가 천직이라고 하는 걸까.

"저…… 많이 사지도 않았는데 챙겨주셔서 감사합니다."

오해한 게 미안해져 쭈뼛거리며 감사 인사를 건넸다. 그녀에겐 시종일관 따뜻한 결의 분위기가 있었다.

"아니에요, 동물에게 선물한다는 마음이 저 같은 사람들에겐 오히려 더 고마워요. 그럼 다음에 또 오셔요."

가게 문을 열자 오래 걸어도 지치지 않을 만큼의 따사로운 햇볕이 쏟아졌다. 물망초 식당으로 돌아가기 전, 괜스레 먼 길을 빙 둘러 걸어보았다. 대가를 바라지 않는 친절이 심장을 간질였다. 익숙한 기분은 아니었다. 하지만 털어내고 싶은 감각도 아니었다.

어떻게든 난 서른이 되기 전에 금귀비 정찬을 물려받아야만 한다. 돌아가신 아빠와의 약속을 지키기 위해서, 점점 닳아가는 엄마를 지켜주기 위해서 그리고 남들에게 인정받기 위해서였다. 그게 내 숙명이고 천직이니까. 금귀비 정찬을 물려받지 않으면 내가 이룰 수 있는 건 아무것도 없었다. 하지만 끝도 없이 이어지는 길을 따라 걸으며 오늘만큼은 조금 이상한 생각이 들었다. 상대가 어떤 사람인지 알지 못해도 조건 없이 친절했던 점원 같은 사람이 이 세상에 많았으면 좋겠다고. 내가 비록 미숙함투성이라 하여도 '다음에 또' 만나자며 웃어주는 사람이 있으면 좋겠다고.

이리저리 엉킨 생각들이 돌발 행동을 이끌었다.

[고양이 키운댔죠?]

[네, 갑자기 왜요?]

[간식 뭐 좋아해요?]

[츄르 좋아해요. 저는 육포 좋아하고요.]

[뒤에 건 안 물어봤네요.]

낙원 씨에게 메시지를 보냈다. 여태껏 걸어온 길이 짧지 않은데도 또다시 빙 둘러 애견용품점으로 향했다. 이왕 사는 김에 그 집 고양이도 챙겨주지, 뭐. 대뜸 왜 그 집 고양이가 생각났느냐 하면 잘 모르겠다. 정확히 말하자면 그 집 고양이가 아닌 낙원 씨가 생각난 것 같기도 하고.

그저 살다 보면 갑자기 찾아오는 센티한 마음이겠지 싶어 얼른 생각을 흐트러뜨렸다. 난 괜한 감성에 쉽게 젖는 사람이 아니다. 발걸음의 속도를 높였다. 얼른 구매한 뒤 식당으로 돌아가 손님을 맞이할 준비를 해야 했다.

우리는 간단한 인사를 나눈 뒤 마주 보고 앉아 허브티가 든 컵을 하나씩 들었다. 낯선 공간에 적응하지 못하는 신청자를 위해 그가 허브티를 연달아 세 모금 마실 때까지 기다렸으나 홀짝거리는 소리밖에 들리지 않았다. 실제로 마주한 그는 40대 후반 정도로 보이는 평범한 중년이었다. 낯선 장소라 긴장을 하는 건지 컵만 쳐다보는 모양새가 애견용품점에서 직원의 친절함에 쭈뼛거렸던 나를 보는 듯하여 웃음이 나올 뻔했다. 내게 친절했던 점원처럼 나도 손님에게 친절해지고 싶다는 마음이 들었다. 단도직입적으로 왜 닭 수제비를 먹지 못하는지 묻고 싶었으나 그를 위해 그가 가장 자세하게 적어주었던 대상을 먼저 알아보기로 했다.

"주신 사연은 잘 읽었습니다. 실례가 안 된다면 만식이 이야기를 더 해주실 수 있나요?"

"아아, 예예. 우리 만식이요."

만식이라는 단어에 특별한 마법이라도 있는 걸까. 여전히 나와 눈을 맞추지 못하고 컵만 바라보는 자세는 그대로였으나 그는 막힘없이 만식이를 소개했다. 그 내용 중에 대부분은 이미 사연에도 적혀 있었던 터라 나는 가만히 고개만 끄덕이고 말았다.

"사진 보여드릴까요?"

만식이가 얼마나 영특한 녀석인지 그리고 얼마나 귀여웠는지 설명을 마친 다음 그는 휴대폰을 꺼냈다. 지체 없이 홈 화면을 보여주었다. 그가 설명한 대로 상아색 털에 황색 점이 드문드문 박힌 강아지 한 마리가 분홍색 혀를 쭉 내밀고 카메라를 응시한 모습이었다. 내 머릿속을 뛰어다녔던 가상의 강아지가 실존했던 녀석으로 교체됐다. 그는 사진이 많다며 휴대폰의 갤러리에서 사진을 더 보여주었다.

산책하는 사진에서는 이 공원을 만식이가 특별히 좋아했다는 말을, 주둥이 위에 간식을 올려놓고 침을 삐쭉 흘리는 장면에서는 유독 '기다려' 명령을 잘 따랐다는 말을 보탰다. 그는 만식이에게 친구를 만들어주기 위해 애견 동호회 활동까지 했다. 미용을 잘 받은 강아지들 사이에서도 절대 꿀리지 않았다며 자랑스러워하는 얼굴에는 천진함이 있었다. 강아지 한 마리를 논

140

하며 중년은 소년이 되고 있었다. 눈에 띄게 행복해 보였다.

"아이구, 정말 귀엽네요."

"귀엽지요? 참 예뻤습니다."

"이런 강아지라면 정말로 사랑할 수밖에 없겠어요."

"……."

말실수를 한 걸까. 그의 표정이 조금 바뀌었다. 침울한 기운이 올라오는 중이었다. 만식이라는 존재는, 이리도 짧은 순간에 한 사람을 행복하게 했다가 또 울적하게 만드는 특별한 존재였다.

"그렇지요, 그런데 내가 잘못 키워서 12년밖에 못 살고 갔습니다. 다 내 탓입니다."

그가 다시 허브티 한 모금을 들이켰다. 목이 조금 타는 듯했다.

"예쁘게 잘 키우셨는데 왜 그렇게 생각하시나요?"

"동호회 사람들이 그럽디다. 믹스견들 요즘 15년은 너끈하게 산다고."

"모든 강아지의 수명이 다 똑같지는 않은걸요."

"아닙니다. 내가 개를 키워본 적이 없어서…… 만식이한테 자꾸 사람 먹을 걸 줬고 평소에 병원도 주기적으로 데려가 주지 못했습니다. 키울 자격이 없는데도…… 나 같은 사람이 키워서 12년밖에 못 산 겁니다. 더 좋은 사람이 키웠다면…… 달랐을 텐데."

중간중간마다 흐려지는 말꼬리에는 가느다란 떨림이 있었

다. 우리 사이를 채운 작은 파동은 슬픔의 또 다른 모습이었다. 그에게 만식이는 처음으로 자신이 직접 선택한 가족이었다. 지인이 키우던 개가 새끼를 너무 많이 낳아 곤란하다는 말을 듣고 구경 삼아 찾아가 본 게 인연의 시작이었다.

긴 시간을 홀로 살았던 그에게 시골에서나 볼 법한 촌스러운 강아지는 묘하게 동질감이 느껴지는 존재였다. 작고 하얀 것의 꼬물거림이 애처로워 데려왔다지만 그는 자신이 그 강아지에게 선택받았다는 생각을 하기도 했다. 부족한 형편에도 작은 녀석에게 안락한 세상을 만들어주고자 노력했다. 그에겐 태어나 처음이었던 개, 만식에겐 태어나 처음이었던 사람, 둘은 함께하는 시간이 쌓임에 따라 자연스럽게 개와 사람이 아닌, '가족'으로 관계를 발전시켰다. 그리고 그는, 그게 문제였다고 했다.

"개라면 좋은 사료 먹고, 너른 마당에서 뛰어놀며 커야 하겠지요. 나는 그걸 못했습니다. 퇴근하면 늘 TV 켜놓고 만식이랑 저녁을 먹었는데 사람이 먹는 음식도 만식이가 먹고 싶다 하면 사료 옆에 덜어줬고, 간식도 개수를 세지 않고 먹고 싶어 하는 만큼 줬습니다. 추운 겨울에는 아무리 나가고 싶어 해도 달래서 감기 안 걸리게 실내에 뒀어야 했는데 넙죽넙죽 다 나갔지요. 나는 그렇게 키워도 되는 줄 알았습니다. 만식이가 아무런 말을 하지 않고 잘 따라줘서요. 정말로 녀석이 행복하게끔 키워주면 그게 잘하는 일인 줄로만 알았어요."

만식을 향한 애정이 죄책감으로 바뀐 건 애견 동호회 사람들의 칼날 같은 말들 때문이었다. 만식이 죽은 뒤 그는 그리운 추억을 떠올리며 동호회 커뮤니티에 사진과 함께 글을 작성했고 큰 비난을 받았다. 개는 가급적 사람이 먹는 음식을 먹어선 안 되며 건강하게 키우기 위해서는 각별한 관리가 필요한 편이다. 대체로 그런 관리들은 돈이 많이 들어가는 편이기에 형편이 부족한 이들에게는 생각하기 어려운 일들일 수도 있다. 그 역시도 이 기준을 충족시키지 못했다.

만식이 친구를 사귀길 바라는 마음에서 시작했던 동호회 활동이 만식에게는 강아지 친구들을 만들어줬으나, 반대로 그는 세상으로부터 고립됐다. 동호회 회원들은 여태껏 그렇게 강아지를 키워왔냐며 만식의 죽음을 그의 탓으로 몰아갔다.

[넉넉하지 않으면 강아지 키우지 마세요.]

[키울 줄 모르는 사람들은 제발 시도도 하지 않았으면.]

[이래서 아저씨들은 답이 없다니까요. 어쩐지 행색부터가…… 쯧.]

[계속 혼자 살지 왜 죄 없는 강아지를 데려와서 고생시켰나요?]

그는 한눈에 보기에도 왜소하고 행동도 소극적이었다. 또한, 견주들 중에 가장 나이가 많았다. 용기를 내 가입한 동호회였지만 친구를 만들지는 못했다. 동호회 회원들의 평가에는 견주에 대한 평가가 아닌, 사람 자체에 대한 교묘한 공격이 뒤섞여 있었다. 만식에게 나눠줬던 자신의 식사는 독극물로, 추운 겨울 함께 나갔던 산책은 노견에 대한 학대로 뒤바뀌었다. 그는 자신이 누구보다도 만식을 사랑했단 점을 부정하지 않았으나 어쩌면 그 모든 사랑이 다 잘못돼 버렸을지도 모른다는 생각을 하기 시작했다. 그가 죄인이 된 건 그 순간부터였다.

"만식이가 살아생전 제일 좋아했던 음식이 닭 수제비였습니다. 제가 참 많이 해주기도 했고요. 시장 가면 생닭이 7천 원밖에 안 합니다. 수제비로 끓여 먹으면 우리 둘이 이틀은 먹었지요. 그게 만식이를 해코지하는 줄도 모르고 참 뭐가 그리 맛있다고 자주 먹었을까요? 수제비 글자만 보아도 가슴이 막 답답합니다. 포장마차에서 남들이 먹는 걸 볼 때마다 심장이 쿵쿵 뜁니다. 꼭 누가 나를 잡으러 올 것 같아요. 만식이요, 정말 동호회 사람들 말처럼 내가 죽인 걸지도 모릅니다. 내가 현명하게 키우지 못해서 더 오래 못 살았나 봐요. 더 잘해줬더라면, 좋은 것만 먹였더라면……. 내가 죄인입니다."

처음 앉았을 때보다 티가 날 정도로 어깨가 움츠리든 그를 위해 나는 말없이 포트를 가져와 허브티를 더 채워주었다. 그는 좀 더 떨림이 심해진 손으로 컵을 부여잡고 허브티를 꼴깍꼴깍 삼켰다.

더 잘해주지 못했다는 이유로 자신을 죄인이라 여기는 마음은 멀지 않은 감정이었다. 그 마음은 분명 엄마의 것과 결이 닮아 있었다. 자신이 부족하여 망자의 걸음을 재촉했다는 슬픔은 지금도 우리 가정에서 달아나지 않은 마음이었다. 그의 떨림이 피부에 닿을 때마다 자꾸만 엄마와 아빠가 그리고 어린 내가 떠올랐다. 내게 뛰어난 능력이 있어 일찍이 도움이 됐다면 달랐을 텐데.

우리 둘 사이에는 다시 조용한 침묵이 내려앉았다. 나는 그의 어리석음에 손가락질할 순 없었다. 신청자와의 만남이 끝난 뒤 난 한동안 멍하니 자리에 앉아 천장을 응시했다.

늦은 저녁이 돼서야 동희가 식당에 도착했다. 준비한 선물을 가져가기 위해 들렀다는 그녀의 표정에는 퇴근 후의 고단함 중에도 기쁜 내색이 있었다. 나는 손님을 만난 뒤 어지러워진 마음을 가다듬고 쇼핑백을 내밀었다.

"오늘 진상이라도 만났어? 표정이 왜 그래."

하지만 유일한 친구를 속일 수는 없었나 보다. 사연을 이야기해 주었다. 남의 이야기를 하면서도 함께 울적해진 내 얼굴 탓에 그녀 역시 걱정스러운 얼굴로 경청했다. 같은 애견인이라 그런지 동희는 몇 번 고개를 끄덕이는 시늉을 해주며 공감을 하기도, 또 어떤 포인트에서는 눈썹을 찌푸리며 의아하다는 내색을 하기도 했다. 이야기가 끝난 뒤 무거워진 분위기를 풀려는 듯 동희는 쇼핑백에 담긴 애견 의류 두 벌을 꺼내 비교하는 척 딴청을 피우며 자기 생각을 읊었다.

"확실히 동물을 키우는 게 가벼운 일은 아니지. 알아야 할 게 많아. 사람과 다르거든."

"그렇지."

"개는 전용 사료와 전용 간식만 정량대로 먹는 게 가장 좋아. 근데 개뿐만이 아니야. 모든 동물이 그래. 마당이 있는 전원주택에다 격주에 한 번씩 의료 관리도 해주고 식사는 무조건 규칙적으로 주는 게 최상이겠지."

그녀가 날개 옷을 꺼내 비닐을 벗기더니 꼼꼼히 확인하기 시작했다. 시선은 계속 옷에 묶어둔 상태였다. 건성으로 이야기를 듣는 모양새였지만 들려주는 답변에는 그녀만의 사려 깊은 마음이 묻어 있었다.

"하지만 그렇다고 해서 모든 자격을 객관화할 수 있는 건 아냐. 그렇게 치면 반려동물과 함께 사는 사람 대부분은 죄인이야."

"동물을 키우지 않아서 잘은 모르지만, 정말 사랑으로 키웠다면 부족한 점이 있었다고 한들 죄인이라고 낙인찍을 수는 없다고 봐."

"심지어 처음이라면, 더 미숙할 수도 있는 거야. 사랑이 원래 그렇잖아."

동희는 어떻게 생긴 개였는지 초대할 수 없는 주인공이 궁금하다는 말을 덧붙였다. 나는 사진에서 본대로 만식에 대한 묘사를 읊어주었다. 상아색 털, 황색 반점, 긴 주둥이와 윤기가 차르르 흐르는 코. 그제야 동희가 선물받은 옷에서 내 쪽으로 시선을 옮기곤 감탄을 표했다.

"귀여웠겠다!"

그녀의 눈이 꼭 신청자의 눈과 같은 결로 빛났다. 동물을 키우는 사람이라면 누구나 이처럼 반짝이는 눈동자를 갖게 되는 건지 신기할 정도였다. 사람들의 마음을 영롱하게 매만지는 존재가 내 마음에는 한 번도 들어온 적이 없다는 게 아쉬울 정도였다. 하지만 이제는 죽고 없는 존재라는 점에서 동희는 이내 씁쓸한 기색을 내비치더니 주인을 걱정했다. 개는 사람보다 수명이 짧기에 남겨진 인간은 개를 사랑했던 만큼의 슬픔을 떠안게 된다면서.

"우리 외할머니 생각나네."

"시골에 계신다던?"

"응, 그 만식이 말이야. 외할머니가 키우시는 바둑이랑 비슷할 것 같아."

그녀는 시골에서 진도 믹스견들과 노년을 보내는 외할머니 이야기를 해주었다. 외할아버지가 돌아가신 뒤 홀로 시골에 남아 계셨던 외할머니가 적적함을 달래기 위해 오일장에서 강아지 한 마리를 사와 키운 것을 시작으로 떠돌이 유기견 둘을 데려와 세 마리나 키우고 계시는 중이었다. 그중 한 마리가 만식이처럼 얼룩무늬 털을 가진 바둑이고 남은 둘은 백구와 황구였다. 처음 외할머니가 개 세 마리를 키우겠단 의견을 전했을 때, 동희의 어머니는 제 한 몸 건사하기도 힘든 노인이 어떻게 짐승 셋을 키우냐며 크게 반대하셨다고 한다.

"엄마랑 할머니랑 대판 싸우고 한때는 난리도 아니었어."

"곤란했겠네."

"외할머니가 엄마한테 뭐라고 하셨는지 알아? 막내들 집에서 쫓아내면 가만 안 둔댔어. 막내래, 막내. 으하하하하, 웃기지 않아? 엄마가 두 손 두 발 다 들었다니까."

"지금은 잘 크고 있어?"

"그럼, 이제 셋 다 성견이야. 우리 외할머니는 사람도 셋을 키우신 분인데 양육에서는 베테랑이시지. 엄마가 삼 남매거든."

동희는 엄마와 외할머니의 다툼을 생각하면 지금도 웃음이 난다며 고개를 양옆으로 저었다. 그런데도 그녀는 외할머니가 개를 키운 후 부쩍 활동적으로 변하셨다며 좋은 선택이라는 평가를 남겼다. 홀로 남은 노인에게 세 마리의 개들은 징글맞게 손이 많이 가는 존재들이었다. 바닥에 뉘었던 몸을 어떻게든 일으켜 세워 애정을 쏟아야만 했다.

외할머니는 동희에게 종종 개 사진을 보내주었는데, 어설프게 찍은 휴대폰 사진은 전부 흔들려 어떤 개가 황구고 바둑이인지 구분이 어려울 때가 많았다고 한다. 함께 전송된 메시지에는 오타뿐이었으며 가끔은 원치 않는 사진 세례가 귀찮기도 했으나, 손녀를 귀찮게 할 정도로 열심히 지내는 외할머니가 반가웠다고 한다. 어린 시절에나 보던 정정한 모습이었다며. 어떤 날은 개 세 마리를 힘들게 씻기고, 또 어떤 날은 마당 아무 곳에나 똥을 싼 개들을 혼내며 살아가는 할머니의 삶은 이전과는 부쩍 달라진 상태였다. 동희는, 저물어가는 누군가의 석양을 아무런 조건 없이 함께해 주는 개 세 마리에게 오히려 고마워했다.

"이번 닭 수제비는 어떻게 만들지 감도 못 잡았지?"

동희가 내 쪽으로 몸을 살짝 기울여 물었다. 닭 수제비는 비교적 쉬운 음식이지만 사연자의 마음을 위로할 방법은 찾지 못했기에 나는 답 없이 고개만 끄덕였다.

"주말에 외할머니네 같이 가볼래? 나도 간만에 얼굴 뵙고 싶어지네."

"내가 가도 돼?"

"그럼, 장담하는데 우리 할머니가 너보다 수제비 백배 더 잘 끓일걸?"

참나. 나는 대뜸 들어온 그녀의 도발에 못 이긴 척 뾰로통한 얼굴로 화답해 주었다. 그녀는 나의 감탄사를 긍정의 표시로 받아들이고선 선물을 챙겨 자리에서 일어났다. 직장인과 함께 수다를 떨 수 있는 평일 밤은 길지 않았다.

동희가 물망초 식당을 나서기 전 문 앞에서 쇼핑백을 양옆으로 흔들며 내게 말했다.

"집에 가서 인증 사진 보내줄게. 뒤로 넘어갈 준비해라."

"왜 내가 뒤로 넘어가."

"엄청 귀여울 테니까. 심장 조심해."

들어올 때와 같은 구둣발 소리를 내며 그녀는 집으로 돌아갔다. 충분한 고마움이 느껴지는 인사였다.

☙

물망초 식당을 오픈한 이후 처음으로 식당이 아닌 곳에 요리하러 가는 길, 동희는 할머니가 얼마나 요리를 잘하는지를 연거푸 강조했다. 나는 차에 탑승하기 전까지 식당에서 닭 수제비를 연구했다. 신청자가 적어줬던 양식에는 칼칼하고 담백한 맛에 대한 선호가 기재돼 있었다. 또한 쫀득한 식감을 좋아한다고 했다. 이 두 가지 기호를 모두 잡기 위해 여러 타입의 닭 수제비를 시도해 봤다. 맑은 닭개장이나 초계 국수와 비슷한 육수를 만들면 되지 않을까 싶었으나 밀가루로 반죽한 수제비를 투하하니 매력이 적어지는 느낌이었다. 온전한 수제비 음식이라기엔, 다른 국물 요리에 반죽만 담근 맛이랄까. 나쁘진 않았으나 최상도 아닌 것. 나는 손님에게 그 정도의 음식을 내밀고 싶지는 않았다.

잘 해내고 싶었다. 어떻게든 서명을 받아야만 하니까. 내가 잘할 수 있는 건 요리뿐이다. 나의 삶과 엄마의 삶 그리고 아빠와의 약속을 모두 지켜내기 위해서는 내가 지금보다 훨씬 더 우수한 실력을 갖추는 수밖에 없다. 며칠간 식당에서 연구를 거듭하며 내가 얻은 건 훌륭한 닭 수제비 레시피보다도 오히려 불안이었다. 여태껏 서명을 차곡차곡 수집했음에도 내게는 여전한 불안감이 있었다. 과연 내가 잘 해낼 수 있을까? 나는 개를 키우는 사람의 마음도 모르는데.

동희는 시골집까지 길이 꽤 머니 조금 자두어도 좋다고 했다. 하지만 잠들 수 없었다. 차가 흔들릴 때마다 뒷좌석에서 날개를 펄럭거리는 몰티즈 한 마리에 온 정신을 뺏겨버렸다. 동희의 말처럼 나는 완전히 뒤로 넘어가 버렸다. 어떻게든 사진에 담고 싶어 상체를 비튼 다음 열심히 뒷좌석을 찍었다. 몰티즈는 그런 내가 이상하다고 생각하는지 귀를 쫑긋 세우고 고개를 양옆으로 갸웃거렸다.

"귀엽지?"

"완전."

"할머니 집 개들도 순하고 예뻐. 근데 진도 믹스라서 덩치가 크거든? 만약 무서우면 말해줘. 묶어놔 달라고 할게."

"알겠어, 운전까지 해줘서 고마워."

오늘 시골까지 가는 이유는 당연히 손님의 편식을 개선하여 서명을 받기 위해서였다. 이별한 개와 닭 수제비, 이 두 대상 사이에 존재하는 마음을 더 잘 이해하기 위해 작은 힌트라도 얻고자 출장을 결심한 거다. 동희네 외할머니와 손님은 나이, 성별, 지역까지 너무나 다른 사람들이었다. 하지만 동물을 사랑하고 오랜 시간 함께 지내온 사람들에게는 공통의 결이 있으니 옆에서 그 모습을 지켜보면 훨씬 빠르게 힌트를 얻을 수 있지 않을까.

사실은 반신반의하는 상태였다. 하물며 한 가족이라도 결코 성격이 같지 않은데 어떻게 공통점 하나로 설명이 가능할까. 내 안에 자리 잡은 의심 덩어리는 친한 친구에게 도움을 받는 와중에도 불쑥 튀어나와 버렸다. 그 의심이, 직장인의 아까운 주말 시간을 내가 괜히 허투루 쓰게 만든 건 아닐까 하는 죄책감으로 변질돼 나를 쿡쿡 찔렀다.

더 생각이 깊어졌다가는 스스로 또 피곤해지겠다 싶어 백팩으로 관심을 돌렸다. 할머니 댁에 재료가 구비돼 있다고 하지만 신세를 지기 죄송해서 물을 제외한 모든 재료를 다 챙겨왔다. 물론 할머니에게 선물로 드릴 양갱 세트도 함께였다.

"가면 뭐부터 할 거야?"

동희가 사이드미러와 백미러를 노련하게 살피며 내게 물었다. 눈과 입을 멀티로 사용 가능한 드라이버였다.

"잘 모르겠어, 가서 뭘 해야 할지는."

"그럼 그냥 좀 쉬어. 개들 구경도 하고."

"쉬기보다는 계속 고민을 해보려고 해. 신청자의 마음에 어떻게 접근하면 좋을지."

그녀는 종종 내비게이션이 안내해 주지 않은 방향으로 운전했다. 불안함에 힐끔거리는 나와 눈이 마주치고서야 쾌활하게 웃으며 답했다.

"지름길로 가는 거야, 걱정 마."

"아이, 그럼. 알지, 그렇겠지."

"날 좀 믿어라. 조금 돌아간다고 한들 큰일 나지도 않아."

하긴 자기 할머니 집에 가는 길인데 나보다도 얘가 더 잘 알겠지. 동희가 자신 있게 운전대를 잡은 데는 이유가 있을 거다. 그걸 알면서도 의심스러운 눈초리로 쳐다본 게 조금은 미안해졌다. 그냥 별생각 말고 믿어도 될 텐데. 조금 돌아간다 한들 큰일이 나는 것도 아니라는 그녀의 마인드가 나와는 달랐다. 여유는 어디에서 챙겨야 하는 걸까. 꼼꼼하게 준비한 백팩을 다시 뒤적거렸으나 어디에도 여유는 없었다. 나는 한 번도 그런 재료를 준비한 적이 없었다. 앞만 보고 묵묵히 나아가면 되는 상황임에도 자꾸만 조급한 기분이 들었다. 잘 해내지 못하면 모든 게 망쳐질지도 모르니까. 잘하고 있는 와중에도 더 잘 해내야만 하니까. 어째 아까부터 계속 같은 트랙 위를 뱅뱅 도는 기분이었다.

비포장도로 위에서 육중한 차는 몇 번이고 몸을 떨었다. 앞으로 나아갈 때마다 땅 위로 누런 흙먼지가 피어올랐고 즐비했던 건물들은 모두 팔을 활짝 뻗은 나무로 바뀌었다. 마천루가 사라진 하늘에는 몸집이 꽤나 큰 새들이 날아들기도 했다. 좌우에는 초록색과 황색이 공존하는 커다란 논과 밭이 펼쳐졌다. 키가 작고 지붕이 뭉텅한 주택들 곳곳에는 커다란 개들이 있었다. 개들의 컹컹 소리를 따라 마을 주민 어르신들이 우리의 차를 빤히 바라봤다. 낯선 마법사의 땅에 들어온 것 같았다. 아무래도 시골은 현실 속에 존재하는 유일한 판타지 공간인 게 틀림없다.

외할머니는 이미 대문 앞에서 뒷짐을 지고 우리를 보고 계셨다. 동희가 손을 높게 들어 깃발처럼 흔드니 화답으로 손을 까딱거리시곤 마당으로 들어가셨다. 이윽고 따라 들어간 시골 마당에는 말로만 들었던 개 세 마리가 개구리처럼 뜀을 뛰고 있었다.

"할머니 저 왔어요! 바둑이, 백구, 황구, 많이 컸네."

"너희 오니 좋다고 난리다, 난리. 꼬리 좀 봐라."

진도 믹스들이지만 실제 크기는 진돗개와 다름이 없었다. 개들은 본인들이 얼마나 커다란지 모르는 듯했다. 우리를 보자 그저 좋다며 연신 뒷발로 껑충껑충 뛰어올랐다. 발을 구를 때마다 흙바람과 헉헉거리는 소리가 혼잡하게 뒤엉켰다. 마당 말뚝이 뽑힐 기세로 몸을 흔들어대자 할머니가 구멍이 송 뚫린 이를 씩 보이시며 줄을 풀어주었다. 나는 혹시라도 커다란 개들이 돌진할까 봐 순간적으로 몸을 움찔거렸으나 다행히 개들은 익숙한 방문자인 동희에게로 몰려들었다. 동희가 차례대로 녀석들의 머리를 쓰다듬었다.

품에 있던 몰티즈도 반가운 조우에 신이 났는지 어서 자신을 놓아달라 버둥거렸다. 녀석을 바닥에 놓자마자 이제는 개구리가 네 마리로 늘어났다. 왜 동희네 어머니가 처음에 개들을 반대했는지 짐작이 갔다. 저렇게 큰 개들을 노인 혼자서 키운다니.

"아이고 저렇게 좋단다. 좀 자주 와라, 동희야. 이래 좋아하는데."

낑낑거리며 꼬리를 흔들어대는 크고 작은 개들이 마당을 마구 뛰어다녔다. 그야말로 개판이었다. 외지인을 경계할 줄 모르는, 사회력은 만렙이나 경비력은 빵점인 개들이 곳곳에 흙바람을 만들었다.

"이놈들아!"

할머니가 그중에서 제일 체력이 넘치는 바둑이를 향해 호통을 쳤으나 얼굴만큼은 웃고 계셨다. 꼭 유치원 운동장에서 꼬리 잡기하며 노는 아이들을 바라보듯 개들을 담은 눈에 사랑이 가득했다. 치아가 듬성듬성 빠진 잇몸 사이로는 늘그막에나 들을 수 있는 바람 빠진 웃음소리가 새어 나왔다. 노인의 즐거운 모습을 바라보노라면, 내 마음마저 온화해지는 기분이 들었다. 개의 천진함은 덩치와 상관이 없으며 이리도 순수한 영향력을 갖고 있구나. 커다란 개의 활짝 열린 주둥이를 보고서야 알게 됐다. 어째서 결국 동희네 어머니가 두 손 두 발을 다 드셨는지.

하지만 큰 덩치가 익숙하지 않았다. 얼마 전까지만 해도 개를 무서워했던 나였다. 몰티즈까지는 괜찮았으나 갑자기 커다란 개에게 다가가진 못했다. 기본 코스도 얼마 전에 마스터한 내가 심화 코스를 풀 수 있을 리가 없었다.

"안녕하세요, 할머님. 저는 동희 친구고요. 이름은 문망초라고 합니다."

온 식구들이 마당의 중심에서 화기애애하게 반가움을 교환하는 동안, 나는 입구에 소심하게 붙어 인사를 건넸다.

"니는 개를 무서워하는가 보네?"

"네, 조금요."

할머니가 머뭇거리는 나를 보더니, 차례대로 개들을 잡아 다시 말뚝에 묶으셨다. 잠깐의 자유가 아쉽다는 듯 세 마리가 모두 비슷한 소리로 낑낑거렸다. 나 때문에 다시 목줄 신세를 지게 된 개들에게 미안했다.

"아이구, 저 때문에 개들 묶지 않으셔도 되는데."

"그라믄? 대문 앞에서 밥 먹게?"

할머니의 무던한 타박에 나는 군소리하지 않고 동희를 따라 집 안으로 들어섰다.

"너 들어가면 다시 풀어줄 거니까 걱정 말아라."

신발을 벗고 툇마루에 궁둥이를 붙이는 모습을 보자 할머니는 다시 개들을 풀어주었다. 그러고는 마당 문을 잠가 개들이 집 밖으로 나가지 못하게 했다. 이윽고 할머니도 툇마루에 걸터 앉아 숨을 돌리셨고 마당은 오로지 털이 소복한 네 식구의 공간이 됐다. 저들끼리 바닥에서 서로 배를 보여주며 뒹굴거나 몸 냄새를 맡기도 했고, 또 별안간 월월 짖기도 하며 긴 인사를 나누는 중이었다.

"덩치 차이가 많이 나는데 괜찮아?"

"응, 솜이 데려온 이후로 몇 번 오긴 했거든. 처음엔 나도 걱정했는데 다행히 잘 지내더라."

"덩치가 작다고 괴롭히지 않아서 다행이네."

"이래 봬도 사람처럼 개들도 우정을 나눌 줄 아는 애들이야."

마당을 뱅글뱅글 도는 털 뭉치들을 바라보다 할머니에게로 시선을 옮겼다. 할머니는 오늘 동희에게 들은 대로 얼른 닭 국물로 수제비를 끓여주겠다고 하셨다. 어쨌거나 밥부터 먹어야 한다며 말이다. 오자마자 식사부터 챙기려고 하시는 것은 명절에나 만나는 우리 외할머니와도 다름이 없었다. 숨 돌릴 틈도 없이 식사 준비를 시작하는 분주함이 싫지 않았다.

"같이 가서 배우고 와."

동희가 뒷일은 내 몫이라며 몸을 뒤로 젖혀 드러누웠다. 나는 배가 고프지 않았지만 백팩에서 재료를 챙겨 할머니를 따라갔다.

"할머니 저랑 같이 해요. 오늘 제가 닭 수제비를 배워 가야 하거든요."

"오야, 들었다. 저기서 일단 밀가루부터 치대라."

할머니의 손끝이 가리키는 곳은 부엌 구석이었다. 할머니 저나름 한 식당의 미래를 책임질 사람인데요. 가치를 항변하고 싶었으나 나는 군말 없이 주섬주섬 넓은 스테인리스 볼에 밀가루와 소금 한 꼬집을 넣어 구석으로 향했다. 이곳의 주인은 내가 대들어 볼 법한 상대가 아닌 슈퍼 베테랑이었으니.

계량컵에 담은 물을 밀가루에 부으려는 순간 할머니가 나를 말렸다.

"하이고 아가, 물을 한꺼번에 다 붓지 말고 좀 치대면서 부어라!"

"아, 네네."

"식용유도 살짝 둘러서 치대라."

"식용유요?"

"수제비 반죽을 할 때 식용유를 닭똥만큼 넣으면 찰기가 생긴다. 니 몰랐재?"

나를 혼내려고 하신 말씀인지 아닌지 목소리만 듣고는 구분이 안 되었다. 음성이 꽤 괄괄하신 덕에 얼굴을 보지 않으면 꼼짝없이 주눅 들기 좋은 대화였다. 하지만 그녀의 표정에는 분노가 한 점도 없었다. 할머니는 수납함에서 식용유를 꺼내와 조금두르시고는 본인의 손으로 시범을 보이셨다. 그녀를 닮아 자그

마한 부엌치고는 주변에 집기류가 무척 많았다. 당장 5인 가구가 밥상을 차려도 부족하지 않을 만큼의 그릇과 수저 세트였다.

나는 언젠가, 저 그릇들에 모두 주인이 있었을 시절을 생각해보고 괜스레 마음이 울적해졌다. 생전 처음 만나는 손녀뻘 여자를 보고서도 즐거이 부엌 한쪽을 내주는 그녀의 마음을 알 것 같았다.

"니는 와 닭 수제비를 배워야 하는데?"

"중요한 손님한테 대접해야 해서요. 할머니 저 주세요. 이제 제가 할게요."

"아나 잘 치대보라이. 그라믄 엄마한테 배워도 되는데 이리 멀리까지 왔어?"

"사실은 손님이 개를 키우셨던 분인데요."

철퍽. 밀가루 치대는 소리를 배경 삼아 나는 할머니에게 방문 목적을 알려드렸다. 처음에는 어디서부터 이야기를 꺼내야 할지 난감하여 물망초 식당의 존재 이유까지 거슬러 올라갔으나 갈팡질팡하던 말들은 밀가루 반죽 박자에 맞추어 서서히 정돈되기 시작했다. 개와 닭 수제비라는 두 단어 사이에 위태로이 자리 잡은 손님의 기억을 할머니는 특별한 추임새 없이 들으셨다. 말을 듣다 마시고 혼자 물을 틀어 설거지를 하시거나 행주로 싱크대를 박박 닦기도 하셨다. 중간중간 이야기를 듣고 계신 건지 아닌 건지 헷갈린 순간이 잦았다. 말을 잠시 멈추면 할머니가 나를 빤히 바라보며 "그래서?" 하고 다음 문장을 채근하셨다. 그럼 나는 그 세 글자에 안도하여 다음 말을 이어갔다.

꽤나 긴 사연을 읊는 동안 밀가루는 어느새 되직한 덩어리로 바뀌어 있었다. 내 근처에서 이야기를 듣는 둥 마는 둥 딴청을 피우셨지만, 절대 부엌을 나서지 않는 할머니에게서 안정감을 느꼈다. 굽은 등과 새하얗게 눈이 내린 듯한 정수리를 바라보니 낯선 사람과 낯선 공간에 있다는 경계가 허물어졌다. 바깥 내음이 고스란히 파고드는 개방형 부엌에서는 한 번도 내 것이었던 적이 없었음에도 그리운 정취가 있었다. 덕분에 할머니에게 고민을 다 털어놓을 수 있었다. 내가 이렇게나 혼자서 말을 잘하는 사람이었나 싶을 정도였다.

"잘 치댔네. 인자 육수 끓이자. 그동안 반죽은 냉장고에 넣고 한 시간 동안 가만히 두면 된다."

정작 할머니는 이야기를 다 듣고도 별말씀이 없으셨다. 그가 안쓰럽다거나 혹은 잘못했다거나 아무런 가치 판단을 하지 않으셨다. 커다란 쇠 냄비에 물을 한가득 담아 끓이실 뿐이었다.

"닭 육수를 끓이더라도 다시마랑 멸치는 미리 넣어둬야 감칠맛이 난다."

"네."

"닭이랑 야채 한번 썰어봐라."

나는 도마를 마른행주로 슥 닦고 닭과 감자, 호박, 파를 차례대로 올렸다. 시험에 드는 기분이라 손끝이 살짝 떨렸다. 하지만 요리란, 내가 제일 잘해야만 하는 일이 아니던가. 손에 힘을 줘 성둥성둥 칼질을 시작했다.

"제법이네?"

할머니는 내 솜씨가 의외라는 표정을 보여주셨다. 덕분에 나는 어깨가 올라가 정해뒀던 분량보다 조금 더 썰어보았다. 인정받는다는 건 언제 겪어도 즐거운 일이었다.

"닭 담그고 밑간 재료 넣고 40분 끓인 다음에 감자 넣고 호박 넣어. 밀가루는 맨 마지막에 넣어라."

이윽고 할머니는 새 고무장갑 하나를 꺼내주셨다. 식사가 끝난 뒤 설거지를 맡기려는 것일까 싶었다. 설거지는 동희도 같이 하면 되겠다 싶어 장갑을 챙겨놓자 할머니가 말씀하셨다.

"닭이 익으면 뼈를 전부 발라내야 해. 뼈째로 삶았어도 먹을 때는 살만 내놓는 게 정성이야."

"그럼 고무장갑은 왜……."

"뜨겁잖아."

아아. 뒤늦게 장갑의 용도가 파악됐다. 뜨거운 재료를 손질할 때 고무장갑을 끼고 손질한 적은 없었다. 뜨거우면 한 시간이고, 두 시간이고 기다려 식혔다.

"고기는 식혔다가 다시 익히면 맛이 없어. 그리고 원래 정성이란 귀찮은 법이다."

나는 말없이 장갑을 착용했다.

"아 참, 반죽 넣기 전에 육수 다 끓으면 세 국자만 줘봐. 나는 우리 개들한테 닭 수제비라는 걸 해준 적이 없어. 네 이야기를 들으니 나도 주고 싶어지네."

아무렴 편하신 대로, 내 이야기를 듣고서도 여전히 마당 개들 생각뿐이셨군요. 나는 개들을 향한 사람들의 한결같은 사랑이 신기했다. 이윽고 할머니는 칼질하는 걸 보니 어련히 알아서 잘하겠다며 부엌을 떠나셨다. 동시에 개들이 짖는 소리가 들려왔다. 할머니는 마당에서 한바탕 막냇자식들과 단란한 시간을 보내셨다.

물이 팔팔 끓었다. 꼬챙이로 푹 찔러본 닭은 속까지 하얗게 익었다. 채로 닭을 걸러낸 다음 서둘러 살을 분리했다. 분홍 고무를 뚫고서도 뜨거운 온도가 느껴졌다. 정성이란 참으로 번거로운 것이군. 나는 속으로 투정을 반복하며 야들한 살을 모두 벗겨냈다. 이 모든 귀찮은 일을 다 거친 후에야 그는 만식이와 닭 수제비 한 그릇을 먹을 수 있었을까. 살을 모두 분리한 뒤에도 손끝이 여전히 뜨거웠다.

마당 구석에 세워진 평상을 꺼내와 중앙에 설치했다. 동희와 내가 양쪽에서 들고 끙끙거리며 진입하는 동안 세 마리 개들은 자신들에게도 즐거운 일이 생기리라 생각한 건지 연신 혀를 내밀고 펄쩍펄쩍 뛰어올랐다. 할머니가 나를 배려해 주시며 개들을 반대 방향으로 몰아주신 덕분에 덩치 큰 녀석들이 나를 위협하는 일은 없었다.

"설치지 좀 마라!"

먹는 김에 녀석들도 챙겨줄 요량으로 개 밥그릇을 모두 챙겨 온 할머니가 활어 같은 녀석들의 정수리를 퉁 내려쳤다. 그러면 개들은 꽁지를 내리고 끙, 하면서도 다시 언제 그랬냐는 듯 뛰어올랐다. 작은 시골 마당에서 이리도 건강한 기운이 뿜어져 나오는 중이었다.

바둑이는 내가 궁금했는지 계속해서 나를 향해 주둥이를 삐쭉 내밀고 냄새를 맡으려고 했다. 귀를 뒤로 바짝 눕히곤 꼬리를 흔들어대는 모양새에는 적의가 전혀 없었다. 할머니는 그때마다 바둑이를 밀쳐내며 내게서 멀찍이 분리하셨다. 녀석이 서운한 얼굴로 몇 번 나를 힐끔거리더니 이내 백구와 황구에게로 돌아갔다. 조금 미안해졌다.

동희가 젖은 수건과 마른 수건으로 평상을 번갈아 닦았다. 그동안 나는 부엌에서 잘 끓인 수제비를 냄비째 가져와 식사 준비를 마쳤다. 손님의 기호대로 담백함을 잡기 위하여, 고춧가루 대신 멸치, 닭 육수와 후추, 새우젓으로만 승부를 본 닭 수제비였다. 냄새를 맡고 개들처럼 흥분해 버린 동희가 재빨리 뚜껑을 열었다. 허연 김을 타고 짙은 육수 향이 흘러나왔다.

"할머니! 개들 밥은 조금 이따가 주고 이것 좀 드셔봐요. 친구 수제비 먹고 점수 매겨주세요."

"오야."

우리는 평상 위에 오손도손 둘러앉아 닭 수제비를 한 그릇씩 들어 올렸다. 산꼭대기에서 먹는 컵라면이 유독 맛있듯, 시골집에서 먹는 수제비에는 각별한 풍미가 있었다. 눅진한 닭기름이 부드럽게 목을 타고 넘어갔다. 할머니표 새콤한 깍두기와 번갈아 먹으면 금상첨화였다.

"잘 끓였네. 반죽이 조금 크고 두꺼운 것만 빼면."

할머니 말대로 식용유를 살짝 넣어 만든 반죽에는 찰기가 있었다. 퍼석하지 않고 쫀득하게 씹히는 식감이 분명 사연자도 좋아할 것이리라 확신할 수 있었다. 다만 피가 조금 두꺼운 게 흠이었다. 끓일 때 물과 마찰하며 흐트러지지 않았으면 하는 생각에 반죽을 살짝 도톰하게 넣었는데 과했나 보다. 할머니가 지적하지 않으셨다면 모르고 넘어갈 수도 있었을 포인트였지만 덕분에 고칠 점이 생겼다.

실전에서는 더 잘해야 하니 이런 사소한 점들까지 모두 고쳐야만 한다. 역시 아직 부족한 것이 많구나, 완벽하지 못한 내가 부끄러웠다.

"아까 말한 세 국자 줘보아라."

"네, 따로 빼놨어요."

수제비를 어느 정도 드신 할머니께서는 잊지 않고 개들 몫을 챙기셨다. 개들도 순서를 알았는지 물이 맺힌 듯 그렁그렁한 눈으로 할머니 쪽을 바라봤다. 애달프게 바라보는 모습을 보고서 어찌 한 입 주지 않을 수 있을까. 동희가 바둑이를 손끝으로 가리키며 내게 말했다.

"쟤는 너만 봐."

"날 먹이라고 생각하는 건 아니겠지?"

"너무하네. 아까 말했잖아. 얘네한테도 우정이란 게 있어."

얼떨결에 눈치 없이 매정한 말을 뱉어버렸다. 동희와 바둑이를 번갈아 보았다. 빤히 바라보는 네 개의 눈동자에 못 이긴 척 자리에서 일어나 부엌으로 향했다. 할머니를 따라 밥이라도 챙겨줘야 덜 미안할 것 같았다.

부엌에서 할머니는 개 밥그릇에 사료를 동일하게 나눠 담으시고는 내가 소분해 놓은 닭 육수를 한 국자씩 끼얹으셨다. 펄펄 끓여놨던 탓에 밥그릇 위로 용암 같은 김이 올라왔다.

"이래 주면 개들 입이 홀라당 다 까진다."

"식혀서 줄게요."

"후후 불어라. 내가 세 개를 다 들고 가진 못하는데 한 마리는 네가 챙겨볼래?"

"네, 바둑이는 제가 줄게요."

"괜찮겠어?"

"괜찮겠죠, 착해 보이던데요."

할머니가 오늘 처음으로 개가 아닌 날 보고 훤하게 웃으셨다. 활처럼 둥그렇게 휘어지는 입꼬리가 사랑스러우셨다. 우리는 각자 집어 든 그릇에 머리가 띵해질 정도로 입바람을 불었다. 생일 파티 풍선도 이렇게 열심히 불어본 적은 없었다. 사료를 다 식힌 후 할머니는 바둑이가 착한 걸 이제 알았냐며 바람 빠진 웃음소리를 들려주시고는 부엌을 나가셨다. 저리도 기쁘실까. 나 역시 개밥 한 그릇을 들고 바둑이에게로 향했다.

바둑이는 내 손에 들린 밥그릇이 자신의 것임을 확신했다. 앞발을 공중에 휘적거리며 반가운 몸짓을 숨기지 않았다. 다가갈수록 점점 격해졌다. 도톰한 꼬리가 빙빙 돌아갈 때는 사방으로 털이 날릴 정도였다. 태어나서 나를 이렇게나 반겨준 존재는 없었다. 그 모습이 애처롭기도 하고 또 익살스럽기도 했다. 하지만 가까이 가기에는 아직 겁이 나 두 발짝 정도 떨어져 밥그릇을 내려놓았다.

진정해, 진정. 찹찹찹. 천천히 먹어, 다 네 건데. 찹찹찹. 쪼그리고 앉아 밥 먹는 개를 멀뚱히 바라보았다. 짐승은 잘 때와 먹을 때가 제일 예쁘다더니. 정성껏 만든 요리를 청소기처럼 싹 긁어먹는 녀석이 예뻐 보였다.

할머니가 우리 둘을 향해 차분히 말했다.

"네가 말한 그 사람 우리 집에 한번 오라고 해."

"부엌에서 말씀드린 분이요?"

"그래, 한번 오라고 해. 개들 보면서 수제비 한 그릇 먹고 가라고 해."

조용히 엉덩이를 털고 자리에서 일어났다. 할머니는 싹 비운 밥그릇을 두고 자신을 향해 꼬리를 흔드는 백구와 황구를 가리키며 말했다.

"늘 사람이 먹는 거나 이렇게 섞어주고 나도 잘해주질 못한다. 시골 노인네라고 편하게 키우는 거지. 자식 같은 애들인데 미안할 때가 많아. 근데 이 개들은 나를 원망하지 않아. 항상 좋다고 꼬리 흔들고 만날 날 보면 뛰어들고 그래. 내가 이 개들을 위해 해줄 수 있는 게 뭐가 있겠어. 밥 잘 챙겨주고 털 잘 빗겨주고 항상 예뻐해 주는 일뿐이야. 우리는 이렇게 살아가는 거지. 그러니 그 아저씨, 너무 자책하지 말라 해라. 사람마다 해줄 수 있는 건 다르다. 진심으로 아껴줬으면 상대도 다 안다."

몰랐던 점 두 개가 발견됐다. 첫째, 부엌에서 할머니는 내 이야기를 모두 경청해 주셨다. 데면데면하게 반응하셨어도 사실은 이야기를 꼭꼭 씹어 삼키고 계셨던 거다. 둘째, 사연자에게 끓여줄 닭 수제비가 비로소 완성되기 직전이었다. 진심으로 아껴줬으면 상대도 모두 알고 있다는 말. 나 역시 동의하는 말이었다.

한낮의 바람이 자그마한 시골집 마당을 쑥 훑고 지나갔다. 매

캐한 흙먼지 사이에는 숨겨지지 않는 풀 내음이 섞여 있었다. 먼지가 땅에 내려앉은 뒤 깊게 숨을 들이마시고 또 뱉어보았다. 개들의 반지르르한 털끝이 바람결을 따라 흔들렸다. 이곳의 시간은 조금 더디게 가고 있었다. 나의 세상과는 분명 다른 속도였다. 각자의 사랑에 어느 누가 돌을 던질 수 있을까. 만식이를 진심으로 사랑했다면, 비록 미흡했을지언정 손님을 죄인이라 할 수 없다.

🍽

자신을 책망하며 닭 수제비라는 음식을 거부하는 사람을 치유할 방법이 정리됐다. 눈여겨볼 법한 심리학 정보가 있었다. 자기 통찰이 부족하거나 잘못된 방향으로 흘러가고 있을 때 이를 교정하기 위해서 '거울 기법'을 사용하는 경우가 있다. 거울로 사람을 비추듯 동일한 말과 행동을 흉내 내는 것이다. 상대방에게서 자신의 모습을 본 대상자는 이를 좀 더 객관적으로 받아들일 기회를 갖는다.

나와 똑같이 행동하는 타인을 보면, 약간의 괴리를 느끼게 된다. 이 괴리를 통해서 대상자는 스스로 교정 방향을 깨닫는다. 사자성어로 표현하자면 타산지석이 아닐까 싶다. 나와 유사한 타인의 허물이 나의 교훈이 된다. 이 방법을 다르게 활용하면,

타인의 허물이 아니라 타인의 순수를 보고서도 교훈을 찾을 수 있다. 타인과 나의 순수를 동일하게 찾아주는 거울만 있다면 말이다.

만식이와 비슷한 바둑이를 보며, 그 바둑이와 녹진한 애정을 주고받는 할머니를 보며 손님은 자신의 사랑 역시 죄가 없었음을 알 수 있지 않을까. 거울을 통해 바라본 타인에게서 과거에 품었던 사랑을 바라봐 주길. 내가 전달하고 싶은 메시지는 하나였다. '저렇게 살지 말아야 했어.' 하는 마음이 아닌, '나도 저렇게 사랑했어.' 그 마음 하나면 충분했다. 스스로에게 가혹한 죄책감을 부여한 손님을 보듬고 싶었다.

결국 나는 세 사람에게 양해를 구해야 했다. 먼저 할머니였다. 그녀는 먼저 제안해 주었듯이 얼마든지 신청자를 데려와도 좋다 반겨주었다. 두 번째는 동희였다. 평일에는 출근을 해야 하니 할머니의 허가에 따라 알아서 잘 다녀오라는 말과 함께 내비게이션보다 더 일찍 도착이 가능한 지름길 경로를 알려주었다. 허가의 말미에는 '몰티즈 간식 3회 이용권'이 추가로 따라붙었다. 할머니와의 시간을 허락받는 경비치고는 저렴한 편이라 군말 없이 승낙하였다. 마지막으로 손님이었다. 약속한 날이 오기 전, 개들이 있는 시골집 장소로 이동해서 요리를 대접해도 괜찮겠냐는 물음에 그는 흔쾌히 허락을 표현했다.

계약서 조항에 식단 제공을 반드시 물망초 식당에서 진행해야 한다는 내용은 없었다. 내가 해야 할 일은 오직 손님을 위한 최상의 요리를, 최적의 상황에서 제공하는 일이었다. 할머니의 의견에 따라 먹기 좋은 수제비 피를 만들기 위해 연습을 거듭했다. 최고의 닭 수제비를 대접하리라. 잘 해내고 싶다. 잘 해내야 한다. 물망초 식당으로 돌아온 후에도 시골에서의 기억이 잔상처럼 마음에 남아 나를 이끌었다.

직접 운전대를 잡으니 그날 갔던 길을 똑같이 달렸음에도 훨씬 멀게 느껴졌다. 처음 운전해 보는 초행길이라 그러했으며, 손님과 단둘이 밀폐된 공간 안에서 한 시간 남짓을 함께 있으니 더 그러했다. 시간을 느리게 만드는 것은 시골의 평화로움뿐만이 아니었다. 숨 막히는 어색함 역시 시간을 멈추게 했다. 신청자가 나보다 윗사람이었기에 뭐라 쉽게 말을 걸 수가 없었다. 분위기를 편안하게 만들고 싶었으나 적절한 수단이 없었다. 그 역시도 얼굴에 희미한 미소를 유지하고 있었으나 한눈에 보아도 자연스러운 미소는 아니었다. 서로 돈을 받지도 않는데 열심히 배려하는 중이었다.

"길이 꽤 멀죠?"

"그렇네요. 하하."

인위적인 반응 때문에 나는 상황이 무척 우스워 헛웃음이 나왔다. 내가 물망초 식당을 운영하지 않았다면 생판 모르는 중년과 동행을 할 일이 있었을까. 이리도 적막한 상황을 참아가며 말이다.

"조금 어색하네요. 그렇죠?"

후련하게 속내를 털어냈다.

"오늘 가서 진짜로 닭 수제비를 먹습니까?"

"그럴 예정입니다. 하지만 절대 억지로 먹지는 마셔요. 마음이 너무 불편하시면 드시지 않아도 돼요. 요리를 보여드리는 것까지는 괜찮으시죠?"

"한번 이겨내…… 보겠습니다."

이후로는 경직된 상황이 누그러져 대화가 몇 번 더 오갔다. 침묵과 대화는 리듬처럼 반복됐다.

기나긴 시간을 달린 끝에 목적지에 도착했다. 친손녀가 아님에도 불구하고 할머니는 여전히 대문 앞에서 우리를 보고 계셨다. 개 짖는 소리가 가까워지자 손님의 얼굴이 완연하게 부드러워졌다. 언제나처럼 세 마리 털 개구리들이 뜀뛰기를 하는 중이었다. 바둑이는 그중에서도 유독 높이 뛰어오르며 방문을 환영했다.

"왔나?"

오랜 시간을 대문 밖에서 기다린 사람치고는 심드렁한 환영사였지만, 뒷짐을 져도 우리를 향해 굽어 있는 모습에는 정겨움이 가득했다. 나 역시 고개를 꾸벅 숙여 감사함을 먼저 표했다.

"짐 내려놓고 밥이나 먹자."

"안녕하세요, 처음 뵙겠습니다. 시골 개들이라 그런지 사람을 너무 좋아하네요."

그는 바둑이를 유심히 바라보고 있었다. 만식이를 닮아 털이 얼룩덜룩한 녀석이 그의 마음을 떠나지 못하게 붙잡았다. 상대의 사연을 아는지 모르는지 바둑이는 배를 보이고 마당 바닥에 뒹굴며 온몸으로 반가움을 표했다.

"덩치가 커도 이렇게 순딩이다."

"예, 할머님, 제가 개들을 만져도 될까요?"

"하모. 안 될 게 뭐 있겠나?"

할머니가 개 세 마리를 풀자 그들이 모두 손님에게로 달려들었다. 처음 보는 사람을 누구보다 좋아하는 녀석들이었다. 손님은 나와 달리 개를 무서워하지 않고 요란 법석을 온몸으로 받아주었다. 그가 개들의 애정을 담뿍 받는 이 순간을 즐겁게 기억해 주면 좋겠다.

손님에게 편히 쉬고 계시라는 말을 남기고 할머니를 따라 부엌으로 향했다.

"할머니, 오늘은 혼자 만들어볼게요."

이제는 실전이기에 남의 손을 빌려선 안 된다. 엄마가 나를 감시하고 있지는 않지만, 계약만큼은 떳떳하게 이수해야 하지 않겠는가. 내가 잘할 수 있는 건 요리뿐이다. 이것만큼은 스스로 증명해야 한다. 지난번처럼 가져온 재료를 이용해 요리를 시작했다. 할머니는 뒷짐을 지고 한 걸음 물러나 또다시 집기를 정리하는 척 무던하게 공간을 양보해 주셨다.

바깥에서 개들과 손님의 소란스러운 소리가 들려왔다. 그는 원반을 던졌고, 개들과 마당을 거닐었다. 또 개들에게 혼잣말을 하며 교감하기도 했다. 1년 전까지만 해도 만식이와 함께했을 분주한 움직임들이 마당을 가득 채웠다. 할머니는 나와 마당을 번갈아 바라보시며 말없이 개 밥그릇에 사료를 담으셨다. 오늘도 닭 국물을 따로 소분할 필요가 있어 보였다.

육수가 끓은 뒤 반죽을 넣을 차례가 됐다. 좀 더 얇고 작게 넣기 위해 신경 써 피들을 뜯었다. 할머니가 내 옆으로 슬그머니 다가오셨다.

"한 번에 너무 많이 뜯으면 안 된다."

"네, 저번에는 조금 두꺼웠지요? 이번에는 얇고 작게 넣어볼 게요."

"저 아저씨 입을 보고 와라."

할머니가 내 등을 툭툭 치시며 밖으로 나갈 것을 지시하셨다. 대뜸 사연자의 입을 보고 오란 말이 의아했으나 잠자코 있으면 반죽을 뺏을 기세셨다. 나는 영문을 모른 채로 부엌 밖으로 고개를 빼꼼 내밀어 사연자의 입을 보았다. 특별할 게 없는 보통 성인 남자의 입이었다.

"먹는 사람 입이 크면 크게 뜨고 작으면 작게 뜯어야지. 무턱대고 작게만 뜯으면 안 돼. 반죽 하나를 뜰 때도 누가 내 음식을 먹을지 생각해야 한다. 그게 정성이야."

다시 한번 그의 입을 바라보았다. 눈을 가늘게 떠 좀 더 집중해 보았다. 나보다는 조금 큰 입이었다. 내 입 안에 수제비가 들어올 것을 상상하며, 그것보다 조금 더 큰 사이즈로 피를 뜯었다. 그리고 엄지손가락으로 꾹꾹 눌러 두께를 얇게 만들었다. 그의 입에 알맞게 들어차면서 쫄깃하게 씹힐 수제비. 뜯는 순간마다 손님의 얼굴을 떠올렸다. 훨씬 더딘 속도로 수제비가 완성되는 중이었다. 느리게 흐른 시간만큼이 비로소 정성. 나는 조급해하지 않기로 했다.

평상 위에 잘 익은 수제비 세 그릇을 올려뒀다. 혹시 손님이 먹지 못할 수도 있으니 별도로 수제비가 아닌 보통 닭 국물과 밥 한 그릇도 함께 준비했다. 할머니와 나, 손님이 동그랗게 둘러앉았다. 할머니와 나는 수저를 들었지만, 그는 들지 못했다.

"잘 끓이셨네요."

"네, 마음이 편해지면 드셔보세요."

"하하."

차에서 보여주었던 굳은 웃음이었다. 편안해 보이지 않았다. 할머니는 수제비 한 숟갈을 입에 넣으시고는 오래 씹으셨다. 그러고 보니 사연자의 입 크기만 생각하느라 정작 할머니의 입은 고려하지 못했다. 할머니의 입은 나보다 훨씬 작았다. 치아가 드문드문 빠져 있어서 씹는 속도도 훨씬 더뎠다. 먹는 사람 모두에게 완벽한 수제비를 대접하기 위해서 반죽을 분리하여 끓일 필요가 있었다. 훨씬 더 번거로운 과정을 거쳐야만 수제비 한 그릇마다 최상의 정성을 가득 담을 수 있었다. 이번에도 부족한 점이 있었다는 생각에 마음이 편치 않았다.

오랜 오물거림이 끝난 뒤 할머니가 지시한 사항은 의외의 것이었다.

"아저씨랑 가서 개들 밥 좀 만들어서 와. 지난번처럼."

손님이 할머니의 뜬금없는 지시에 내 얼굴만 빤히 바라보았다. 나는 아직 손님에게 닭 수제비 한 그릇만 대접했을 뿐, 물망초 식당에서 줄 수 있는 요리를 주지 않았다. 할머니의 지시는 곧 진짜 요리를 대접하라는 말이었다. 퍼뜩 뜻을 이해하고 그에게 함께 부엌으로 가자는 말을 건넸다. 남자는 얼떨떨해하면서도 나를 따라왔다.

사료에 닭 육수를 붓자 그가 나를 만류했다.

"사장님, 이거 닭 수제비 육수 아닙니까? 사람 먹는 거 주는 버릇 들이면 안 됩니다."

"하지만 할머니가 부탁하셨어요."

"안 됩니다. 개들은 이렇게 먹으면 안 돼요. 우리 만식이도 제가 이렇게 키워서 12년밖에 못 살았어요. 말씀드렸지 않았습니까? 사장님은 개를 키워본 적이 없으셔서 그렇습니다."

그는 몹시 불안해 보였다. 나는 그를 달래기 위해 이 육수는, 우리 몫의 닭 수제비와 달리 밀간을 적게 넣어 동물이 먹어도 괜찮다고 말했지만 그의 불안함이 사그라지지 않았다. 그는 자신을 괴롭히는 지난날의 모습이 떠올라 견디지 못하는 눈치였다.

실랑이를 듣고 할머니가 부엌까지 행차하셨다. 그러곤 개 밥그릇에 닭 육수를 모두 끼얹었다. 남자가 화들짝 놀라 할머니를 만류했으나 노인의 민첩함이 남자의 불안함보다 빨랐다.

"할머니, 시골에 사셔서 모르시겠지만, 개들 챙겨줄 때 조심하셔야 해요. 이대로 매일 먹이면 탈 납니다. 아시죠?"

"제일 좋아하는 음식이 뭐야?"

할머니는 남자에게 대뜸 취향을 물으셨다. 그는 상황과 맞지 않는 질문에 조금 당황한 기색이었다.

"저요? 저는 튀김류를 좋아하는데 지금은 개들 이야기를……."

"집에서 엄마가 해준 튀김을 먹어본 적이 있어?"

"당연히 있지요. 제가 좋아하는 음식인데."

"봐라. 튀김이 건강식이더냐? 너도 집에서 그런 음식을 먹고 자라지 않았어? 엄마가 너한테 튀김을 해준 이유가 무엇이겠어. 네가 좋아하니까 해줬겠지. 너 먹고 탈 나라고 해줬겠어? 만약 엄마가 너를 위한답시고 평생 튀김도 못 먹게 키웠으면 네가 행복했을까."

할머니가 밥그릇 하나를 남자에게 맡겼다. 그는 그릇과 나를 번갈아 바라보았다. 어안이 벙벙한 상태였다.

"따라온."

우리는 할머니를 따라 개들에게로 향했다. 이미 닭 수제비 냄새를 맡은 녀석들이 꽁지가 떨어져라 엉덩이를 흔들며 우리를 기다렸다. 할머니는 백구와 황구 앞에 밥그릇을 내려놓았다. 바둑이는 자신만 빼고 친구들이 식사를 시작하자 애달프게 울기 시작했다. 남자의 그릇이 바둑이의 몫이었다.

"네 마음 가는 대로 해라. 주고 싶지 않다면 주지 않아도 돼."

남자는 곤란해 보였다. 바둑이는 남자의 손에 들린 밥그릇이 제 몫임을 정확하게 알고 있었다. 구슬프게 울어댔다. 그는 이도 저도 하지 못하는 상황이었다.

할머니는 조용히 수제비를 다시 드시며 말했다.

"나도 안다. 내가 시골 노인네라서 개를 잘 못 키우고 있다는 거. 해주고 싶은 게 나라고 어찌 없겠어. 너는 개를 12년 키웠다고 했지? 나도 수년째 키우고 있다. 나한테도 저 애들은 자식새끼랑 다름이 없어. 네가 개를 아낀 만큼 나도 내 개를 아낀다. 세상 모든 사람들이 같은 환경에서, 같은 모습으로 사랑할 수는 없는 거야. 각자의 사정을 이해하는 아량도 필요해. 우리 중 누구도 법관이 아니지 않더냐?"

"할머니, 조금 더 신경 써서 기르시면 더 오래 함께할 수 있어요."

"저 애가 이 닭 육수를 어떻게 만들었는지 너도 알지? 닭 한 마리를 푹 끓이고 일일이 살을 다 발라냈다. 이게 신경 쓰지 않은 거라면 뭐겠어. 당장 개를 트럭에 태워다가 읍내 애견 센터로 보내는 것만이 사랑은 아니야. 그리고 바둑이를 좀 봐라."

할머니가 남자의 개 밥그릇을 회수했다. 머뭇거리는 그를 대신해 바둑이에게 다가갔을 때, 바둑이는 온몸을 다해 기쁨을 표현했다. 밥그릇이 바닥에 닿자마자 서둘러 코를 박고 먹기 시작했다.

남자는 자신이 예전에 했던 일을 똑같이 되풀이하는 할머니를 보았다. 이윽고 한 그릇을 말끔히 비워낸 바둑이가 할머니를 향해 펄쩍펄쩍 뛰었다. 털을 거칠게 쓰다듬어도 연신 좋은지 분홍 혓바닥을 분주하게 움직이며 할머니의 팔을 핥았다.

"이렇게나 좋아하잖아."

남자는 바둑이와 할머니를 말없이 응시했다. 그는 회상 속에 잠긴 듯 아무런 말을 하지 않았다. 눈동자가 묵묵히 개의 움직임만을 쫓고 있었다. 다시 평상으로 돌아온 할머니가 수저를 들어 그에게 내밀었다.

"얼마나 사랑했는지 나는 안다. 음식 하나 못 먹을 만큼 오랫동안 미안해하는데 그 마음은 거짓으로 만들어진 게 아니겠지.

하지만 시간이 많이 지났어. 언제까지고 끙끙 앓으며 살 수는 없어. 자기한테 최선을 다해주면 짐승들도 그 마음을 다 느껴."

남자가 할머니의 권유에 이기지 못해 수저를 집어 들었다. 하지만 여전히 한 숟갈도 뜨지 않고 있었다. 할머니는 깍두기 반찬을 남자 쪽으로 옮겨주었으며 비어 있는 물컵에 차가운 보리차를 채워주었다.

"너 잘못한 거 없다. 키웠던 강아지도 분명 너랑 함께 살아서 행복했을 거다."

그가 한참을 망설이더니 그릇에 수저를 담가 조심스레 퍼 올렸다. 입 크기에 알맞게 뜯어진 수제비와 애호박 한 덩이가 담겨 있었다. 그는 조금 떨리는 목소리로 할머니를 향해 물었다.

"정말로 만식이도 제 마음을 알까요?"

할머니는 짧게 대답하셨다.

"하모."

그는 좀 더 망설이다 닭 수제비 한 숟가락을 입에 넣었다. 입을 다물어 조용히 수제비를 씹다 멈추기를 반복했다. 오랜 죄책감을 털어내는 중이었다. 할머니는 그가 수제비를 씹어내는 동안 계속해서 말씀하셨다. 너는 잘못한 것이 없다고. 자신을 용서하라고.

남자가 천금같이 무거운 수저를 한 번 더 들었다. 우리들 머리 위로 부는 바람이 묵은 마음을 조금씩 깎아 날렸다. 이윽고 그의 입이 다시금 수제비를 씹어냈다. 발그레해진 콧잔등을 보고서 나는 오늘 수제비가 유독 뜨겁게 끓여졌구나, 생각할 뿐이었다.

"아저씨는 이름이 어떻게 되는가?"

수제비 반 그릇이 비워졌을 때쯤 할머니가 그에게 이름을 물었다. 그러고 보니 나는 아직 그의 이름도 묻지 않은 상태였다.

"만수입니다. 박만수."

"그래서 만식이구먼. 만수랑 만식이."

"예, 만수랑 만식이."

만수, 박만수. 나는 속으로 그의 이름을 여러 번 되뇌었다. 사진 속 만식이가 이름을 듣고서는 머릿속으로 겅중겅중 뛰어 들어왔다. 주인과 마주 보며 즐거이 흔들었을 녀석의 꼬리를 상상했다. '만식아.'라고 부르면 마찬가지로 개구리처럼 신나게 뜀을 뛰었을 녀석. 그 앞에는 서투른 솜씨로 끓여낸 닭 수제비 그릇을 든 중년이 있었다. 만수. 소중한 가족을 위해 참 많이 사랑하고, 또 자책했을, 살아 있는 당신의 이름이었다. 나는 그와 엄마가 겹쳐지는 사고 속에서 닭 수제비 한 그릇을 함께 비워냈다.

일과를 마친 뒤 식당으로 돌아와 뒷정리를 하는 중에 낙원 씨가 방문했다. 지난번에 구매한 고양이 간식을 가져가라고 연락했기 때문이다. 장거리 운전에 제법 피곤한 상태였지만 그를 보니 신기하게도 피로가 달아났다.

"이야, 우리 집 고양이까지 챙겨주시고. 저희 이제 베스트 프렌드인가요?"

"오버하지 마요."

"오늘 손님은 잘 해결했어요?"

나는 남자에게서 받은 서명을 보여주었다. 하지만 이번에는 할머니의 도움이 없었다면 해결하지 못했을 거다. 온전히 나의 기량으로 해내진 못했기에 마음이 후련하지는 않았다.

"표정이 안 좋네요. 무슨 일 있었어요?"

"아니요, 그냥. 벌써 네 번째 서명인데도 저한테 부족한 게 너무 많아서요."

낙원 씨가 고양이 간식을 챙겨 자신의 가방에 넣었다. 그러곤 나의 팔을 툭 치며 강한 어조로 말했다.

"또 또 또 그런다. 늘 잘했으면서 뭘……."

"이번에는 다른 사람 도움을 많이 받았거든요."

"많은 도움을 받을 정도로 망초 씨가 좋은 사람이겠죠?"

"에이."

"에이? 또 또 또! 절 좀 믿어요. 속고만 살았나 봐."

자신을 믿으라는 말. 기억 속에서 동희의 목소리가 함께 들려왔다. 나는 겸연쩍게 웃고 말았다.

식당을 마감하기 위해서는 시간이 더 필요했다. 그에게 피곤할 텐데 먼저 집으로 돌아갈 것을 권했다. 내일도 정시 출근을 사수해야 하는 사람이었다. 그는 귀가와 식당 잔류 사이에서 고민하다가 아쉬운 표정을 보이며 어쩔 수 없이 오늘은 먼저 가겠다고 했다. 집에 가면 제일 먼저 고양이에게 간식부터 주겠다며 고마움을 표했다. 문 바깥까지 배웅하는 와중에도 무엇이 그리 할 말이 많은지 묻지도 않은 정보를 잔뜩 읊어댔다.

"그럼 저 이제 갈게요. 곧 또 봐요!"

"네, 조심히 가요."

활짝 웃으며 손을 흔들어줬다. '곧'이 언제인지 정하지 않았으나, 이제는 편안하게 만날 수 있는 사이였다. 문득 나는 그날, 애견용품점에서 나오는 길에 지나쳤던 생각들을 다시 마주했다. 다음에 또 만나자며 웃어주는 사람이 내게도 있었다. 낙원 씨의 말대로 나 역시 좋은 사람인 걸까. 믿을 수 없는 말이지만, 그렇다면 좋겠다.

물망초 식당과 집 사이에서 잠깐이라도 고민을 해줬다는 점이 고마웠다. 나는 내심, 그가 고민한 두 대상이 식당과 집이 아닌, 나라는 존재와 집이라면 더 좋겠다는 마음이 들었다. 그러다 혼자 깜짝 놀라 고개를 휘저었다.

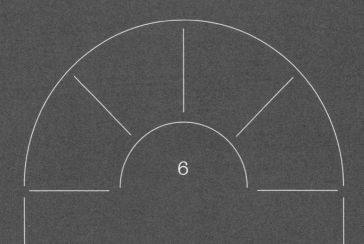

6

당당함을 키워주는 채식 떡볶이

여섯 번째 손님이 식당 문을 열고 들어왔을 때 나는 그녀에게 인사를 건네지 않고 여기엔 무슨 일이냐고 물었다. 그녀 역시 놀란 얼굴을 하며 왜 여기에 계시느냐고 물었다. 남의 집 문을 잘못 연 듯 그리고 집을 잘못 찾은 이웃을 보듯 서로 당혹감을 감추지 못했다. 우리는 구면이었다.

"저 여기에 약속이 있어서 왔는데 웨이팅 중인 건가요?"

그녀는 나를 식당 손님으로 오인했다. 당연히 내 역할을 항변할 수밖에 없었다.

"아니요, 제가 여기 주인인데요."

"주인이요? 아?"

"혹시…… 저랑 연락하셨던 손님이세요?"

편의점 마크가 크게 박힌 조끼를 벗어 던져도 그녀의 목소리는 남들에 비해 작은 편이었다. 두 손을 모아 서 있는 자세가 예의 바르기보다는 소심한 것에 가까워 보였다. 내가 사장이라고 밝히자 우물쭈물하며 머리를 긁적이더니 문밖과 소파 쪽을 번갈아 바라보았다. 그녀 역시 나를 알아보는 게 분명했다.

그녀를 알고 있다. 식당 맞은편 편의점에서 아르바이트생으로 근무 중인 휘민 씨였다. 쭈뼛거리기는 나도 매한가지였으나 사장인 이상 손님을 그냥 보내선 안 된다. 신기한 운명에 감탄하는 건 3분이면 충분했다. 휘민 씨에게 소파에 앉을 것을 권유한 다음 허브티 한 잔을 내주었다. 그녀는 머쓱한 얼굴을 하고선 차를 홀짝이며 식당 안을 두리번거렸다.

"세상 참 좁네요. 그렇죠?"

"그렇네요."

이번 손님이 먹지 못하는 음식은 떡볶이로, 신청서에 고모와 함께 떡볶이를 먹다 급체한 경험이 있어 오랜 시간 동안 피하며 살았다고 기입했다. 떡볶이라 하면은 얼마 전 엄마와 나누었던 대화처럼 우리 모녀에겐 그립기만 한 음식인데 누군가에겐 그러지 못하다는 점에서 신청자의 사연을 더욱 알고 싶었다. 일정을 조율하여 그녀와 만나기로 하였고 그 결과가 지금 이 순간이다.

편의점 매대에서 늘 침울한 표정으로 서 있던 얼굴이 생각났다. 전혀 다른 옷에, 오늘은 머리도 단정하게 묶고 있었지만, 특유의 분위기가 그대로였다.

"오늘은 휘민 씨가 제 손님이시네요. 편하게 계셔도 돼요."

"제 이름을 아세요?"

"그럼요, 늘 명찰 달고 계시잖아요."

"아……."

원치 않는 오지랖이었을까. 그녀는 가타부타 말없이 축 처지는 감탄사만 뱉고선 허브티를 다시 홀짝였다. 자신을 조금이라도 알고 있는 사람이라 불편한 걸까 싶어 나는 눈치를 살피기 시작했다. 그녀는 아무런 말이 없었고 그 침묵 때문에 조바심이 커졌다.

"공평하게 제 소개도 해드릴게요! 저는 식당을 운영하는 문망초라고 하고요. 나이는 스물아홉이에요. 아, 나이는 말할 필요 없나."

긴장해서 묻지도 않은 말을 해버렸다. 첫 손님 유현 씨 때와 다르지 않았다. 나는 언제쯤 손님들을 여유롭게 대할 수 있게 되려나, 허둥거리며 말을 이어가는 와중에 머릿속에서 자책이 스멀스멀 피어나기 시작했다. 좋은 식당 오너가 되려면 이렇게 미숙하게 굴어선 안 되는데. 휘민 씨가 실망하지 않았으면 좋겠다는 생각뿐이었다.

"저도 스물아홉이에요."

"정말요? 우리…… 친구네요?"

"아, 네……. 친구죠."

용기 내 선택한 친구라는 단어가 우리를 더 어색하게 만들었다. 휘민 씨는 어리바리한 내 모습을 보아도 불쾌한 내색을 하지는 않았다. 오히려 두 손을 모은 상태로 계속 손가락을 꼼지락거리며 어딘가 불안해 보이는 행동을 반복했다. 길을 잃은 새끼 고양이 같았다. 편의점에서 본 모습보다 조금 더 주눅이 들어 보였다.

"오늘은 아르바이트 안 하는 날이에요?"

"조금 이따가…… 가요."

"그렇구나."

대화 소재가 고갈됐다. 할 말이 없어 무용한 말로 빙빙 둘러 대 봤자 손님과 사장 사이의 어색한 관계가 무마될 것 같지는 않았다. 똑같은 스물아홉 또래였기에 서로의 곁눈질만 보아도 상대가 어떠한 감정인지 기류를 읽었다. 내가 친화력이 높았다면 좋았을 텐데. 나는 언제쯤 능숙해지는 걸까. 이럴 때는 어쩔 수 없이 본론으로 직진할 수밖에 없다.

"저는 떡볶이를 되게 좋아하는 편이에요. 휘민 씨는 어떤 사연으로 떡볶이를 먹지 않게 된 건지 알려주시겠어요?"

대부분의 손님을 보고 알게 된 것이 있다면, 식당에 입성하여 적극적으로 대화를 시작하든 그렇지 않든 간에 본인의 진짜 사연을 이야기하기 전에는 뜸을 들이는 경향이 있다는 것이다. 짧은 시간 동안 비밀로 감춰왔던 상처를 스스로 돌아보는 걸까. 만약 그렇다면, 자신의 결점을 고작 짧은 시간 만에 정돈하여 내게 말해준다는 점에서 그들은 모두 대단한 사람들이다. 나는 그러지 못하니까.

"사장님은 저랑 동갑이신데 식당도 운영하고 부럽네요."

"지금은 돈을 받고 음식을 팔지 않기 때문에 수익이 전혀 없어요. 백수나 다름없죠."

"그게 백수인가요. 진짜 백수는 차라리 저죠……."

"휘민 씨는 편의점에서 근무하고 계시지 않나요?"

"직장도 아닌걸요. 이 나이 먹고도 파트타임으로 용돈이나 벌고……."

어색한 숨소리가 섞여 들렸다. 만수 씨의 경직된 웃음과 같은 결이었다. 그녀의 얼굴이 금세 어두워졌다. 편의점을 방문할 때마다 보았던 얼굴이었다. 식당 한구석에 어둡고 눅눅한 대기가 생겨났다. 그녀의 머리 위로 보이지 않는 먹구름이 뭉쳐졌다. 나는 두 뺨 위로 비가 쏟아지지 않기만을 바랐다. '왜 그렇게 생각하세요?' 하는 상투적인 반응을 해볼까 하다 그녀의 입술이 계속해서 움직이려는 모습을 보고 관두었다.

"한국에선 서른 살이 되면 심판을 내리는 것 같아요. 여태까지 얼마나 잘 살아왔는지, 좋은 어른이 됐는지를 온 친지들이 함께요. 뭐, 취업이나 연애, 결혼, 자산 관리, 평가당할 건 한 트럭이죠. 일찍이 스무 살부터 매년 명절마다 심판이 다가오고 있다는 것을 넌지시 듣긴 했지만 이렇게 가혹한 줄은 몰랐어요. 그래서 제가 친척들을 많이 어려워해요. 웃어른인 것만 해도 어려운데 그런 말씀까지 하시니 거리감이 있죠. 아무튼 서른이라고 하면, 저한테는 딱 1년 남은 건데 아무것도 이루지 못했어요. 번듯한 직장은 고사하고 모아둔 돈도 없고, 결혼할 상대도 없어요. 친척들은 선이라도 봐서 빨리 시집가라고 재촉하세요. 근데 웃긴 게 있어요. 이 나이에 저한테 아무것도 남은 게 없다고 생각했는데 딱 하나 남은 게 있더라고요. 뭔지 짐작 가세요?"

"아니요."

"자존심이요."

"파하하."

엉겁결에 웃고 말았다. 유머가 아닐지도 모르지만, 그녀의 깜짝 퀴즈가 기발하기도 하고 서른을 바라보는 시점에서 아무리 가진 게 없어도 자존심만큼은 갖고 있다는 점이 분명 내게도 해당하는 말이라 절로 쓴웃음이 나왔다. 나는 조용히 고개를 끄덕이며 공감을 표했다. 다행히 그녀는 내가 웃는 모습을 보고 함께 짧은 미소를 보였다. 기쁨의 미소는 아니었다. 떫은 감 맛 웃음이었다. 소심해 보였던 휘민 씨는 자신의 이야기를 꺼낼 준비를 하며 조금씩 눈빛에 힘을 되찾아 갔다. 늘 경직된 자세로 매대에서 인사만 하던 그녀도 살아 있는 사람, 사연이 있는 존재였다. 덕분에 우리는 본격적인 대화를 시작했다.

"사실 어렸을 때부터 세상 물정 모르고 살아서 시작이 늦은 걸지도 몰라요. 저는 기타리스트가 되고 싶었거든요. 기타를 잘 치는 편이었고 대학 동아리에서도 베이스로 오래 활동했었어요! 근데 뭐…… 그런 게 무슨 소용이 있나요. 내 나이가 곧 서른인데요."

그녀는 소심하게 두 손으로 기타 치는 시늉을 해 보이고서는 이내 다시 꼼질거리던 자세로 돌아갔다.

"꿈을 포기한 건가요?"

"네, 기타리스트를 포기한 날이 제가 떡볶이를 먹지 않게 된 날이에요. 부모님은 저를 이해해 주시려고 노력했던 편이라 제게 아무런 말씀이 없으셨는데 고모가 정이 많아요. 예, 뭐 좋게 말해서요……. 저한테 고모는 많이 어려운 친척이에요. 엄하시거든요. 어느 날은 오랜만에 저랑 밥 한 끼 먹자며 집으로 초대하시더라고요. 고모가 먼저 저한테 연락한 건 처음이어서 무척 반가웠어요. 맛있는 거 사주시려나 보다 하고 신나서 찾아갔지요. 뭘 좋아하나 물어보시기에 떡볶이라고 대답했어요. 아무래도 분식류라서 배달을 시키면 빨리 오기도 하고 가격도 저렴하니까 저한테 한 끼 사주셔도 부담이 없으실 거라고 생각했거든요. 평상시에 제가 살갑게 굴지도 못했는데 비싼 음식을 얻어먹기엔 죄송하잖아요. 물론 당시에는 떡볶이를 좋아하기도 했고요."

"그때는 떡볶이를 드셨군요?"

"네, 나름 최애였죠……. 맛있게 먹고 있는데 고모가 그러시 더라고요. 이제는 밥값을 좀 하라고. 너희 부모 등골 빼먹는 일도 서른 전에는 멈춰야 한다면서요. 평생 딴따라로 살 수 있을 정도로 실력이 있는 것도 아닌데 월 200만 원이라도 벌어와야 사람답게 살 수 있지 않겠냐며……. 엄마랑 아빠가 마음이 여려서 저한테 이런 말을 못 한 거래요. 그러니 본인이라도 좀 해야겠대요. 나는 그날 고모가 불러줘서 정말 반갑게 찾아갔는데……. 그날 고모 생각해서 떡볶이 먹고 싶다고 한 게 되게 후회되는 거 있죠? 그런 말 들을 줄 알았다면 차라리 소고기 사달라고 할걸……. 나는 고모 생각해서 떡볶이 고른 건데……."

시종일관 동그랗게 안으로 말려 있는 어깨에는 나름의 사연이 있었다. 그녀가 머리 위에 만들어놓은 먹구름이 버겁게 부풀었다. 정처 없이 뱅글거리는 손끝을 다시 보니 그녀가 좋아했던 것들의 흔적이 남아 있었다. 거칠고 단단해 보이는 열 개의 손끝들이 언젠가 기타 위에서 자유로이 움직였을 모습을 상상하니 안쓰럽기만 했다. 악보 위를 넘나들던 그녀가 기타 줄을 잃었을 때 세상은 그녀의 자유도 함께 앗아갔다. 더는 날갯짓을 하지 못하도록.

"더 비참했던 건 따로 있어요. 저도 떳떳하지 않았기 때문에 고모가 하는 말이 맞다고 생각했어요. 그래서 아무런 대꾸도 하지 못하고 떡볶이만 계속 먹었어요. 조금이라도 남기면 고모가 더 혼낼까 봐 겁이 났고, 저한테 어려운 사람이니 밉보이고 싶지는 않았어요. 내가 이 정도로 못난 사람이구나, 엄마 아빠가 날 그렇게 생각했을지도 모르겠구나, 나 정말 아무것도 아니구나. 그 생각으로 떡볶이 한 그릇을 다 비웠어요. 고모는 손도 안 대셨고요. 그렇게 다 먹으니까 고모가 뭐라고 하셨는지 아세요?"

"아뇨."

"먹을 때만 억척스럽대요."

이번에는 장난으로도 웃을 수 없었다. 어른에게 예의를 지키려고 고역 속에서도 식사를 끝낸 사람에게 억척스럽다니.

"하는 일 없이 밥만 축내면 식충이래요. 근데 저는 사람이잖아요……. 그날 지하철을 타고 돌아가는 길에 어찌나 속이 쓰리던지 화장실에서 구역질을 했어요. 빨간 거 먹고 토하면 목 나갈 것 같은데 모르시죠? 전부 게워내는데, 이게 속이 아파서 우는 건지 다른 게 아픈 건지 눈물이 계속 나고……. 옆 사람 볼일 보는 소리는 자꾸 들리고……. 내 신세가 참……. 이제는 자신이 없어요. 떡볶이도 떡볶이지만, 내가 취업을 잘 해낼 수 있을지, 사람 구실을 할지 모르겠어요. 저는 아무짝에도 쓸모없는 식충이니까. 이렇게 형편없는 취업 준비 생활만 벌써 2년째네요. 매일 아침이 오는 게 너무 불안하고 두려워요. 내일은 해가 안 떴으면……."

새까맣게 타들어 가는 먹구름이 식당을 가득 채울 만큼 불어났다. 휘민 씨는 울지 않았다. 이렇게 이야기할 기회가 있는 것만으로도 조금은 속이 개운하다며 후련한 기색을 보였다. 하지만 심연에는 여전히 묵직한 덩어리가 남아 있을 거다. 그녀의 속이 정녕 후련할 리 없었다.

나는 한 번도 취업 준비를 해본 적이 없으나 이상하게도 휘민 씨의 말이 자꾸만 가슴에 박혔다. 그 불안함이 낯설지 않았다. 내 마음의 거스러미들을 쓰다듬어 보았다. 그녀의 손끝처럼 거칠고 투박한 표면을……. 단순히 동갑내기 친구라서 공감하는 것은 아니었다.

분위기를 바꾸기 위해 그녀에게 사소한 질문을 던져보았다.

"좋아하는 기타리스트가 있어요?"

"레드핫칠리페퍼스의 존 프루시안테요."

모르는 사람이었지만 그녀가 무안하지 않게 "아아." 잘 알고 있는 양 연기를 했다. 하지만 눈빛을 보아하니 내 허술한 연기는 단박에 들통이 난 모양이었다.

"덧붙여서, 신청서에 적지 않은 게 있는데 지금은 채식 중입니다."

그녀는 얼마 지나지 않아 자리에서 일어났다. 곧 아르바이트 시작 시간이라는 이유에서였다. 다음에 놀러 오면 비타500이라도 한 병 사주겠다는 휘민 씨의 얼굴에 처음의 긴장감은 사라지고 없었다. 그럼에도 뒷모습은 쓸쓸해 보이기만 했다.

🛎️

불안함은 자존감과 멀지만 가까운 친구다. 아무리 안정적인 환경에서 살아간다 해도 자존감이 낮으면 매 순간이 불안할 수밖에 없다. 반면 자존감이 높은 사람들은 척박한 환경 속에서도 쉽게 꺾이지 않는다. 불안함마저도 그들에겐 동력원이 된다. 풍족하지 않았던 상황에서 식당을 열었음에도 자신을 믿고 묵묵히 앞으로 나아갔던 아빠가 떠올랐다. 의연한 마음으로 매일을 살아갔던 그에게 방법을 묻고 싶었다. 어떻게 그렇게 살 수 있었느냐고.

나는 휘민 씨에게 취업 자리를 제공해 줄 수 없다. 그건 내 역할이 아니거니와 내 역할이어서도 안 된다. 하지만 그녀의 구겨진 자존감을 다림질해 줄 수는 있지 않을까. 그녀에게 당당한 떡볶이 한 그릇을 대접하고 싶다. 꼬깃꼬깃해진 마음의 결마다 촘촘히 빨간 양념을 스미게 하고 싶다. 이마에 송골송골 맺히는 땀방울로 그녀가 겪었을 서러움이 모두 분출되기를, 얼얼한 입을 차가운 물로 싹 헹궈낼 때엔 그간의 슬픔이 씻은 듯 내려가기를…….

[**질문** 자존감은 어떻게 채울 수 있나요?]

[**답변** Love your self! 자신을 사랑하세요!]

문제는 언제나 '어떻게'라는 세 글자와 함께 찾아온다. 자존감을 높이는 방법을 묻는 글마다 꼭 매크로로 돌린 것처럼 자신을 사랑하라는 답변이 달려 있다. 자신을 사랑하지 못해서 자존감을 올릴 수가 없는 건데, 자존감을 높이는 방법이 자신을 사랑하는 것이라고 말하다니, 도돌이표였다. 아마 이 답변을 본 질문자들은 오히려 더 울적해지지 않았을까. 너무나도 명확하고 또 일관적으로 게시된 답변들을 볼 때마다 답답함이 적체됐다. 사실은 나도 알고 싶거든. 자신을 어떻게 사랑할 수 있는지. 그 자존감이라는 거, 어떻게 올릴 수 있는지 말이다.

늘 그랬듯이 이번에도 영감을 떠올리기 위해서는 시간이 필요할 듯싶다. 먼저 나는 떡볶이 재료부터 구비하기 위해 식자재 마트를 방문하고자 했다. 채식하는 사람, 비건(Vegan)에게 요리를 대접하기 위해서는 평소보다 조금 더 세심할 필요가 있다. 떡볶이는 많은 재료가 필요한 음식이 아니기에 기존에 냉장 보관된 식자재로도 만드는 것이 가능했으나 채식 스타일로 만들기엔 식자재가 적합하지 않았다. 어묵과 햄, 계란을 대체할 비건 재료를 구매해야 했다. 장바구니와 지갑, 차 키를 챙겨 식당을 나서려던 참이었다.

"어디 가요? 점심 같이 먹으려고 왔는데."

금요일 정오였다. 직장인이 올 시간대는 아니었다. 낙원 씨는 연차를 사용했다고 답했다. 아까운 쉬는 날에 굳이 점심을 먹으러 식당까지 왔나요?라는 합리적 의심이 들었으나 묻지 않았다. 혹시라도 그 말이 낙원 씨를 쫓아내는 뉘앙스로 들려선 안 되니까.

"또 족발?"

"그럼요, 우리 족발 친구잖아요. 간식거리도 사왔어요. 나중에 피곤할 때 먹어요. 맞은편 편의점에서 샀어요. 요즘 잘 팔리는 디저트류를 추천해 달라고 했더니 아르바이트생이 이걸 추천해 주던데, 맛있으려나."

오른손에는 비닐봉지가 두 개 들려 있었다. 하나는 지겹도록 사오는 포장 족발이었다. 그는 다른 봉지를 부스럭거리더니 안에서 비타민 음료와 초콜릿 묶음을 꺼내 식탁에 올려두었다. SNS에서 핫하다는 민트 초콜릿 디저트가 포함돼 있었다. 자신은 느지막한 오후가 되면 늘 당이 떨어진다며, 나도 요리 고민을 하다 보면 지칠 테니 당분을 챙겨가며 일하라고 말했다. 살펴본 초콜릿은 편의점에서 파는 것치고는 제법 비싼 제품이었다. 이것이 근로 소득자의 여유인가. 챙겨주는 마음이 고마웠다.

"혹시 아르바이트하시는 분이 내 또래로 보이는 여자분?"

"엇, 맞아요. 어떻게 알아요? 되게 소심해 보이는 분! 이것저것 열심히 골라주셨는데 제가 오기 전에 점장한테 혼이라도 났나 봐요. 친절한 와중에 주눅이 들어 계시더라고요."

"평상시에도 친절하신 분이라 혼나지는 않으셨을 거예요."

"아는 사람?"

"이번 주인공이에요."

"정말요? 신기한 인연이네요!"

"간식은 나중에 잘 먹을게요, 고마워요. 카디건은 다시 입는 편이 좋을 것 같네요."

"어디 가게요?"

"네, 식자재 마트에 갈 일이 있어서요."

"그럼 따라가야죠. 운전 제가 할까요?"

"괜찮아요."

낙원 씨의 카디건에는 보풀 하나 일어나지 않았다. 살짝 접어 입은 청바지 끝단 아래로는 부담스럽지 않은 패턴의 양말이 보였다. 깔끔하게 세탁된 셔츠와 신발 그리고 정갈한 손톱, 햇빛을 머금은 머리칼. 그를 완성하는 요소 하나하나에 세심한 노력이 깃들어 있었다. 만날 때마다 더욱 세련되게 변해 있는 사람.

"연차까지 쓰고 오늘 무슨 일이 있어요? 누구 만나러 가요?"

"궁금해요?"

"아니요, 그냥 물어본 거예요."

"에이, 거짓말."

"약속 없는 휴일이라 식당 놀러 온 거구나?"

"그런 셈 쳐요."

차를 타고 이동하는 동안 우리는 편안한 분위기 속에서 대화를 나눴으나 이전과 달리 익숙지 않은 긴장감이 느껴졌다. 너무 세게 당겨선 안 될 얇은 실을 잡고 있는 기분이었다. 유달리 화창한 금요일 정오에는 들리지 않는 리듬이 있다. 안쪽에서부터 쿵쿵 뛰는 감각이 느껴졌다. 먼 거리를 단정한 차림새로 달려온 그에게 묻고 싶은 것이 잔뜩 생겨버렸으나 어떤 것도 묻지 않았다. 하나라도 묻는다면 꼭 그가 실을 끊고 도망갈 것만 같았다.

호기심이란 다분히 순수한 감정은 아니구나. 나는 궁금증 뒤에서 고개를 빼꼼 내민 다른 감정 하나를 꾹 눌러 숨겼다. 언제부터 숨어 있었던 걸까.

가장 먼저 떡을 골랐다. 떡은 만드는 원재료에 육류가 포함돼 있지 않기에 비건식이다. 휘민 씨가 떡볶이를 먹고 급체를 한 나쁜 경험 탓에 떡볶이를 먹지 않게 된 것이므로 밀떡보다 소화가 잘되는 쌀떡으로 골라 담았다.

"전 밀떡이 더 좋은데."

"그래요? 다음에 낙원 씨랑 떡볶이 먹을 일이 있으면 밀떡으로 만들어줄게요."

낙원 씨는 고추장 코너로 향하는 나를 따라오며 재료를 고를 때도 세심하게 따져보는 편이냐고 물었다. 좋은 요리의 기본은 좋은 재료이므로 너무나 당연한 질문이었지만, 요리사를 단지 '요리'만 하는 사람으로 생각한다면 충분히 궁금할 만한 질문이기도 했다. 나는 점찍어 둔 고추장 제품을 찾아 성분 분석표를 확인하며 동시에 답했다.

"낙원 씨에게 대접했던 족발이요. 그때 재료 사려고 수원까지 다녀왔어요, 저."

다행히 고추장엔 육류 성분이 들어 있지 않았으며, 육류 가공 식품과 한곳에서 제조되지 않았다. 연습용도 필요하니 넉넉하게 세 통 정도를 카트에 담았다. 남는다고 해도 다른 요리를 할 때 써먹을 수 있으니.

"세상에, 저 먹일 족발을 사러 수원까지요? 귀찮았겠다."

그럼 귀찮다마다. 재료 고르러 타지까지 가는 게 쉬운 일은 아니지. 으스대 볼까 싶었지만, 문득 함께 닭 수제비를 끓였던 할머니의 말씀이 떠올랐다.

"귀찮고 번거로워야 정성이지요."

여유 있는 말투를 들은 낙원 씨가 장난스럽게 박수를 치며 나를 추켜세웠다. 그의 몸짓에 부끄러워진 건 내 쪽이라 괜히 제품을 신중하게 고르는 척 한참 동안 눈을 맞추지 않았다. 온 김에 혹시 모르니 간장과 설탕도 함께 담았다. 다음 차례는 떡볶이에 풍성함을 더해줄 부재료를 찾는 일이었다. 우리는 냉장 식품 코너로 이동했다.

생각해 놓은 건 콩고기였다. 어묵과 계란을 대신하여 단백질을 보충하면서도 떡과 다른 식감을 추가할 수 있는 적합한 재료였다. 콩으로 만들었지만, 콩의 비릿한 냄새는 적고 다짐육처럼 포슬포슬하게 씹히므로 요리에 재미를 더해준다.

"고기를 콩으로 만든다니 신기하네요. 망초 씨는 비건이 아닌 걸로 알고 있는데 이런 품목까지도 다 알고 계시는군요."

"당연하죠, 요리사는 나를 위한 요리가 아니라 손님을 위한 요리를 만들어야 하니까요."

"기본이 돼 있으시네. 참 요리사야, 참 요리사."

원래부터 칭찬에 익숙하지 않은 것도 있지만, 이상하게 그의 입에서 나오는 칭찬을 들으면 얼굴의 온도가 1도쯤 높아지는 감각을 느꼈다. 어찌할 바를 모르겠네. 차라리 욕을 해.

"낙원 씨한테 칭찬을 받으니 기분이 이상하네요."

괜히 트집을 잡아 그의 칭찬 세례를 멈추었다. 유기농 콩으로 만들었다는 문구가 크게 프린팅된 콩고기 제품 두 봉지를 카트에 담았다. 충분한 양이었다.

"이걸로 무슨 떡볶이를 만드는 건가요?"

"음, 빨간 떡볶이로 만들어볼까 하는데 아직은 잘 모르겠어요."

떡볶이에도 종류가 많다. 고추장 떡볶이, 카레 떡볶이, 짜장 떡볶이. 오리지널로 승부를 보는 게 제일 깔끔하겠지만 꼭 그럴 필요는 없었다. 요리사인 나의 판단에 따라 휘민 씨가 가장 행복하게 먹을 수 있을 떡볶이를 만드는 일이 더 중요했다. 물망초 식당을 꾸려가면서 어떤 요리를 만들지 결정하지 못했다는 말은 어떤 위로를 선물해야 할지 모른다는 말과 같은 뜻이었다. 나는 카트를 밀고 채소 매대로 이동하며 휘민 씨의 사연을 계속해서 곱씹었다.

낙원 씨가 앞쪽에서 한 손으로 카트를 끌어주며 나를 바라보았다.

"그분에겐 어떤 요리가 필요한데요?"

어떤 요리라, 아무래도 미션은 이미 정해졌다.

"자존감을 채울 수 있는 요리요. 동갑내기라 친구 같은 마음이 들어서 꼭 도와주고 싶어요. 그분, 매일 침울한 얼굴로 편의점에서 일하긴 하지만 오늘 낙원 씨도 느꼈듯이 친절하세요. 요즘 세상이 제 한몫 건사하기에 워낙 빡빡하긴 하지만, 버텨내고 있는 것만으로도 충분히 대단한 거 아닐까요? 속상해하지 말고 자신감 있게 살아갔으면 좋겠어요. 만약 내 친구였다면 하루에 한 번씩은 칭찬해 줬을 텐데. 충분히 잘하고 있다고."

채소 판매대에서 양배추, 대파, 피망, 마늘 그리고 미나리를 골라 담았다. 다른 재료들은 일반적인 떡볶이를 만들 때도 사용하지만 피망과 미나리는 그렇지 않다. 피망은 혹시 오리지널이 아닌 다른 떡볶이를 만들 경우 색 고명으로 쓰기 위해 구매했다. 미나리는…… 낙원 씨가 사온 족발에 된장찌개를 곁들여 먹으면 좋지 않을까 싶어서 샀다.

미나리 된장찌개, 그가 처음 왔던 날에 좋아한다고 말했던 음식이다. 미나리는 두 단을 사자. 아니다, 혹시 오늘은 된장찌개가 당기지 않는다고 할 수도 있으니 그냥 한 단만 사자. 카트에 담은 한 단을 덜었다. 혼자 너무 앞서가나.

나는 또 딴청을 피우며 말을 이어갔다.

"자신을 사랑해야 자존감을 키울 수 있다지만 저는 오히려 자존감은 주변 사람의 역할이 무엇보다도 중요하다고 생각해요. 자신의 힘으로는 역부족이거든요. 나를 응원해 주는 사람이 없으면 아무리 내가 나 자신을 잘났다고 생각해도 힘이 나지 않아요. 내가 나를 사랑하고 남이 그 사랑을 인정해 줄 때 자존감이 생긴다고 봐요. 저는 그렇게 생각해요."

"오! 망초 씨 제 생각과도 일치해요. 저 역시도 자존감은 혼자서 키울 수 없다고 생각하거든요. 사람은 다른 이의 관심과 사랑이 없으면 안 되는 존재니까요. 우리 통했네요?"

서로 통했다며 기뻐하는 얼굴을 미워할 수 없었다. 나와 생각이 일치한다는 게 그에게는 이만큼이나 기쁜 일일까. 눈을 똑바로 바라보기가 힘들다. 차라리 욕을 하라니까.

나는 미나리 한 단을 다시 집어 담았다.

"망초 씨는 제 사연을 아시겠지만, 저도 힘들었던 시절에는 세상에서 제일 초라한 사람이 저라고 생각했었어요. 누가 나에게 와서 따뜻한 응원 한마디 정도만 해줬어도 괜찮았을 텐데……. 정말 힘들 때는 작은 격려조차 구하기가 어렵지요. 원래 진심 어린 공감과 위로는 귀한 마음이거든요. 그때는 이 세상에 자존감 특공대라도 있었으면 좋겠다고 생각했어요. 돈을 줘서라도 구매할 수 있다면, 사고 싶은 마음이었네요."

족발을 먹으며 눈시울을 붉히던 모습이 생각났다. 그가 오늘 말쑥한 모습으로 웃고 떠들 수 있기 위해서 걸어온 가시밭길을 모른 척하고 싶지 않았다.

"낙원 씨, 고생 많으셨어요. 제 손님이 돼줘서 고마워요."

"고맙죠? 이렇게 좋은 친구는 저뿐이죠?"

친구. 농담으로 던진 말이겠지만 나는 카트 안의 채소들을 만지작거리며 잠시 멈춰 섰다. 그가 던진 농담은 내게 농담이 아니었다. 어린 시절부터 내 작은 마음은 꿈을 이뤄야 한다는 강박과 타인을 향한 의심으로 가득 차 있었다. 다른 누군가가 들어올 틈이 없었기에 나는 작은 내 세상을 오직 소꿉 친구이자 동네 친구인 동희랑만 공유했다.

지금 낙원 씨에게 느끼는 호기심이 편하지 않은 이유도, 누군가에게 이러한 감정을 느껴본 일이 거의 없기 때문이다. 풍족한 우정을 누리지 못했어서 새로이 찾아온 우정의 순간에도 나는 이 감정이 무엇인지 갈피를 잡지 못했다. 우정, 우정이라……. 글쎄 이쪽도 마냥 편하진 않네.

"그렇네요. 사실 저, 친구는 동희뿐이에요. 인간관계에 꽤 미숙하거든요. 나도 친구들이랑 우르르 모여서 소풍도 가고 놀이공원도 가보며 살고 싶었는데……."

"가면 되죠. 이제 나 있잖아요. 우리도 친구잖아요?"

"친구……."

"네, 친구요."

그의 친절함이 고마우면서도 고맙지 않았다. 다섯 살 먹은 어린아이도 아닌데 왜 자꾸 친구 타령이야. 나는 욕심이 나기 시작했지만 티를 내지 않으려고 입술에 힘을 줘 함구했다.

"좋은 아이디어가 생각났어요! 이번에 그분을 위해서 자존감 파티를 열어주는 거 어때요? 딱 하루만은 그분이 세상의 주인공이게끔요! 메인 메뉴는 당연히 떡볶이고요. 그런데 떡볶이도 왕에게 대접하듯이 온갖 버전으로 다 만들어놓는 거죠."

"자존감 파티? 재미있겠네요."

"그렇죠?"

낙원 씨는 꼭 자기 일처럼 들떠 있었다. 매장을 돌아보는 내내 그는 자존감을 올려주기 위해서는 한 사람을 위해 모두가 협동할 필요가 있다며 열띤 연설을 이어갔다. 그 모습은 과장돼 있었지만, 충분히 일리가 있었다. 우리는 치열히 아이디어를 나누며 생필품 코너까지 다 돌고 나서야 계산을 마쳤다. 결제된 금액을 보면 분명 엄마가 한 소리 해도 이상하지 않을 정도였다.

트렁크를 열어 기존의 짐을 정리한 다음 공간을 만들었다. 멀지 않은 거리니, 이동 중에 찌그러지지만 않으면 될 정도라 테트리스처럼 잘 끼워 넣고 힘껏 트렁크를 닫았다. 벌써 점심시간이 한참이나 지나 있었다. 그래도 미나리 된장찌개를 끓여준다고 하면 좋아하겠지? 돌아가자마자 그와 따뜻한 밥 한 끼를 나눠 먹고 싶었다. 서둘러 운전석에 착석했다.

"망초 씨, 그럼 조심히 가요."

그는 조수석에 앉지 않았다.

"낙원 씨, 안 타요?"

"시간이 늦어서 이제 가봐야 해요. 오후에 후배랑 약속이 있거든요. 점심 식사 정도 함께 하려고 왔는데 늦었네요. 족발은 혼자서라도 맛있게 먹어줘요. 그래도 망초 씨를 위해서 저 이미 한 시간 지각이에요. 주말에 식당에서 봐요. 제가 파티 용품 잔뜩 챙겨서 갈게요!"

"그래요, 조심히 가요."

미나리 한 단만 살걸. 아니, 그냥 사지 말걸. 오늘 마트에는 왜 따라왔담. 그럼 낮에 그냥 시간 때우기용으로 식당에 찾아온 걸까. 하긴 연차까지 쓰고 식당을 찾아온다는 게 이상한 거지. 약속 장소랑 방향이 같았나 보네. 뭘 또 주말에 온다고 그래, 뭘 또. 초콜릿은 왜 사줬대. 어이없어.

그의 단정한 용모에 다른 목적이 있었다는 점이 무척 실망스러웠다. 약이 바짝 올랐다. 경기에 임한 적도 없는데 패배감은 왜 드는 걸까. 그는 걱정대로 실을 끊고 도망갔다. 언제나처럼 좁디좁은 차에 탑승해 안전벨트를 매고 시동을 걸었다. 100마일의 사막 한가운데서 운전하는 기분이었다.

약속대로 우리는 휘민 씨의 자존감을 올려주기 위한 근사한 파티를 개최하기 위해 토요일 아침부터 식당을 꾸몄다. 대략적인 소식을 들은 동희 역시 점심쯤에 합류하기로 했으니 금방 끝내는 게 가능해 보였다. 낙원 씨가 호기롭게 준비해 온 파티 용품들은 하나같이 요란한 것들이었지만, 신나는 분위기를 만드는 데는 부족함이 없어 보였다.

반짝이는 알파벳 풍선을 불어 "whi min"이라는 이름을 완성한 다음 한쪽 벽에 붙여놓았고 바닥에 깔 동그란 풍선들도 준비해 놓았다. 휘민 씨의 방문일은 월요일 저녁이었고 토, 일 이틀 정도는 풍선을 유지하는 게 가능했다. 식당을 모두 꾸며놓으면 셋이서 함께 시험용 떡볶이를 종류별로 만들어 먹고 해산할 계획이었다. 차질없이 순리대로 흘러갈 하루였다. 아무런 걸림돌이 없는 날 말이다. 옥에 티가 하나 있다면, 낙원 씨와 단둘이 함께 있는 순간이 예전처럼 편하지 않다는 점 정도였다.

"제가 취업을 준비했을 때도 경쟁이 참 치열했어요. 이번 신청자분에게 부디 좋은 결과가 있었으면 좋겠네요. 떡볶이에 대한 아픔도 극복했으면!"

그는 커다란 하트 풍선에 펌프질을 하는 중이었다. 뭐가 그리 재미있는 걸까. 주말에 시간을 때울 장소가 있다는 거? 심심한 참에 놀아주는 상대가 있다는 거? 그는 나의 친구라고 했지만, 내게 낙원 씨는 여전히 손님이었다. 손님이라고 적힌 굵은 선을 넘어오지 않을 사람이었다. 나는 간단히 고개만 숙여 긍정을 표하고 대화를 거들지는 않았다.

"하지만 취업이 그분의 꿈은 아닐 텐데. 혹시 생각해 두신 진로는 없으시대요?"

질문을 던지지 않았다면 혼자서 떠들게 놔뒀을 텐데 그는 기어코 나의 대화를 종용했다. 휘민 씨가 말해주었던 꿈이 무엇인지 나는 기억하고 있다. 알고 있음에도 모르는 척하는 건 내 방식이 아니었다. 어째서인지 오늘따라 심보가 고약해져 살갑게 대답을 해주고 싶지 않았다.

휴대폰을 블루투스 스피커에 연결한 다음 그날 휘민 씨가 이야기해 주었던 밴드의 곡을 아무거나 터치해 재생했다. 낙원 씨는 전주를 듣자마자 호들갑을 떨며 나를 바라보았다.

"'snow'네요? 망초 씨 레핫칠 팬이에요? 저 고등학생 때 이 밴드 정말 좋아했었어요!"

"꿈 기타리스트, 이건 제일 좋아했던 밴드."

퉁명스럽게 필요한 정보만 주고 난 뒤 식당을 꾸미는 일에 집중했다. 음, 집중하는 척을 했다.

"야자 땡땡이치고 노래방에 가서 캔트 스톱을 부르면 세상에 못 할 일이 없는 사람이 된 기분이었는데! 존 프루시안테가 되겠답시고 친구들이랑 같이 기타를 이렇게 막……."

"아유, 왜 이래요?"

그는 두 손으로 보이지 않는 기타를 잡고 열심히 연주하기 시작했다. 지금 흉내 중인 운지법이 'snow'라는 곡에 알맞은 코드인지는 전혀 알 수가 없었다. 하지만 휘민 씨가 좋아했다는 멤버를 동일하게 거론하며 음악에 심취하는 모습에서 두 사람은 제법 닮아 보였다.

"먼지 나요."

우습기도 하고 황당하기도 하여 그의 몸짓을 말려보았으나 장난기만 자극해 버렸다. 그는 꼭 엄마의 잔소리를 피해 펜 대신 기타를 잡아버린 사춘기 소년처럼 식당을 뱅뱅 돌며 혼자만의 공연을 시작했다. 나도 모르게 피식해 버렸다. 자존심 상하네, 안 웃으려고 했는데.

그를 계속해서 쫓으며 적당히 하라 타일렀으나 그는 이미 잔뜩 상기된 상태였다. 기타를 좋아하면 다 저렇게 되는 건가. 한바탕 술래잡기라도 한 듯 숨을 크게 삼켰다가 내뱉으며 그는 가짜 기타 연주를 멈추었다.

"많이 힘들었겠네요."

"휘민 씨요?"

"네, 이런 연주를 하며 살고 싶었을 텐데 그러지 못하는 거잖아요. 꿈대로 살아가는 사람이 얼마나 있겠냐마는, 꿈을 포기하는 순간만큼은 모두에게 잔인해요."

그는 자신도 한때는 뮤지션이 되고 싶었다는 말을 덧붙였다. 간절히 원했던 꿈인지, 소싯적의 치기인지는 모르겠으나 당시에는 멋있는 스테이지를 발아래 두며 살고 싶었다고 한다. 친구들과 함께 간 콘서트, 전자기기에 몰래 다운받아 야자 시간마다 본 해외 록스타의 공연. 학교라는 작은 공간에 발이 묶여 있었을지라도 마음만큼은 온 세계를 누볐다고 한다.

그 꿈은 뮤지션이 되기 위한 학과 진학이나 취업으로 연결되지는 않았다. 그를 둘러싼 모든 세상은, 낙원 씨가 기타를 제대로 배우기보다 수학 문제를 하나 더 풀길 바랐다. 험난한 길에 도전할 용기가 없었다고 그는 말했지만, 그건 범인이라면 누구나 마찬가지다. 많은 이들이 자신의 바람이 아닌 타인의 바람대로 살길 선택한다. 꿈대로 사는 사람이 얼마나 있겠어, 그 한마디를 위로로 삼으며 어른이 된다.

"진지하게 기타리스트가 되길 바랐냐고 물어본다면 아닐지도 몰라요. 동경하는 마음 정도였을지도 모르죠. 하지만 그 시절의 저는 정말로 심취해 있었어요! 그때 품었던 열정만큼은 아직도 생생해요. 기억을 곱씹어 보는 일만으로도 가끔은 큰 위로가 돼요. 한때는 나도 소년이었다는 증거니까요."

낙원 씨에 대한 정보가 추가됐다. 한때는 가슴 깊이 사랑했던 사람이 있었던 손님, 휘민 씨처럼 좋은 직장을 구하기 위해 수년간 고군분투했던 손님, 소년 시절에는 마음 한쪽에 록 밴드의 꿈을 품어본 손님. 그리고 수많은 경험을 하고 수많은 시간이 흘러 내 앞에서 살아온 이야기를 하는 손님.

평범한 사람이라 할지라도 자기 이야기를 꺼낼 때만큼은 눈동자에서 빛이 난다. 살아 있는 존재의 반짝임이란, 평범함과 평범하지 않음에 영향받지 않는다. 모두에게 내려지는 축복이다. 그렇기에 우리는 누구나 당차고 아름다운 사람이 될 수 있다. 이 세상 그 어디에도 사연 없는 사람은 없으니까. 창밖의 햇살이 낙원 씨를 훤히 비춰주었다. 흰 점이 박힌 듯 반짝이는 눈동자를 응시했다. 나는 그의 눈동자 속 나도 함께 빛나고 있기를 바랐다. 미워하기 어려운 사람이었다.

"월요일 저녁에 제 기타를 가져올게요. 오랜만에 잊었던 꿈과 마주한다면 그분 마음에도 뜻깊은 변화가 생기지 않을까요? 음, 너무 오그라드는 이야기였나요? 그만할까요?"

"아, 아뇨, 햇살이 너무 밝아서 커튼 칠까 생각 중이었어요."

"그래요? 빤히 보시기에 뭐 문제 있나 싶었죠."

"제가요? 전혀요."

됐고 풍선이나 세팅하자. 그다음엔 벽에 가랜드 장식을 할 거고, 홀로그램 파티 커튼을 달아놓을 거다. 식탁에도 화려한 보자기를 세팅하고 파티 초로 꾸밀 생각이다. 집중하자. 지금 나는 식당을 꾸며야 한다는 과업이 있으니까. 애먼 생각하지 말자. 식당이 남향이라 그런지 이 시간이 되면 햇살이 참 많이 들어온다니까. 다음에 기회가 된다면 블라인드 창이라도 설치해야겠다. 온 식당이 따끈따끈하게 달궈져 있단 말이다. 어디를 가도 두 뺨이 화끈거릴 정도로. 낙원 씨와 멀찍이 떨어져 장식을 계속 이어갔다.

"제법 파티 분위기가 나는구먼."

마침 알맞게 도착한 동희가 나와 낙원 씨의 중간쯤에서 한 바퀴를 뱅글 돌더니 식당을 살폈다. 그녀의 옆구리에는 커다란 카펫이 있었고 손에는 비닐봉지가 들려 있었다. 그녀는 파티 분위기에 제법 흡족한 듯 칭찬을 하고서는 봉투를 식탁 위에 올려놓고 다시 문 입구로 향했다. 입구에서 두 손으로 카펫을 번쩍 든 다음, 이불을 털듯 팡 내려쳤다. 도르륵. 영화제 시상식 마냥 레드 카펫이 입구부터 소파까지 길게 이어졌다.

"웬 레드 카펫이야?"

"할 거면 제대로 해야지. 작년 연말 사내 종무식에서 썼던 건데 내가 총무 팀에 사정사정해서 빌려왔어."

"진짜 본격적이네."

"식당을 보아하니 망초, 네 솜씨가 아니야. 요리 빼고는 똥손이잖아. 낙원 씨가 다 꾸몄지?"

나는 고개를 좌우로 저었고 낙원 씨는 위아래로 끄덕였다. 허참, 양심도 없는 사람이네. 분명 내가 다했는데.

셋이 작정하여 힘을 합치니 식당을 꾸미는 일이 훨씬 수월했다. 파티 스튜디오 같은 분위기가 완성됐다. 식당이라 하면은 단순히 요리만을 제공하는 공간인 줄 알았는데, 노력에 따라 전혀 다른 분위기를 만들 수 있다는 점이 색다르게 다가왔다. 식당도 하나의 도구, 요리사의 의도에 따라서 탈바꿈이 가능한 장소였다. 우리는 여태껏 카멜레온의 배 속에 있었구나.

완성된 작품을 보고 나서야 일찍부터 힘을 쓴 나와 낙원 씨는 진이 빠져 소파에 풀썩 쓰러졌다. 동희가 봉투에서 음료를 꺼내 나눠주었다.

"오는 김에 사왔어. 원 플러스 원. 주말에도 아르바이트생들은 고생이더라."

"혹시 맞은편 편의점 아니에요?"

낙원 씨가 내 몫까지 음료 캔을 따주며 그녀의 대화를 받아주었다.

"맞아요, 날이 좋으니까 다들 야외 테이블을 쓰나 봐. 꽤 더울 텐데 햇볕 아래에서 열심히 닦고 있더라고요. 노력하는 모습이

보기 좋아서 친절 사원 추천함에 이름 하나 적어주고 왔어요."

"그 분이 이번 주인공이에요!"

"정말?"

　모두 휘민 씨와 구면이었다. 우리 셋에게 '박휘민'이라는 사람은 편의점 아르바이트생 그 이상, 그 이하도 아니었지만 동시에 모두의 인상 속에 긍정적인 모습으로 남아 있었다. 소심한 목소리일지라도 손님을 위해 원 플러스 원 구매 혜택을 알려주는 모습, 귀찮을 법한 질문에 성심성의껏 답변하는 모습, 남들이 보지 않아도 최선을 다하는 모습. 어쩌면 누군가는 아르바이트생이라면 응당 보여야 할 모습이라고 그녀의 작은 노력을 외면할 수도 있겠으나 우리는 휘민 씨가 제법 좋은 사람임을 알고 있었다. 자신의 처지에 주눅이 들어 있는 와중에도 묵묵히 자리를 지켜나가는 그녀는, 그녀의 고모가 말한 것처럼 하찮은 사람이 아니었다.

　동희가 말한 친절 사원 추천함을 보았던 기억이 있다. 지갑을 열어 영수증 뭉치를 잔뜩 펼쳐보았다. 언젠가 이름을 적지 않고 챙겨두기만 했던 추천 용지가 남아 있었다. 그 용지 밑에는 친절 사원 선발 날짜가 찍혀 있었다. 그녀를 둘러싼 세상은, 어쩌면 그녀가 의기소침해 있기보다는 용기를 내며 살길 바라고 있을지도 모른다. 마침 이렇게 응원해 주고 있지 않은가.

　"우린 휘민 씨를 성실한 아르바이트생이라고 생각하고 있으니까 이 용지에다가 이름을 적어서 친절 사원으로 만들어주는 거 어때? 휘민 씨가 조금이라도 자존감을 되찾도록 말이야. 어디에서 어떤 일을 하고 있든지 누군가가 응원하고 있다는 걸 알았으면 좋겠어."

"당장 음식 제공은 월요일 저녁이라고 하지 않았어?"

"괜찮아, 여기에 적혀 있어. 추첨일이 딱 월요일이야."

동희가 입을 도넛처럼 동그랗게 말고서는 감탄을 내비쳤다. 알맞게 맞아떨어지는 상황이었다. 계획대로만 된다면 여태껏 해결한 손님 중에 가장 멋진 케이스로 마무리가 될 것 같았다. 동희가 주변 친구에게도 권유를 해보겠다며 동조했다. 휘민 씨가 파트타임으로 근무하지 않는 시간에 추천 용지를 제출하면 은밀하게 일을 진행하는 것이 가능했다.

낙원 씨도 동참했다.

"저도 적을게요. 친절 사원이라는 게 아르바이트생 입장에서 얼마나 좋은 건지는 알 수 없지만, 분명 나쁜 영향을 주지는 않을 거라고 봐요."

"맞아요. 그리고 없는 말을 쓰는 게 아니라 휘민 씨는 우리 모두에게 모두 친절했으니까요."

"그게 포인트네요. 거짓이 아니라 진짜로 좋은 직원이라는 거! 그분도 알았으면 좋겠어요. 본인이 소중한 사람이고, 누군가가 이렇게 노력해서 대접하고 싶을 만큼 가치 있는 존재라는 거요. 손님이고 아니고를 떠나서요."

손님을 떠나 누군가에게 소중한 사람, 귀한 대접을 받아야만 하는 사람. 나는 동의하지 않을 수 없었다. 휘민 씨가 하루하루 조금 더 힘을 내 살아갔으면 좋겠다. 다른 환경에서 자랐으나 우리의 마음 한편에는 동일한 불안이 있었다. 그녀가 얼마나 고독한 소용돌이 속에서 버텨왔을지 모르지 않았다. 그저 우리는 같은 처지라는 동질감만 느끼는 것이 아니었다. 진심으로 그녀가 상황을 극복하길 바라는 마음이었다. 내가 나에게 바라는 의지이기도 했다. 우리 둘 사이에 존재하는 연결 고리, 그것은 아주 사소하고 또 진솔한 연대였다.

누군가를 아끼는 마음은 엄마와 아빠를 초월하여 내게도 이어지고 있었다. 심장 한구석을 따뜻하게 데워주는 온도에 집중해 보았다. 아빠가 엄마를 위해 극진히 요리했던 작품을 나도 먹어본 적이 있지 않은가. 어린 시절, 엄마를 사랑하는 마음으로 탄생했던 궁중 떡볶이 말이다. 휘민 씨를 위해 남겨두었던 모든 물음표가 비로소 해소됐다.

그녀는 식당 문을 열자마자 두 손으로 입을 가리고선 얼어버렸다. 꼭 길거리에서 연예인이라도 만난 사람처럼 얼굴에 놀라

움과 당혹스러움을 동시에 담았다. 대뜸 파티장으로 변한 식당이 소심한 그녀에겐 달갑지 않을지도 모른다. 그런 그녀를 위해 그녀가 식당 안으로 발을 딛기 전에 내가 먼저 다가가 준비한 파티용 고깔모자를 씌워주었다. 우리는 조그마한 폭죽도 함께 터트리며 열렬히 환호해 주었다. 똑같이 퇴근 후에 온 것인데 휘민 씨는 빳빳하게 굳은 막대 같았고 낙원 씨는 지금부터 살아나는, 방과 후의 초등학생 같았다.

"저 오늘 생일 아닌데요……."

"생일은 아니지만, 오늘 주인공입니다. 발밑을 보세요."

"으이힉!"

식당 안쪽까지 반듯하게 깔린 레드 카펫을 보자 그녀가 안절부절못하며 옆으로 게걸음을 쳤다. 주인공이 되는 일에 익숙지 않아 보였다. 나 역시 이런 대접을 받는다고 하면 똑같이 몸둘 바를 몰라 하며 회피하려고 할 것이기에 그녀의 몸짓을 이해할 수 있었다. 스스로가 주인공이 되길 허락하지 않은 사람을 위해서는, 타인의 무한한 응원이 필요했다. 나와 낙원 씨는 휘민 씨를 위해 기꺼이 응원단이 돼주기로 했다.

"오늘 물망초 식당의 유일무이한 주인공입니다. 어서 입장해 주세요!"

"아니, 이건 너무 부담스러운데……."

"오늘은 다시 오지 않아요. 누려보세요."

그녀는 여전히 어깨가 움츠러들어 있었다. 오늘도 아르바이트가 고됐는지 포니테일로 묶은 머리 양옆으로 잔머리가 잔뜩 삐져나왔다. 착석 자리까지 가기 위해서는 별수 없이 레드 카펫을 밟아야만 했으므로 휘민 씨는 억지로라도 화려한 그 길을 지나야만 했다. 여전히 부담스러워하는 그녀를 위해 나와 낙원 씨가 열렬히 손뼉을 치며 환대의 말을 읊었다. 부담을 느낀다고 하더라도 오늘은 주인공으로 살아주길 바랐다. 그녀가 물망초 식당에서 주인공이 될 수 있는 날은 오늘이 처음이자 마지막일 테니 말이다.

"여기에 앉으세요. 휘민 씨를 위해서 저희가 최선을 다해서 식당을 꾸몄어요."

"굳이 왜 이렇게까지……."

"제 식당은 이름이 알려진 식당이 아니고 주력 메뉴도 없는데 찾아와 주신 게 너무 감사하잖아요. 이렇게 두 번째 방문 약속까지 지켜주셨고요. 휘민 씨는 대접받을 이유가 있는 사람이에요."

"아후, 전 이런 거 익숙하지가 않아서요."

"그래요? 저랑 이분은 손님 환대해 주는 게 익숙한 사람들이에요. 그냥 저 사람들 매일같이 하는 일 하나 보다 생각해 줘요."

거짓말이었다. 손님을 환대하고 물개 박수를 쳐주는 일은 나에게도 전혀 익숙하지 않은 행위였다. 나도 휘민 씨만큼이나 어색함을 느끼고 있으나 이 마음을 들켰다간 우리의 노력이 수포가 되기에 최선을 다해서 마음을 숨기고 그녀를 대했다. 나는 왜 선의의 거짓말이 필요한지 온몸으로 체감하는 중이었다.

고모에게 모진 말을 들으며 고개를 떨궜을 그녀를 위해서, 나는 그녀가 한 번도 겪어본 적 없을 대우를 해주고 싶었다. 설령 그게 나의 평소 모습과 동떨어진 행동이라 하더라도 한 번쯤은 남을 위해 나 자신을 속여볼 가치가 있었다. 가끔 '노력'이라는 것은 자연스러움과 동떨어진, 부단히 인위적인 행동으로 발현되는 가치라는 걸 알게 됐다.

휘민 씨가 쭈뼛거리며 자리에 앉았다. 식탁에는 덮개가 덮인 네 개의 그릇이 있었다. 가장 큰 원형 그릇이 중간에, 남은 세 개의 그릇이 그 위를 감싸듯 배열된 상태인데 당연히 중간 그릇이 메인 요리였다. 나는 두 손으로 덮개를 열어보라고 신호를 보냈고 휘민 씨 역시 자신이 이 식당에 찾아온 이유를 알고 있었다. 심호흡하고 가장 큰 덮개를 들어 올렸다. 오늘 그녀가 이겨내야 하는 대상이 달콤한 냄새와 함께 모습을 드러냈다.

"엇, 갈색이네요?"

"네, 궁중 떡볶이에요. 조선 시대에 왕에게 대접했던 떡볶이입니다. 고추장 떡볶이보다 간장식 궁중 떡볶이가 더 먼저 만들어졌지요. 처음 시작은 자극적이지 않은 고급 음식이었거든요. 다만 저는 이전에 휘민 씨가 고추장 떡볶이를 잘 드셨다는 사실에 착안해서 살짝 매콤한 맛을 가미했어요. 오늘의 왕은 휘민 씨니까요."

"여기 고기 기름 같은 게 떠다니는데, 말씀드렸듯이 저는 채식 중입니다."

그녀가 숟가락으로 그릇의 테두리를 슥 훑었다. 수저에는 육류로 만든 탕에서 나올 법한 기름이 묻어났다.

"오늘 제가 대접하는 요리는 모두 비건식으로 만들어졌어요. 이 궁중 떡볶이에는 쌀떡을 비롯해 다양한 야채와 버섯을 넣었어요. 다만 식감과 풍미를 더 하기 위해 콩고기를 간장에 살짝 볶아 넣었습니다."

"그럼, 이 기름은 무엇인가요?"

"올리브유입니다. 올리브유를 넣으면 지방 특유의 녹진한 향을 더할 수 있거든요. 고기를 넣지 않아도 향을 한층 더 깊게 만들 수 있어요."

사용한 재료 설명을 듣자 그녀의 얼굴에 작은 안도감이 비쳤다. 이윽고 남은 덮개들도 모두 열어 세 종류의 떡볶이를 확인했다. 빨간 떡볶이, 짜장 떡볶이, 카레 떡볶이였다. 왕이 좋아하는 음식이라면 무엇이든 요리하여 상에 올렸던 수라간 나인의 마음으로 그녀만을 위해 만든 떡볶이들이었다.

"먹을지 안 먹을지도 모르는데 이렇게나 많이……."

"먹든 먹지 않든 제 성의예요. 최선을 다해서 대접하고 싶었거든요. 남으면 저랑 친구들이 먹으면 되니 걱정 마세요."

"제가 뭐라고."

"귀한 손님이죠."

낙원 씨가 유리컵에 물 한 잔을 담아 그녀 옆에 조용히 내려놓았다. 시키지 않았으나, 물과 함께 자연스레 식사를 권하는 나만의 방식을 따라 했다. 제법이라는 생각이 들었다. 휘민 씨는 젓가락으로 궁중 떡볶이를 덜어 소분 그릇에 담았지만, 휘적거리기만 할 뿐 먹지 않았다. 그녀에게 요리를 보여주는 것은 1차 대접일 뿐 2차 대접은 아직 시작되지 않았다. 곧 있으면 친절 사원 결과가 도착할 시간이었다. 대화를 끌며 시간을 벌어보았다.

"아직 떡볶이가 불편하시죠?"

"네, 고모 생각이 나요. 먹다 체할까 봐 겁나기도 하고요."

"불편하면 드시지 않으셔도 괜찮아요. 음식은 먹고 싶을 때 먹어야 가장 맛있으니까요."

"그래도 저한테 이렇게까지 해주셨는데 제가 안 먹어버리면……."

"오늘 이 음식을 먹지 않고, 서명해 주지 않는다고 해도 절대 휘민 씨를 미워하지 않아요."

그녀의 표정에 경계심이 잔뜩 내려앉았다. 미간 사이에 옅은 세로줄이 생긴 상태였다.

"진심이에요?"

"그럼요."

"왜요?"

글쎄 왜냐니. 그야 당신이 손님이고 난 요리사니까? 여기는 물망초 식당이고 이게 내 의무니까? 그녀의 "왜요?" 두 글자에는 가시가 돋쳐 있었다. 이유 없이 자신에게 친절한 사람을 향해서 그녀 자신도 인지하지 못한 순간에 튀어나온 방어 본능이었다. 날카로운 되물음으로 나를 공격하려는 게 아니었다. 오히려 본인을 보호하고 싶은 것이리라.

타인에게 응원과 격려를 받아보지 못했을 그녀라면, 누군가의 진심 어린 의도가 미심쩍은 작위로 느껴지는 게 당연할지도 모른다. 사람의 손을 잘 타지 않은 들개가 먹이를 챙겨준 인간을 얼떨결에 물어버리는 것처럼 말이다.

어두운 공간에 갇혀 있다, 밝은 빛을 바라보면 우리는 모두 눈을 감게 된다. 그녀에게도 적응의 시간이 필요할 것이다. 우리의 응원이 결코 당신을 해치지 않을 거라는 확신을 갖기 위해서. 그리고 타이밍 좋게 그녀의 휴대폰에 메시지 알림음이 울렸다.

"서화 편의점 친절 사원에…… 선발됐습니다? 이건 또 무슨?"

"편의점에서 정기적으로 친절 사원을 선발하고 있는데 모르셨나 봐요. 휘민 씨가 이번에 뽑히신 거예요? 거봐요, 휘민 씨는 좋은 사람이고 모두가 그걸 알고 있어요. 저에게도 친절하게 대해주셨잖아요. 주눅 들지 않았으면 좋겠어요. 비록 지금은 편의점이라 할지라도 휘민 씨는 자신이 속한 곳에서 누구보다도 빛나게 일하고 있으니까요."

적절한 기회, 나이스 타이밍. 내가 만든 두 번째 대접이 빛을 발했다. 의도한 위로가 그녀의 가슴에 과연 닿았을까. 세로 주름이 잡혀 있던 그녀의 미간을 살펴보았다. 왜지? 표정이 전혀 달라지지 않았다.

"꼭 오늘 문자가 올 걸 알고 있었던 사람처럼 말해주시네요. 제가 친절 사원으로 선발되게끔 사장님이 표를 주신 거예요?"

"네? 아 그, 그건……."

"그럼 이건 가짜 친절 사원이네요. 저한테 그럴 만한 가치가 있어서 뽑힌 게 아니잖아요."

"휘민 씨, 그렇지 않아요. 분명 저랑 제 친구들한테도 친절하셔서……."

"저는 이런 것도 조작하지 않으면 안 되는 사람이군요."

상황이 예상과는 다르게 전개돼 버렸다. 나는 그녀의 사기를 북돋아 주기 위해 친절 사원 선발을 이용하려 했지만 도리어 그녀는 더 실망해 버렸다. 자책의 늪에 깊게 빠져 있는 그녀에게 변명을 해보았지만, 통하지 않았다.

서명은 고사하고 손님을 더 큰 절망 속에 빠트려 버릴지도 모른다. 있어서는 안 되는 일이었다. 나와 같은 불안과 두려움 속에서 힘들었을 그녀를 진심으로 위로하고 싶었다. 그런데 내 손으로 더 서글프게 만들다니. 생각이 너무 짧았던 걸까. 점점 더 동그랗게 위축되는 휘민 씨의 등이 내 세상에도 절망처럼 담겼다.

"쓸모없는 저 같은 사람 때문에 괜히 스무 표나 모으신다고 수고 많으셨어요."

그녀가 조용히 자리에서 일어났다. 떡볶이는 한 입도 먹지 않은 상태였다. 오늘은 그녀의 편식을 개선하고 위로를 전하는 날이어야만 했다. 그런데 오늘이, 그녀 인생에 또 다른 절망으로 기록되기 일보 직전이었다. 일어선 그녀를 잡아보려고 했지만 구실이 떠오르지 않았다.

"잠깐만요."

그런 휘민 씨를 붙잡은 건 낙원 씨였다.

"스무 표요? 저희는 그 정도로 표를 많이 모으지는 않았어요."

낙원 씨는 본인이 적어 넣은 추천 용지는 한 장뿐이었다고 했다. 용지에는 참여자 추첨을 위해 개인 휴대폰 번호와 이름을 적는 부분이 있는데 이를 바탕으로 1인 1표밖에 반영되지 않는 시스템이었다. 그러니 나 역시 한 표밖에 던지지 못했다. 내가 독려한 것은 엄마의 표로, 내 쪽에서 만들었다고 해봤자 겨우 두 표가 전부였다. 여기에 동희와 동희가 부탁한 친구들, 동희 어머니가 한 표씩을 던져 다섯 표가 더해졌다. 그러니 물망초 식당의 의지로 만들어낸 표는 여덟 표가 최대였다. 참여 인원이 거의 없을 거라고 판단했기 때문에 여덟 표로도 충분히 선발되리라 안일하게 판단했다.

하지만 스무 표라니. 일단은 스무 표는 있어야 선발될 수 있다는 점에서 놀라웠고, 휘민 씨가 그 당사자라는 건 더 놀라웠다.

"망초 씨, 우리가 만든 표가 총 몇 표이죠?"

"제 예상으로는 여덟 표 정도예요."

"그럼 남은 열두 표는 우리도 모르는 표네요."

그때 휘민 씨의 휴대폰이 한 번 더 울렸다. 이번에는 문자가 아닌 전화였다. 액정에 표시된 발신자는 "점장님"이었다. 그녀가 의아한 표정으로 조심스레 전화를 받자, 호탕한 남성의 목소리가 들려왔다.

"친절 사원 선발된 거 결과 들었지요? 덕분에 본사에서 저희 매장에 인센티브를 준다고 합니다. 요새 매출이 떨어졌는데 덕분에 저한테도 좋은 일이 생겼네요. 앞으로도 잘 부탁드려요. 늘 고생해 줘서 고맙다는 말을 하려고 전화했어요."

그녀는 마치 눈앞에 점장이 실제로 서 있는 듯 두 손으로 전화를 받으며 이따금 고개를 꾸벅거렸다. 전화는 짧게 끝나지 않았고 그녀의 얼굴은 전화가 길어질수록 조금씩 펴지며 주름을 잃어갔다. 들리는 내용에 의하면 점장이 이번 기회에 휘민 씨의 시급을 소폭 상승해 주려는 것 같았다. 하지만 휘민 씨는 시급 인상보다도 고생했다는 말에 더 크게 고개를 숙였다. 고맙다는 말이 핑퐁처럼 몇 번 오가고 전화가 종료됐다.

휘민 씨가 자리에 다시 앉았다. 그녀의 얼굴이 살짝 상기돼 있었다.

"봐요, 가짜 친절 사원이 아니에요."

"그래도……. 사장님께서 여덟 표를 만들어주신 거면……."

그녀는 무척 기뻐 보였지만 계속해서 도망갈 구실을 찾았다. 본인의 자리라 믿는 어두컴컴한 혼자만의 공간으로. 나는 소분 그릇 옆에 놓인 수저를 들어 그녀에게 건네주었다.

"정말로 좋은 사람이 되려면 자기가 자신을 인정해 줘야 해요. 충분히 좋은 사람이니까 당당해지세요. 우리랑 전혀 상관없는 사람들도 휘민 씨에게 고마움을 느낀 일이 있었으니 추천한 거 아니겠어요?"

"제가 뭘 했다고."

"아무것도 한 게 없다고 해도 그냥 당당해져 보세요. 그래도 돼요."

"왜요?"

또다시 내뱉어진 의심에, 내가 해줄 수 있는 말은 많지 않았다.

"이 세상에 당당하지 말아야 할 사람은 아무도 없으니까요."

그녀가 똑바로 앞을 바라보았다. 동그란 두 눈을 이간질하듯 자리 잡았던 세로줄이 모두 사라져 있었다.

"누가 어떤 말을 하더라도 휘민 씨는 좋은 사람. 이유를 찾지 말아요. 그냥 있는 그대로 그렇다고 믿어요. 그러면 정말로 좋은 사람이 될 테니까요. 마법처럼."

부끄러운 듯 양쪽 뺨이 붉어졌다. 귀 끝까지 빨갛게 달아오른 후에야 그녀는 감정을 감추려는 듯 떡을 젓가락으로 쿡 찍어 입에 넣었다. 고모가 뱉었던 모진 말과 상처를 꾹꾹 씹었다. 쑥스러워하는 와중에도 기쁜 오늘을 만끽하려는 듯 입꼬리 끝에는 희미한 미소가 걸려 있었다.

그런 친구를 위하여 나는 시키지 않은 음식 소개에 열을 올렸다. 오늘 내가 당신을 위해 이 떡볶이들에 얼마나 많은 공을 들였는지 구태여 설명을 이어갔다. 그녀는 듣지 않고 있는 것 같았지만 중간중간 고개를 끄덕이며 떡을 연거푸 씹고 또 삼켰다. 비로소 극진한 대접을 누려보는 사람이 되고 있었다.

우리의 모습을 바라보던 낙원 씨가 식당 구석에서 뭔가를 꺼내왔다.

"축하 차원에서 손님이 좋아하시는 음악까지 곁들여 보겠습니다."

약속했던 대로 그는 기타를 가져왔다. 대뜸 연주를 시작했으나 누구도 말리지 않았다. 휘민 씨가 기타를 보자 흥미롭다는 듯 입을 우물거리며 연주를 관람했다. 엉성하긴 해도 들려오는 음악은 분명 레드핫칠리페퍼스의 'snow'였다. 좋아한다는 멤버와 도저히 비교가 불가한 허술한 연주가 이어졌다. 분위기가 나쁘지 않았다. 박자에 맞춰 박수로 호응을 보탰다.

소분 접시에 담아놓은 궁중 떡볶이 한 그릇을 반 정도 비워낸 휘민 씨가 자리에서 벌떡 일어났다.

"그렇게 연주하는 거 아니에요. 기타 줘보세요."

"아니, 계속 들어봐요. 후렴 구간이 제 필살기라고요."

둘은 오늘 처음 만났음에도 불구하고 오래된 사이처럼 티격 태격하기 시작했다. 기타라는 악기가 둘의 사이를 친근하게 이어준 걸까. 못 이긴 척 낙원 씨가 휘민 씨에게 기타를 양보했다. 그녀는 잠깐 뜸을 들인 후 연주를 시작했다. 낙원 씨가 견주지 못할 능숙한 솜씨였다. 그녀는 떡볶이에서 뿜어져 나오는 김이 모두 사라질 때까지 연주에 몰입했다.

"리슨 왓 아 세이(Listen What I Say)"

"에오오(E OH OH)!"

사람은 누구나 자신의 이야기를 할 때 가장 빛이 난다. 휘민 씨에게 그 순간은 손끝과 기타 줄 사이에 있었다. 하늘에서 쏟아지는 한겨울의 눈발처럼 새하얀 음악이 식당에 가득 들어찼다. 언젠가 바라는 곳에 취업해 직장인이 되더라도 그녀가 꿈을 포기하지 않길 바라보았다. 지금처럼 당당히, 자신 있게 살아주길. 당신의 마음속 바람개비가 아직 멈추지 않았기를……

식당을 한껏 꾸며놓은 탓에 뒷정리가 쉽지 않았다. 낙원 씨는
벽에 걸린 가랜드를 제거했다.

"오늘 도와줘서 고마웠어요."

나 역시 레드 카펫과 풍선을 치우고 식당을 원상태로 되돌리
는 데 열중했다.

"전 그냥 구경만 했는데요, 뭘."

"아뇨, 오늘도 저는 주변 사람 도움으로 서명을 받은 거나 다
름없네요. 그래도 동질감이 느껴지는 친구였는데 휘민 씨가 위
로를 받아 다행이에요."

"어디에서 동질감을 느꼈어요?"

그가 제거한 가랜드를 차곡차곡 접어 커다란 쇼핑백에 담으
며 물었다. 나 역시 쇼핑백에 파티 물품을 집어넣으며 건성으로
답했다.

"남한테 의심이 많은 거요."

"망초 씨는 남을 의심하는 사람이 아니죠."

"왜요?"

우리는 서로를 응시했다. 꽤 가까운 거리였다. 그의 검은 눈동
자에 내 얼굴이 또렷하게 맺혀 있었다.

"왜냐하면 망초 씨는 남이 아니라 자신을 의심하는 사람이거

든요. 충분히 잘해내고 있는데도 말이에요."

그가 쇼핑백을 챙겼고 기타를 케이스에 넣었다. 나갈 채비를 끝마친 상태였으나 집으로 가져가야 할 물품이 적지 않았다. 고단한 몸으로 퇴근했을 직장인에게 허락된 체력이 이토록 강인했던가.

"오늘 파티는 손님을 위한 파티이기도 했지만 동시에 망초 씨를 위한 파티이기도 했어요. 저는 그런 마음으로 왔어요. 제가 왜 굳이 이 모든 용품을 다 챙겨서 여기까지 왔겠어요?"

양손에 짐이 가득했다. 결코 가벼워 보이지 않는, 그의 기다란 팔로 휘감아도 삐죽 튀어나와 버리고 마는 부피였다. 한 아름 무거움을 안고서 식당을 나서는 낙원 씨의 등을 바라보았다. 나는 괜스레 한 번 더 '그렇게 왜요?'라고 묻고 싶었다.

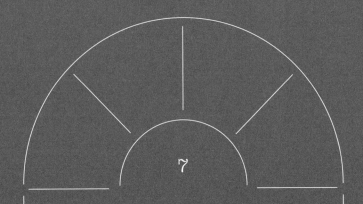

7

용감해지는 채소 구이

노력의 결실이 뒤늦게 맺어지고 있었다. 이제 남은 서명은 두 개뿐이었지만 문의가 쏟아졌다. 얼마 전 붙여둔 전단을 보고 연락했다는 사람이 반절. 남은 반절은 유현 씨, 태준 씨, 만수 씨와 휘민 씨를 통해 식당을 소개받은 사람들이었다. 입소문을 타고 유명해지는 맛집처럼 물망초 식당도 명성을 키워갔다. 전단을 보고 연락한 사람들보다 소개를 통해 온 사람들에게서 더 큰 감동을 느꼈다. 손님들이 우리 식당을 진심으로 인정해 줬다는 기분이 들어서다.

"열심히 홍보하고 다녔다고요."

"감사해요, 낙원 씨 소개로 신청하신 분이 세 분이나 계세요."

뒤늦게 알게 된 점이 있는데, 낙원 씨는 소위 인싸였다. 학교

후배, 직장 사수, 고등학교 동창까지 세 명이나 낙원 씨의 이름을 대고 신청했다. 계약 기간 중 남은 시간은 이제 한 달. 손님 상담, 요리 고안, 요리 제공까지 최대 2주의 시간이 걸린다고 가정했을 때 적당했다. 조급해할 필요가 없었다. 신청자 중 유독 눈에 띄는 사람이 있었다.

"인스타 셀럽이에요. 패션이 보통은 아니죠?"

낙원 씨의 대학 후배 이재인, 스물여덟 살 여자였다. 개인 계정을 방문하니 외모가 연예인 같았다. 특이점이라면 인스타 사진들이 온통 파스텔 색상으로 도배가 돼 있다. 연핑크, 연보라, 민트가 그녀의 세 가지 색상이었다. 패션은 미국 하이틴 스타일이었다. 레트로한 느낌을 주면서도 젊은 감각이 돋보였다. 그녀만의 개성이 신청 글에서도 선명히 드러났다. 파괴된 맞춤법과 과도한 줄임말, 10대들이 쓸 것 같은 온라인 말투였다.

낙원 씨는 재인 씨를 '아주 웃긴 애'라고 지칭했다. 그녀는 편식 대상조차도 콘셉트가 확실했다.

[브로콜리랑 파프리카 못 먹음. 사유 맛업슴. 완전 노맛!]

전체적으로 덜 자란 어른 느낌이었다. 물론 편식 습관 하나로 상대를 파악해선 안 되겠지만 그냥 내 느낌이 그랬다. 피터 팬 같다고나 할까. 나는 그녀의 이야기가 궁금해졌다. 짱구가 엄마에게 응석을 부리듯이 브로콜리와 파프리카를 콕 집어 맛없다고 말하는 그녀가 보고 싶었다.

"낙원 씨가 여태껏 같이 먹은 족발값을 하는군요."

"제가 다 샀는데요?"

그녀에게 상담차 방문 일정을 전달했다.

"양심도 없네."

구시렁거리는 낙원 씨의 입에 오이 한 조각을 찔러 넣었다. 재인 씨에 대한 단서를 더 알려달라고 부탁했다. 적을 알고 나를 알면 지피지기 백전백승이니까.

그녀는 풍족한 집안에서 자라난 외동딸이라고 한다. 같은 외동딸이더라도 나는 그야말로 요리를 위해 삶을 헌신했지만, 재인 씨는 달랐다. 어려서부터 걱정 없이 살았다. 선후배를 통틀어 낙원 씨와 함께 학교를 다닌 사람 중 가장 속 편한 사람이었더라. 3학년 전공 필수 수업 발표 날에도 늦잠을 자느라 등장하지 않았다고 한다. 헤벌쭉 웃으며 "미안."이라고 말하면 모든 게 해결되는 삶이었다. 그녀가 일으키는 문제들이 삶을 망치진 않았다.

재인 씨는 공부를 잘해야 할 이유가 없는 학생이었다. 다 함께 모인 식사 자리에서 박수갈채를 받으며 카드를 긁는 주인공. 그게 재인 씨의 역할이었다. 3학년 1학기 성적 발표 날, 2.25라는 숫자를 받아 들고도 "저녁은 소고기 콜?" 하며 여유 있게 식사 메뉴를 떠올리는 인물. 이런 재인 씨의 주변에는 늘 사람이 많았다.

그러나 남는 게 없었다. 그녀는 여전히 취업 준비조차 하지 않고 한량으로 살고 있다. 이 사람, 저 사람 방황하며 떠돌이식 연애를 하고 있다. 생산적인 일이라곤 패션 경제에 도움을 주는 것뿐, 카드 하나는 끝장나게 긁는다고 한다. 주변에 조언이나 의문을 던지는 사람조차 없었다. 모든 사람이 재인 씨의 삶을 무조건적으로 긍정해 준 거다. 혹은 그 누구도 관심이 없거나.

낙원 씨는 재인 씨의 편식 습관을 알고 있는 몇 안 되는 선배였다. 본인이 겪은 변화를 후배에게도 보여달라고 부탁했다. 덤덤한 말투였지만 그는 자신이 물망초 식당 덕분에 이처럼 즐겁게 족발을 먹을 수 있다고 했다. 슬픔이 모두 사라진 모습이었다. 말이 많은 사람이었지만, 진지한 이야기를 할 때만큼은 얼굴이 달라졌다. 부탁을 들으니 갑자기 가슴에서 무언가가 끓어올랐다. 이런 걸 동기라고 하나 보다. 한 사람 더 변화시켜 보자고.

처음 만난 그녀는 자신을 재인으로 부르지 말아달라고 부탁했다. 대신에 제니(Jenny)라고 부르라 명했다. 부탁이 아니라 명이다, 명. 부모님이 주신 이름으로는 어딘가 부족한 느낌이 드니, 본인이 만든 이름으로 살고 싶다는 이유에서였다. 자기 인생이니 이름도 스스로 선택하는 거 아니냐며……. 주체적인 삶이라 느끼기엔 어딘가 허술했다. 낙원 씨와 함께 온 그녀는 원래 식당 같은 곳에 혼자서는 오지 않는다고 한다. 혼자 밥을 먹는 게 자신만의 세계에선 불법이라나 뭐라나. 신청서도 알고 보니 쓰기 전까지 낙원 씨가 많은 도움을 줬다고 한다. 그냥 식당 소개를 해주고 끝인 줄 알았는데 부가적인 지도가 있었나 보다. 주체적인 삶을 위해 이름마저 바꿨다고 하기엔 모순이 많았다. 어쨌거나 제니 씨와 상담을 시작했다.

"차일드후드 시절부터 논 딜리셔스 푸드는 안 먹었어요."

5세부터 8세까지 3년간 캘리포니아로 조기 유학을 다녀온 탓일까. 그녀는 영어를 종종 섞어 말했다. 유학 생활 3년 끝에 그녀에게 남은 건 유창한 회화 실력이 아니라 혀 굴리기였다. 미국 하이틴 스타일을 왜 고집하는지 이해가 됐다. 얼핏 보면 미국 드라마 〈프렌즈〉의 레이첼 한국인 버전 같았다. 미워 보이지는 않았다. 사랑스러운 사람이었다.

사랑을 듬뿍 받은 외동딸답게 맛있는 음식만 먹고 자랐다고 한다. 제니 씨의 어머니는 요리 솜씨가 좋은 듯했다. 좋아하는 재료 위주로 매끼를 준비해 주셨다. 어려서부터 육류 위주 식사를 해서인지 나보다 키가 훨씬 컸다.

"패프리카, 브뤄컬뤼 싫어요."

한 가지 이상한 점이 있다면, 싫다고 지칭하는 음식들에 대한 기억을 물어보니 딱히 나쁜 기억이 있지는 않다는 점이었다. 실은 파프리카와 브로콜리를 먹어본 적도 없다고 했다. 아니, 근데 어떻게 편식을 하나?

"어렸을 때 친구들이 베지터블은 맛없다고 했어요. 그런 걸 잘 먹는 애들은 무리에 끼워주지 않았어요. 똑같이 굴지 않으면 미움받았는데, 한번은 궁금해서 먹어보려다가 너 혼자만 어른이냐며 얼마나 놀림을 당했는지. 쏘 테러블! 베지터블 최악!"

돌아온 대답에 고개가 절로 갸우뚱거렸다. 음, 뭐라 설명해야 하나. 왜 그런 적 있지 않나. 급식을 먹는데 내가 보기엔 꽤 괜찮은 메뉴가 나왔다고 해보자. 그런데 친구들은 다 싫대. 어떻게 이런 메뉴를 밥이라고 먹냐며 마구 불평을 해. 다 손잡고 우르르 매점으로 가버려. 나는 꿋꿋이 밥을 먹을 수 있을까? 내 입에만 맛있으면 그만이라고 생각하는 사람이 있겠지만, 친구들 의견에 휘말려 같이 매점으로 가버리는 사람도 많을 거다. 먹어보기도 전에 친구들이 다 싫어하니까 나도 먹지 않는 상황이 된다.

그러나 성장하면서 우리는 여러 경로로 음식을 다시 접하게 되고 '먹을 만하다'고 재학습을 한다. 제니 씨에겐 이 학습이 없었다. 그녀는 어린 시절 친구들이 보여준 투정을 곧이곧대로 믿고 여태껏 실천해 왔다. 나쁜 경험에 대한 심리적 저항으로 편식이 생긴 것과는 사뭇 다른 경우였다. 오히려 아무런 경험이 없는 상태에서 잘못된 가치관이 심어진 상황이었다. 이건 편식이라기보다는 습관이었다.

"이제 한번 먹어보면 되잖아요?"

"노우, 맛없잖아요. 전 맛없는 푸드 먹기 싫어요."

"그럼 평생 안 먹으면 되잖아요?"

그럼에도 불구하고 편식 습관을 고쳐보겠다고 식당을 찾은 이유가 뭘까. 그녀는 괜히 낙원 씨 핑계를 대며 "선배가 시켜서." 라고 둘러댔으나 "무슨 소리. 신청은 결국 네가 한 거지." 하고 낙원 씨는 딱 잘라 차단했다. 힘이 바짝 들어간 코랄빛 볼이 움찔거렸다. 당혹스러운 듯했다.

지금까지의 모든 손님들처럼 제니 씨 역시 속내를 꺼내는 일을 주저했다. 아무런 감정을 담지 않은 눈으로 응수했다. 동정 혹은 이해 그 무엇도 없었다. 예상한 대로 한참의 공백 후에야 그녀가 입을 열었다.

"이제 편식을 하면 사람들이 은근히 날 창피해하더라고요. 예전엔 편식하는 게 우리만의 룰이었는데."

"먹어보기에 어려운 음식은 아닌데 한 번쯤은 드셔보시지."

"전 안 되니까 여기에 왔죠. 뭔가…… 엄두가 안 나요."

"친구가 먹으라고 부탁하면 먹나요?"

그녀의 화법은 투정과 어리광의 중간쯤에 있었는데 이는 묘하게 듣는 사람을 지치게 하는 화법이기도 했다. 여태껏 보아온 손님들에게서 느껴진 슬픔과는 다른 결이었다.

"예스. 벗, 아무도 이제 나한테 그런 부탁을 하진 않아요."

"스스로 먹진 못해요?"

"굳이 내가 스스로? 멋이 없잖아요."

"편식을 이겨내고 싶은 마음은 있는 거죠, 제니 씨?"

그녀는 친구를 방패 삼아 속내를 숨기고 있었다. 브로콜리랑 파프리카를 먹고 싶어 하는 마음보다 더 깊이 있는 마음이 있다고 여겨졌다. 나는 그녀가 진짜 속내를 이야기해 주길 바랐다. 여기까지 제 발로 온 손님이라면 누구나 그래야만 했다. 이것부터가 개선의 시작이니까.

"오브 콜스, 나도 이젠 친구들처럼 되고 싶거든요."

"뭐든 잘 먹는 어른이 되고 싶다는 뜻이죠? 그냥, 정말 평범한 사람이요."

"예스, 낙원 선배랑 몇 주 전 금요일에 만나 여기에 신청하게 된 건데, 저도 변화를 겪어보고 싶어요."

제니 씨가 원하는 것은 무엇일까. 눈망울이 여전히 맑고 천진한 사람이다. 어린 시절 파프리카와 브로콜리를 외면한 채 얻어내고자 한 것들을 생각해 보았다. 친구들 말에 따라 나쁘다고 하는 일들은 시도조차 하지 않았던 그녀. 어른 뒤에 숨은 작은 소녀가 보였다. 나는 그녀가 미지의 채소밭에 발을 내디딜 수 있게끔 만들어야 한다.

그런데 금요일에 같이 만났다고 하면……. 아니다. 신경 쓰지 말자.

어렸을 적 재미있게 본 만화 '짱구'에서 봉미선이 짱구에게 피망을 먹이기 위해 고군분투하는 에피소드가 있었다. 봉미선은 고기 채소 볶음에서 피망만 골라내는 짱구 머리를 쥐어박고 윽박을 질렀다. 짱구는 동그랗게 부푼 꿀밤에 아파하며 눈을 질끈 감았지만 앞에는 봉미선이 호랑 장군처럼 버티고 서 있었다. 짱구는 억지로 피망을 입에 넣었다.

"거봐, 맛있잖아."

봉미선이 기뻐했다. 그러나 몇 초 뒤 이어진 짱구의 액션은······.

"웨엑."

몽땅 뱉기였다.

한 번 특정한 음식이 싫다고 마음먹으면 맛은 상관없어진다. 짠 피망이든 매운 피망이든, 설령 달콤한 피망이라 해도 짱구는 웨엑, 뱉어내고 말 거다. 심리는 혀가 아닌 마음에서부터 시작된다. 나는 재인 씨, 아니 제니 씨의 마음을 이해할 필요가 있었다. 굳이 제니라는 이름으로 자신을 불러달라고 말하는 그 심리를 말이다.

미국 하이틴처럼 반짝이게 꾸며놓고서는, 실은 친구들처럼 되고 싶다고 말하는 소녀를 헤아리고 싶었다. 맛있는 채소밭 선물은 그다음에야 가능했다. 동희는 이 분야 전문가다. 눈치가 빠르고 센스가 좋아 사람 마음을 잘 읽곤 했다. 동희 앞에선 비밀을 가져선 안 됐다. 함께 있을 때마다 늘 들켰다. 그녀가 해주는 심리 상담에는 두 가지 장점이 있다. 첫 번째, 공짜다. 두 번째, 타인을 해석하는 걸 즐거워하기에 성의 있는 답을 해준다.

"딱 관종이지."

오늘은 성의가 없네. 더 볼 게 없다는 식의 단호한 어조였다. 관종이라, 몰랐던 건 아니다. 행동을 보면 관심받길 좋아하는 사람이란 말 말고는 딱히 더 할 말이 없었다. 문제는 왜 관종이 됐냐는 것이며 이걸 편식과 어떻게 연결하느냐였다. 동희는 그 지점엔 관심이 없었다. 요리사가 아니니 어쩔 수 없었다. 다만 그녀가 제니 씨 심리를 파고드는 데 큰 흥미를 느끼기 시작했다.

"네 말대로 레이첼을 생각해 봐. 이런 관종들 특징이 뭔지 알아?"

포털 사이트 검색으로 레이첼 사진을 여러 장 보여주며 동희가 물었다. 열심히 가꾼 외모, 쇼핑 중독, 때때로 수동적인 태도, 약간의 백치미. 생각해 보니 제니 씨와 레이첼이 상상 이상으로 닮았다. 레이첼 캐릭터의 특징이 뭐였더라. 나는 오래전에 본 미국 드라마 '프렌즈'의 에피소드 몇 개를 회상했다. 레이첼, 제니, 두 여자를 겹치며 공통점을 찾아보았다. 딱히 더 생각나는 부분이 없었다.

"관종의 특징이라면…… 관심받기를 좋아하는 거 말고 또 뭐가 있겠어."

"그래, 그거지. 사랑받고 싶어 하는 사람들이야. 누구보다도 사람의 사랑을 원하는 사람들."

동희가 양팔로 온몸을 감싸는 시늉을 하며 알려줬다. 마치 사랑에 빠지기라도 한 듯.

그들에게 관심이 필요한 이유를 생각해 보지 않았다. 사실 우리는, 저마다 조금씩은 관종이다. 관심을 받고 사랑을 받는 일은 의식주 다음으로 삶을 지탱해 주는 기둥 아닐까. 특히 티가 나는 관종이라면, 누구보다도 사랑이 필요하고, 사람을 원하는 정 많은 인물일지도 모른다. 제니 씨도 마찬가지일까. 학점 관리에는 실패해도 친구들의 환심을 사는 데는 치열했던 그녀의 과거를 쫓아가 보았다. 가만히 있어도 인기가 많았지만, 알고 보면 모든 건 노력이었다.

친구들에게 식사를 대접하고 눈에 띄는 옷을 입었다. 되물어볼 법한 이름으로 자신을 불러달라고 말했다. 친구들이 싫어하는 음식은 입에 대지도 않았다. 철저하게 자신만의 개성으로 사는 듯했으나 알고 보면 그 세계의 중심엔 자신이 없었을지도 모른다. 사람들을 사랑하고, 사람들의 관심이 필요한 사람. 이제 와서 편식을 고치겠다는 이유마저도 '친구들처럼' 되기 위한 게 아니던가. 제니 씨는 순수한 사람이었다. 너무 순수한 나머지 어린아이 티를 벗지 못했을 뿐이었다. 그녀는 다 자라 어른이 되더라도 사랑받아 마땅한 존재였다.

냉장고에서 맥주 두 캔을 꺼내왔다. 차분해진 머리로 마시는 맥주가 유독 상쾌했다. 동희가 허둥지둥 자신도 캔을 따 내 쪽으로 내밀었다. 짧은 건배를 나누었다.

"캬."

탄산의 힘을 빌려 감탄사를 뱉어냈다. 속이 뻥 뚫렸다. 입술에 맥주 거품을 묻힌 상태로 동희가 물었다.

"근데 브로콜리랑 파프리카로 이걸 어떻게 알려줄 거야."

"기막히게 알려줘야지."

당연한 걸 뭘 묻나. 우리는 서로 다른 표정으로 웃으며 맥주를 더 들이켰다. 말한 대로다. 제니 씨에게 가장 필요한 건 사랑이다. 자신을 예쁘고 별나게 포장하지 않아도 된다. 친구들에 휘둘릴 필요도 없다. 굳이 카드로 환심을 사지 않아도 누군가는 그녀를 진심으로 좋아할 거다. 만약 그런 사람이 없다면 그녀 스스로 노력해야 한다. 꾸미지 않아도 사랑받는 법을 배우도록 말이다. 습관처럼 굳어진 어린 티를 벗어야 한다. 소녀는 자라 여인이 될까? 아니, '어른'이 된다.

원래라면 브로콜리와 파프리카의 장점만 살려 색다른 요리를 고안해 보려고 했다. 파프리카의 장점은 색감이고 브로콜리의 장점은 식감이다. 그러나 나는 전략을 바꾸기로 했다. 홍수기법이란 게 있다. 문제 행동을 고치는 행동 치료 방법 중 하나이다. 싫어하는 것들을 치우지 않고, 그대로 노출시킨다. 그것들과 함께해도 유해한 일이 생기지 않음을, 더 나아가 오히려 긍정적인 상황이 펼쳐짐을 깨닫게 한다. 책에서 말하기를, 이 방법은 거부 대상에 내성이 강한 어른들보다 아이들에게 더 효과가 좋다고 한다.

친구들처럼 성장하고 싶어 하는 관종을 위해서 정답을 구상했다. 이번에는 정공법을 쓸 거다. 다만 필요한 자료가 있었다. 대뜸 음식을 주고 '성장하시오.' 지시한다면 누가 먹겠는가. 제니 씨가 편식을 고치기 위해서는 어른스러운 격려가 필요했다. 그것을 위해서 여러 참고 자료를 찾아보기로 했다. 동희에게 머릿속 계획을 읊었더니 반응이 좋았다. 나를 도와 휴대폰을 이용해 자료를 찾기 시작했다. 집중력이 대단했다.

"공부를 이렇게 했으면 졸업 증명서는 서울대에서 뗐다."

동희는 툴툴댔지만 즐거워 보였다. 우리는 여러 이야기를 나누며 검색을 이어갔다. 그 결과 쓸 만한 자료 몇 개를 발견했다. 제니 씨가 요리를 대접받는 날 사용하기에 딱 좋았다. 낙원 씨에게도 미리 공유해 볼까. 아니다, 말자. 둘 사이에 끼고 싶진 않다.

이런 날도 있어야지. 모든 일이 순조롭게 풀리니 어깨가 가벼웠다. 오랜만에 일찍 집에 도착했다. 아직 방문 일자까지 여유가 있으니 요리에 대한 고민은 내일부터 할 참이었다. 얼른 씻고 예능 프로그램을 볼 생각이었다. 최근 회차가 레전드였다며 낙원 씨가 꼭 보라고 메시지로 재촉했다. 얼마나 재미있기에 그래. 사소한 설렘을 안고 신발을 벗었다. 신발장 안에는 지금 시간에 없어야 할 신발이 있었다. 오늘 일찍 마쳤나 보다. 반가운 마음이 들었다.

"웬일이야."

기분 좋게 외치며 안방 문을 열었다. 열자마자 오늘도 간을 많이 보았냐 물어볼 생각이었다. 그러면 언제나처럼 평범한 대답을 할 테고, 거기서부터 오늘 하루를 신나게 공유하면 된다. 분명 그러면 되는 건데…….

"왜 이래, 엄마?"

안방 침대 위에 힘없이 늘어진 중년 여성이 있었다. 얼굴이 붉게 달아올라서는 가쁜 숨을 뱉고 있었다. 처음 보는 모습이었다. 나는 소스라치게 놀라 그녀에게 가 몸을 흔들며 물었다. 눈을 감고 있었으나 잠이 들진 않았는지 느릿하게 몸을 일으켰다. 이마와 목 언저리를 여기저기 만지작거리며 온도를 확인했다. 열감이 심했다.

"어디 아픈 거야? 왜 힘이 없어. 열은 또 왜 나고."

"속이 조금 쓰리더니 몸살 났나 봐."

"제발! 진작에 좀 쉬라고 했잖아!"

소리를 꽥 질렀다. 주체가 안 됐다. 열이 나는 것보다 속이 쓰리다는 것이 날 더 자극했다. 거봐, 이렇게 될 줄 알았어. 엄마도 사람이잖아. 결국은 이렇게 아프잖아. 그렇게 몸 관리 잘하고 있는 척해도 힘없이 뻗어버릴 거면서.

엄마만큼은 아빠처럼 되지 않길 바랐다. 열심히 살아온 오늘에 존경보다 울분을 토했다. 엄마는 대체 무엇을 위해 이렇게까지 닳아 없어지려고 하는 걸까. 아프면 아무것도 못 먹는 사람이면서. 아픈 내게 아무것도 못 해줬듯이 본인도 아무런 간호를 받지 못한다. 엄마는 이 사실을 알고 있다. 우리는 아픔에 관한 모든 것을 두려워했으니.

"몸살이야, 몸살. 죽을병 아니야."

엄마는 내 앞에서 알약 두 개를 입에 털어 넣었다. 약 먹는 모습을 보여주기 위해 내가 올 때까지 기다린 것 같았다. 그 배려까지 미련하게 느껴져 여러 말을 꽥꽥 뱉어댔다. 뭐라고 떠들었는지는 자각이 안 됐다. 그냥 날뛰었다는 사실밖에⋯⋯.

"이제 여섯 명이야. 계약 끝나면 당장 나한테 가게 넘겨,"

약을 먹기 위해 상반신을 일으킨 엄마를 신경질적으로 눕혀버렸다. 거칠게 이불을 휙 덮어주곤 문을 쾅 닫았다. 어쩐지 오늘 모든 일이 잘 풀린다 했다. 예능을 보며 여유부릴 때가 아니었다. 계약을 서둘러 이행하기 위해서라도 나는 최선을 다해야만 했다. 씻지도 않고 대충 옷만 갈아입고 책상에 앉았다. 흥분이 아직 사라지지 않았지만 몸이 뜨거워진 상태로 레시피 책을 마구 집었다. 그것들을 거칠게 책상 위에 쌓으며 속으로 되뇌었다. 반드시 금귀비 정찬을 가져와야 해, 그래야만 해.

채소는 어떻게든 요리할 수 있다. 볶아도 되고 지져도 되고 구워도 된다. 조리 방법에 따라 어울리는 소스도 달라진다. 보통은 곁들임 요리에 사용되지만 훌륭한 채소는 그 자체만으로도 한 끼 식사가 된다. 브로콜리는 뜨거운 물에 짧게 데쳐야 흙먼지 제거가 가능하다. 색감도 열을 가해야만 더 푸릇하게 살아난다. 좋아, 브로콜리 데치자. 데쳐서 볶고 지지고 굽자. 제일 좋은 맛이 날 때까지 지치지 말고. 파프리카도 잘라. 더 세게 칼질을 하자.

"망초 씨."

뎅강, 뎅강. 손가락을 자를 기세로 힘껏 도마를 내려쳐. 물도 펄펄 끓여 몽땅 집어넣어. 전부 익혀버려. 이 채소들로 어떻게든 최상의 맛을 만들어내야 해. 그래야 해. 난 할 수 있어.

"망초 씨."

서명을 받아야 해. 채소는 어떻게든 요리할 수 있다. 볶아도 되고 지져도 되고 구워도 된다. 조리 방법에 따라…….

"망초 씨! 저 왔다고요."

정신을 차려보니 낙원 씨가 근심이 가득한 얼굴로 나를 응시하고 있었다. 짧게 대꾸한 후 다시 파프리카를 썰었다.

"무슨 요리 하는 건데요. 제가 온 뒤로 벌써 파프리카를 일곱 개째 썰고 있잖아요."

싱크대 안에는 손질한 기억이 없는 요리들이 가득했다. 볶은 채소 요리, 튀긴 채소 요리, 무슨 맛이 날지 추측도 되지 않았다. 맛있어 보이지는 않았다. 그제야 내가 무슨 짓을 하고 있는지 정신이 들었다. 아깝게 낭비된 재료들에게 미안했다. 낙원 씨가 연유를 물었으나 답하고 싶지 않았다. 자초지종을 설명하기 싫었다. 그런 이유에서, 눈치 빠른 동희가 아니라 다행이었다.

입을 여니 묵은 숨이 한숨처럼 땅에 떨어졌다. 속상했다. 손끝을 떨리게 하는 감정이 욱욱 치밀었다. 엄마 생각만 하면 자주 나타나는 현상이었다. 혼자 있고 싶으니 나가달라고 부탁했다. 낙원 씨에게 받은 도움이 많아 한 번도 이런 말을 해본 적이 없었다. 뱉고 나서야 그가 마음이 쓰이는지 넌지시 물었다.

"울어요?"

뭐래. 아직 울지는 않았다. 지레짐작이 불쾌해져 쏘아붙이듯 울지 않는다고 말했다.

"울 것 같은 눈이네요."

그가 겸연쩍게 대답하고는 식탁에 뭔가를 내려놨다. 나는 냉장고 손잡이에 얼굴을 비춰봤다. 울 것 같은 눈, 내 눈이 맞았다. 예민하게 군 게 미안했다. 눈물이 맺히진 않았지만, 팬스레 눈을 한 번 비비고 바라봤다. 그가 언제나처럼 뭔가를 또 잔뜩 사왔다. 손님으로 맺어진 관계이긴 하나 참 질긴 인간이다. 왜 이렇게까지 물망초 식당을 자주 찾는지. 친구도 많은 사람이 굳이 여기까지 와 나랑 노닥거릴 시간이 있는 건지. 물론 말로 뱉지는 않았다. 비틀린 마음으로 바라보는 나를, 낙원 씨 또한 빤히 바라보고 있었다. 우리는 서로 말없이 쳐다보기만 했다. 당신도 나를 비틀린 마음으로 보는 걸까.

채소를 손질하며 잔뜩 화를 내고 있던 요리사, 음식에 화풀이하는 모양새가 한심할 만도 했다. 손에 묻은 물기를 거칠게 탈탈 털어내며 신경 쓰지 않는 척했다. 그에게 혼자 있고 싶으니 오늘은 여기서 식사하지 말아달라고 퇴장을 명령했다. 귀찮게 굴지 말아주길 바랐다.

"힘들어 보이는데 먹고 힘내요. 오늘은 족발 아니에요. 질려하는 것 같아서."

어떻게 알았지. 내 마음에 CCTV라도 달아났나. 족발 질린 건 또 언제 알아챘대. 아니다. 족발을 워낙 많이 사왔어야 말이지. 보통 사람이라면 당연히 질릴 법했다. 괜히 그가 미워 보였다. 이름만 낙원이지 사람 마음까지 엿보고 불편하기 짝이 없다. 적어도 오늘만큼은.

"가볼게요. 무슨 일이 있으면 꼭 연락하고요."

"제가 왜 그쪽한테 연락해요."

아뿔싸. 마음에 정말 여유가 없나 봐. 예민한 답이 또 나오고 말았다. 듣는 사람보다 말한 사람이 더 흠칫거리는 꼴이 됐다. 돌아올 답이 두려워 얼른 눈빛을 거두었다.

"도움받았으니까 나도 도움 주고 싶어서 그래요."

생각보다 유한 대답에 나는 또 되묻듯이 "뭘요?" 하고 말해버렸다. 오늘따라 입이 말을 듣지 않았다. 왜 이렇게 날이 서 있는 거야. 낙원 씨는 죄가 없잖아. 어쩌면 인싸처럼 보이지만 친구가 없는 외로운 사회인일지도 모르잖아. 그리고 엄연히 말하자면, 낙원 씨에게 나는 이미 준 것 이상의 도움을 받은 상태였다. 하지만 이상하게도 그의 말을 예전처럼 곧이곧대로 받아들일 수가 없었다. 내가 이렇게나 속이 좁았나. 나는 낙원 씨가 제니 씨와 자꾸만 겹쳐 보이는 지점이 싫었다. 오늘 좀 예민한가 봐. 하나로 설명하지 못할 복합적인 기분이었다. 날카로운 말을 멈추길 바라. 잠시 다른 곳으로 도망쳐 버린 정신에게 부탁했다.

낙원 씨 표정이 평소와 달랐다. 내 태도에 많이 실망한 게 틀림없었다. 부스럭거리며 봉지 안에 든 것들을 꺼내놓았다. 떡볶이랑 순대, 분식이었다. 휘민 씨를 위한 파티를 준비하던 날, 동희와 함께 떡볶이를 먹으며 낙원 씨에게도 궁중 떡볶이에 관한 엄마의 사연을 말한 적이 있었다. 아마 우리 엄마가 좋아했다는 일화로, 나 역시 떡볶이를 좋아한다고 추측한 것 같다. 옳은 접근법이었다.

까칠하게 군 사실이 두 배로 미안해졌다. 그가 비닐봉지를 수거하여 곱게 접고선 쓰레기통에 버렸다. 행동이 끝난 뒤 등을 돌렸다. 가방을 챙겼고, 곧장 문으로 향했다. 퇴장하려다 잠깐 멈춰 섰다. 미안한 마음에 조심히 가라는 인사라도 하려고 목에 힘을 줬다. 하지만 그의 음성이 나보다 빨랐다.

"요리할 때마다 행복해 보였는데 오늘은 아니네요. 무슨 음식이든지 만드는 사람이 행복해야 먹는 사람도 행복하지 않을까요. 저는 그런 망초 씨가 좋았는데."

입이 그대로 굳어버렸다. 그런 내가 좋았다는 말은, 무슨 의미인 걸까. 요리사는 사람을 사랑해야 하며 그러기 위해서는 음식을 만드는 사람도 행복해야 한단 말, 낯설지 않은 가르침이었다. 기억 속에도 있던 음성이었다. 몸을 휘감았던 분노와 예민함이 깎여나갔다. 팔뚝부터 가슴과 옆구리, 온몸의 피부 털이 일순간 돋았다가 누그러졌다. 낙원 씨 목소리에는 그리운 온기가 있었다.

내가 여기에서 노력하는 이유를 잊지 말아야 한다. 요리는 엄마와 나를 지켜내기 위한 수단임을 명심해야 한다. 자꾸만 어리석은 내 마음이 오늘처럼 예민해지는 까닭은, 그저 내가 아직 미숙하기 때문일 거다. 내가 사랑하는 사람들을 위해서라도 불필요한 생각은 끊어낼 필요가 있었다.

"아무튼 굶지는 마요."

낙원 씨의 뒷모습을 바라보려다 고개를 떨궜다. 굶지 말라는 말이 마음에 콕 박혔다. 낙원 씨가 좋아했던 나는 분명 행복한 사람이었겠지. 손님들의 편식을 치유하며 기뻐하는 사람. 그런데 난 어땠나. 아픈 엄마를 보고선 잔뜩 예민해져 버렸고 죄 없는 사람에게 상처까지 주려고 했다. 낙원 씨에게 미안했다. 제니 씨를 식당에 연결해 준 고마운 손님인데 나 혼자서 멋대로 선을 넘으려고 했다.

아직 멀리 가지 않았을 그에게 황급히 전화를 걸어 미안하다 말했다. 수화기 너머 그는 아무 말이 없었다. 사과는 언제 해도 늦는 걸까. 후회가 깊어지던 찰나 그가 대답했다.

"빨간 떡볶이밖에 못 구해서 미안해요."

잘못한 게 없으면서도 먼저 미안하다고 말하는 사람들의 마음을 좀 본받고 싶다. 이제 보니 난 요리만 미숙한 게 아니라 너무 많은 게 부족하다. 그에게 진심으로 미안했다.

제니 씨를 위한 물망초 식당 컨셉은 확고했다. 'Vegetable Garden for adult.' 자신 없는 영어 실력이지만 심혈을 기울여 만든 명칭이었다. 미니 팻말을 만들어 테이블에 장식했다. 무광 검정 테이블보도 준비했다. 조도를 낮추고, 향기가 없는 빨간 양초를 추가로 켰다. 음식 향과 불빛이 잘 어우러져 근사한 레스

토랑 느낌이 났다. 애들은 가라. 모던함이 느껴지면서 고급스러운 인테리어가 생각보다 어렵지 않았다.

이번에도 혼자 오지 못하고 낙원 씨와 동행한 제니 씨가 식당 분위기를 보더니, 인증 사진을 찍으며 좋아했다. 오늘은 분홍색 베레모와 흰색 크롭 티, 민트색 테니스 스커트를 입고 왔다. 한껏 멋을 낸 그녀를 테이블로 안내했다. 혼자서 밥을 먹지 못하므로 오늘은 특별히 셋이 함께 식사를 하기로 했다.

어른스러움을 응원할 메뉴는 바로……

"안심 스테이크와 구운 채소입니다."

채소만 내밀어서는 허기를 달래기 곤란하기에 스테이크도 함께 구웠다. 그러나 채소가 곁들임으로 존재하지 않고, 그 자체로 온전한 요리가 될 수 있게끔 플레이팅에 신경 썼다. 고기는 투박하고 색이 없는 접시에 담았다. 반면 채소는 광택이 도는 붉은 식기 안에 담았다. 고기가 고기일지언정, 누가 봐도 옆에 놓인 채소를 주목하게 되어 있다. 안에는 구운 후 특별한 시즈닝을 뿌린 파프리카와 브로콜리가 담겨 있다. 식감에 자신이 있었다. 과장을 좀 보태서, 한 트럭이나 구우며 시행착오를 거쳤으니까.

제니 씨는 채소를 보자마자 인증 사진 찍는 것을 멈추고 휴대폰을 가방에 쑥 넣었다. 마음에 들지 않아 했다.

"고기 맛있겠다."

채소밭에서 남긴 첫 평가였다. 이윽고 준비한 말을 읊을 타이밍이었다.

"어른스러워진다는 건 맛없는 음식에도 투정하지 않는 일이지요."

나는 낙원 씨와 눈이 마주쳤다. 며칠 전 머쓱한 일이 있었던 우리지만, 낙원 씨는 나를 위해 눈치껏 먼저 음식을 먹기 시작했다. 혼자 밥을 먹지 못하는 제니 씨의 양옆에 앉아 우리는 부모처럼 한 마디씩 거들었다.

"맞는 말이야."

"한때는 제니 씨가 친구들 말을 듣느라 먹지 않았던 음식이지만, 이제는 제니 씨를 제외한 모든 사람들이 먹게 됐죠. 성장했으니까요."

제니 씨가 나를 흘겨보더니 인상을 썼다. 인정하고 싶지 않은 사실을 다른 사람 입으로 듣는 건 충분히 불쾌한 일이다. 그녀가 화내기 전, 서둘러 고기를 썰어 입 속에 넣어주었다. 손님에게 음식을 먹여주는 일은 처음이었는데, 그녀가 이런 행위에 익숙할 거란 판단에서였다. 그녀는 찌푸린 와중에도 고분고분 입은 잘 벌렸다. 고기를 씹더니 인상이 조금 누그러졌다. 낙원 씨가 말을 마저 이었다.

"재인아, 어른이란 때로는 싫은 일들도 혼자 겪어낼 줄 알아야 해."

제니 씨가 이번에는 낙원 씨를 노려보았다. 내가 틈을 주지 않고 말을 보탰다. 오늘을 위해 몇 날 며칠 합을 맞춘 뮤지컬 배우처럼.

"보나 왕비는 폴란드의 르네상스에 크게 기여한 인물인데요. 그 왕비가 폴란드에 보급한 야채 종자 중 하나가 브로콜리예요. 브로콜리는 훌륭한 어른이 선택한 우수한 종자이죠."

"상징성이 있는 채소네요."

"파프리카도 밀리지 않아요. 파프리카를 이용한 요리 중 대표적인 것으로는 굴라시가 있어요. 헝가리 대사 부부가 한국인을 위해 대접했던 헝가리 전통식이랍니다. 재료 하나하나에 나름의 사연이 있어요. 그러므로 음식을 먹는다는 건, 사연을 먹는 행위이기도 합니다. 그저 맛으로만 판단한다면 놓치게 돼요."

우리는 사전에 연습한 적이 없었다. 하지만 마음이라도 통하는 듯이 일제히 포크를 들어 구운 채소를 한 점씩 먹었다. 파프리카는 씹을수록 단맛이 났다. 브로콜리는 풍성한 모양 덕에 씹는 맛이 살아 있다. 꼬득꼬득 씹을 때마다 구운 채소 특유의 따뜻한 즙이 흘러나왔다. 입 안이 금세 촉촉해졌다. 후추와 허브를 나름대로 배합하여 만든 시즈닝 덕분에 심심하지 않았다. 채소 본연의 맛을 살리면서 밋밋함만 잡아줄 정도였다. 여태껏 만든 채소 요리 중, 최고로 정정당당한 풍미였다.

"심심한 음식에서도 특별한 기억을 떠올린다면, 어른이 됐다는 증거일 거예요."

제니 씨는 이 전개가 당혹스러운 눈치였다.

"둘이 연기 학원 다녀요?"

우리는 내색 없이 말을 않고 식사를 이어갔다. 스테이크 결이 부드러워 채소와 합이 매우 좋았다. 음미할 때마다 기분 좋게 입꼬리가 올라갔다. 손님은 제니 씨지만, 내가 초대받은 양 즐거워해 버렸다. 흡족한 식사를 하는 나와 낙원 씨를 바라보며 제니 씨는 고기만 거듭 썰어 먹었다. 편식을 이겨내기 위해 식당을 찾았지만, 선뜻 손을 대지 않았다. 그녀 안에 어린 소녀가 여전히 이 음식들을 먹지 말라며 부탁하는 걸까. 오늘도 아이처럼 굴 건지…….

잔뜩 준비된 파프리카와 브로콜리는 숨지 않았다. 현란한 소스를 뒤집어쓰지 않았다. 밀가루 반죽 사이에 얼굴을 감추지도 않았다. 제니 씨는 나약함을 숨겨두었으나, 이 채소만큼은 정정당당히 굴고 있다. 먹는 당신보다 먹히는 쪽이 더 어른스러웠다. 나는 제니 씨의 포크를 들고 와 파프리카와 브로콜리를 쿡 찍었다. 그리고 건넸다. 오늘은 홍수 기법에, 정공법을 택하기로 했으니까. 받아 든 그녀의 표정에 갈등이 한가득 담겨 있었다.

"여전히 싫을 수 있어요. 하지만 의미를 곱씹고 도전해 보는 것이야말로 성장 아닐까요?"

"지금도 맛없어 보인다고요."

용감해지는 채소 구이

"네, 맛없을지도 몰라요. 제니 씨에게 고기보다 풀이 맛있을 리가 없죠. 그래도 난 먹을 수 있어요. 낙원 씨도 먹을 수 있고요. 우리는 누군가 이 음식을 싫어한다는 이유만으로 주저하지는 않아요. 적어도 직접 겪어보고 판단하겠죠. 어른이니까요."

그녀의 눈동자가 흔들렸다. 낙원 씨를 쳐다보며 말려보란 신호를 보냈으나 내게 간파당했다. 나는 포크를 거두지 않았다. 낙원 씨 역시 소녀를 도와주지 않았다. 받아들이거나 영원히 아이로 머물거나. 정정당당한 승부를 겨뤄야만 했다. 여기에는 더 이상 '이 음식은 맛이 없대. 먹지 말자.'라고 거들어줄 친구들도 없었다.

"암 낫 어 베이비."

"다 자라지 못했다고 생각해서 여기 왔잖아요."

"그건 맞지만⋯⋯."

"친구들이 모두 이겨낸 일을 제니 씨도 이겨내세요. 그리고 친구들처럼 성장해 보세요. 스스로 선택하지 못한다면, 아무리 의미 있는 일을 하더라도 어른이라고 하지 못해요."

"⋯⋯."

그녀가 포크를 잡아 들었다. 찍혀 있는 채소를 빤히 바라보았다. 붉게 구워진 파프리카에선 아직 따뜻한 김이 나고 있었다.

"왜 내 친구들은 어린 시절엔 분명 싫어했던 음식을 이제 와서 먹는 걸까요? 이런 거 먹지 않는 게 우리끼리의 멋이었는데.

나는 아직까지도 친구들과의 약속을 지키고 있단 말이에요. 그 세계를 망치지 않으려고 애썼는데."

"성장이란 결국 변화한다는 걸 말하니까요."

"영원히 어린아이로 머물 수는 없나요?"

"시간과 사람의 공통점이 있다면 멈추지 않는다는 점이지요."

"슬프네요."

"아니요, 기쁘게 받아들인다면 더할 나위 없이 기쁜 일이 돼요."

"분명, 어렸을 때는 모두가 다 같은 룰을 지켜야만 했는데……."

"이제는 그 룰을 어겨도 돼요. 제니 씨만의 룰을 만들 때가 왔어요."

"친구들이 브로콜리랑 파프리카에서는 끔찍한 맛이 난다고 했어요. 이런 걸 먹으려 하면 함께 놀아주지 않았다고요. 얼마나 무서웠는데……."

"무서운 일이 일어날지 아닐지는 직접 도전하지 않으면 알 수 없어요."

숨바꼭질 술래가 집으로 가버려도 끝까지 규칙을 지킨 채 숨어 있는 아이처럼 그녀는 필사적으로 오래전의 규칙을 고집하고 있었다. 약속을 지키지 않으면 미움을 받는다고 생각한 걸까. 친구들과 멀어지고 싶지 않은, 누구보다도 사람을 좋아하는 그녀였다. 또래 집단에서 도태당하고 싶지 않다는 열망이 그녀를 미숙한 아이로 남겨놓았다. 하지만 그녀는 이미 알고 있었다. 시간도, 친구도, 모든 것이 그녀와 영원히 함께하진 못한다. 스스로 성장할 때가 왔다.

그녀가 눈을 질끈 감고 입 안에 따뜻함을 털어 넣었다. 입을 오므렸다가 펼치니, 깨끗한 포크만 쏙 빠져나왔다. 울상을 하고 선 잘근잘근 씹었다. 자신만 놔두고 멀리 달아나 버린 친구들을 향해 있는 힘껏 달려갔다. 신경 쓰지 않는 척했으나 온 신경이 제니 씨 반응에 집중됐다. 처음 먹어본 브로콜리와 파프리카 맛이 어땠을까.

"흠."

희미한 음성이 들렸다. 아직 맛에 관한 판단이 제대로 서지 않은 듯 보였다. 다행히도 직접 포크로 찍어 요리를 좀 더 먹었고, 다음엔 스테이크와 곁들여 먹기도 했다. 편식하는 것 외에는 테이블 매너가 완벽한 사람이었다. 겉으로만 보면 보통 어른의 식사와 다르지 않았다. 채소와 고기를 두루 먹기 시작하는 모습에 안도감이 들었다. 어떠냐고 물어보고 싶은 충동이 들었으나 불편하게 만들고 싶지는 않아 묻지 않았다. 낙원 씨를 보니 그도 나와 같은 생각이라는 걸 단박에 알 수 있었다. 눈동자를 조용히 굴려 제니 씨를 챙기고 있었다.

10분 정도가 흘렀다. "저기 물 좀 주실래요." 같은 식사 중 일상적인 대화를 제외하면, 유의미한 대화는 오가지 않았다. 적막한 식탁이 다소 어색하긴 했으나 오늘 구워낸 스테이크 맛이 훌릇하여 괜찮았다. 육즙을 가둔 상태에서 풍미를 살리기 위해 리버스 시어링에 신경을 썼다. 굽기 방법 중 난이도가 높은 편인지라 종종 실패하곤 했으나 다행히 오늘은 성공적이었다. 심부 온도를 55도로 맞춘 덕에 질감과 향을 모두 살렸다. 우리는 각자 몫을 깔끔히 비워냈다.

제니 씨가 가방에서 손수건을 꺼내 입을 닦았다. 분홍과 보라가 섞인 체크 패턴 디자인이었다. 사소한 물품에도 신경 쓰는 안목이 돋보였다. 접시에 고기가 조금 남았지만 풍족한 식사가 끝났다는 신호였다. 채소 요리는 다 먹지 못했다. 많은 양을 담았으므로 당연한 결과였다. 눈에 띄게 양이 줄어들긴 했으니 내게는 만족할 만한 결과였다. 나는 물로 입 안을 조용히 헹군 다음 삼켰다. 그녀가 손수건을 세 번 정도 접은 후 가방에 다시 넣었다. 드디어 대화할 시간이 주어졌다.

"음, 이렇게 대놓고 주실 줄은 몰랐어요."

뜻밖의 평가였다. 설명할 필요가 있었다.

"본연의 맛을 그대로 느끼게 해주고 싶었습니다. 변형 요리가 얼마든지 있기는 하지만, 이 음식을 먹어본 적이 없는데도 편식을 한다면 한 번쯤은 제대로 먹어봐야 한다고 생각했어요. 무조건적인 거부만큼은 바꿔드리고 싶었거든요."

제니 씨가 다소 뾰로통한 표정으로 고개를 끄덕였다. 이해해주는 건지 아닌지 모호했다. 나는 언제나처럼 손님의 최종 결론을 기다렸다.

"사장님 말대로 도전하긴 했는데 예상대로 맛은 없네요. 친구들이 맞았어."

끙. 기대한 답변이 아니었다. 브로콜리와 파프리카 특징을 살려내기 위해 신경 써 구웠는데 통과하지 못한 걸까. 육류를 선호하는 사람은 채소 특유의 가벼운 풍미를 싫어하기도 한다. 기름기가 없어 입 안을 묵직하게 누르지 못하는 맛이다. 상쾌함과 무게감이란 동시에 공존하지 못하는 풍미이며 오히려 정반대이다. 다만 채소가 가진 청량함은 고기로 흉내 내지 못한다. 그러므로 한번 채소 먹는 재미를 느끼게 되면 푹 빠져버리고 말지만 정을 떼기 시작하면 끝도 없이 멀리하게 된다. 제니 씨가 채소 맛을 느낄 수 있도록 허브를 중심으로 한 깔끔한 시즈닝을 첨가해 맛을 더했는데 입에 잘 맞지 않은 듯했다. 그냥 슈레드 치즈 같은 걸 뿌려서 볼 샐러드로 할 걸 그랬나. 여러 선택지가 머리에 있었으나 최고의 선택을 고르지 못했나 보다. 조금 후회가 됐다. 서운하기도 했고.

괜히 손에 쥔 휴지를 소심히 뜯으며 구운 채소 요리를 빤히 쳐다보았다. 아까와 달리 밉게 보였다. 이 서명을 받아내지 못하면 계약을 기간 안에 이행하지 못할지도 모른다. 순간 머릿속으로 별별 생각이 다 들었다. 그냥 숨길걸. 튀김으로 만들어버리거나 밀가루랑 같이 쪄버려서 눈에 안 보이게 할걸. 아예 다져버렸다면 더 좋았을까. 정공법을 선택한 나 자신이 미워졌다.

"하지만 생각만큼 최악은 아니네요. 먹으면 구역질을 한다거나 죽는다거나 하는 일도 없고?"

그녀가 관리된 손톱으로 구운 채소 그릇을 톡톡 두드리며 말했다. 상한 음식도 아닌데 구역질을 한다거나 죽을 일이 어디 있겠어. 허름해 보여도 여긴 나름 식당이고, 나는 교육을 받은 요리사다. 그녀가 하는 말이 무슨 의도인지 헷갈렸다. 칭찬인지 모욕인지.

"아무튼 저는 이것들이 뭔 맛인지 아직도 잘 모르겠지만……"

계속해서 말을 이어갔다. 손님이 맛을 느끼지 못했다면 요리사 입장에선 할 말이 없는 거다. 죄지은 기분이 들었다. 땡전 한 푼 받지 않고 대접한 요리라지만, 만족까지 얻어내는 게 내 책무니까. 그녀에게 채소밭에서 뛰어노는 기쁨을 주지 못해 미안했다.

"……아무렇지 않게 먹어볼 수 있어서 기분은 좋았네요. 먹으면서 어른스러워지는 느낌이라고 해야 하나, 뭐 그런 걸 좀 느꼈어요. 먹어보니 참 별거 없다는 생각이 들어요. 왜 무작정 맛이 없을 거라 판단하고 멀리했는지 오히려 이해가 안 되네요. 내 뜻에 따라 행동해도 나쁜 일이 일어나지 않네요. 마음이 홀가분해졌어요. 앞으로도 돈 주고 사 먹을 생각은 없지만 이제 식당에서 반찬으로 서빙 받아도 다른 사람들처럼 아무렇지 않게 먹을 수 있을 것 같긴 해요. 채소를 먹는 것이 내 세상을 깨트리는 건 아니니까요. 이 정도면 나도 어른 맞죠?"

아무래도 이건 칭찬이 분명한 것 같은데. 나 웃어도 되려나. 고개를 들어 죄스러운 표정을 거두었다. 뭐라 말을 해야 할지. 오히려 내 쪽에서 고마움을 표하고 싶었다.

"다 컸네. 으른이야."

낙원 씨가 날 대신해서 제니 씨 어깨를 토닥여 줬다. 그녀는 대단한 과업을 수행한 도전자처럼 득의양양한 표정을 지었다.

"나도 선배랑 다르지 않다고."

팔짱을 끼고선 낙원 씨를 향해 턱을 치켜올리기도 했다. 비록 맛이 없다고 했을지언정, 어디에도 불쾌함이 없었다. 나는 요리사로서 느낄 수 있는 최고의 안도감에 휩싸였다.

여섯 번째 서명이 앙증맞았다. 그녀의 이름 JANE. 귀여운 리본을 그려 넣으니 비로소 이 세상에 하나뿐인 제니 씨가 됐다. 음식을 온전히 느껴주어 감사하다 말했다. 별다른 첨언은 덧붙이지 않았다. 충분히 나의 의도를 눈치채고 있는 그녀였다. 공짜로 밥도 먹고 고맙단 말까지 들으니 쑥스럽다며 머쓱한 표정을 지었으나 이내 원래 눈빛으로 돌아와 낙원 씨에게 집까지 데려다달라며 어리광을 부렸다. 낙원 씨를 진심으로 편하게 대했다. 모두가 제니 씨에게 조언조차 해주지 않았지만, 자신의 편식 습관까지 알고 도움을 주고자 했던 유일한 선배. 낙원 씨는 정말 좋은 사람이었다.

하지만 데려다주니 마니 아웅다웅하는 둘을 보니 마음이 좀 이상했다. 뭐지, 이건.

어떤 손님도 식당 밖까지 배웅을 해주진 않았지만, 낙원 씨 후배이기도 하고, 둘의 뒷모습을 좀 더 보고 싶어 이끌리듯이 따라나섰다. 꽤 친해 보였다. 내게도 나의 단점을 알아봐 주고 이만큼이나 챙겨주는 사람이 있다면 참 좋을 텐데. 요리에만 매진하느라 인간관계가 좁은 점이 아쉬웠다. 마음속에 온통 금귀비 정찬뿐인 삶, 엄마라면 이런 날 알아주려나. 열심히 달려온 지난날이 보람차면서도 한편으론 가슴이 허전했다. 이러지 말아야지. 기분 좋게 서명을 받아놓고선 친한 선후배 그림 좀 봤다고 속상해져서야. 오늘은 좋은 날이니 괜한 마음을 쓰지 말아야겠다.

"어디 아파요?"

낙원 씨가 티격태격하던 것을 끝내고 나를 보더니 물었다. 아픈 건 아니었다. 하지만 심경이 살짝 바뀐 건 맞았다. 티를 내지 않으려 했는데 이 마음을 알아보다니. 왠지 그의 발견이 고마웠다.

"아뇨, 두 분 친한 모습을 보니 저도 옛날 생각이 나네요."

"망초 씨한테도 저처럼 좋은 선배가 있었나요?"

"아무리 생각해도 저는 없어서요."

분위기 좋았던 둘의 대화가 끝나버렸다. 즐거운 분위기에 찬물을 끼얹었나 보다. 황급히 기운을 끌어 올려 대화의 공백 속에 시끄러운 웃음을 채워 넣었다. 진지한 고민이 아니었다며 손사래까지 치니 그제야 둘의 굳은 표정이 풀어졌다. 제니 씨와는 마지막으로 인사를 나누었다.

"앞으로는 내 소신대로, 어른스럽게 잘 살아볼게요. 뭐든지 도전하면서."

그녀가 정중하게 고개를 꾸벅 숙였다. 다시 귀한 손님을 대하는 요리사로 돌아와 나 역시 눈인사를 했다. 잘 자란 어른이 돼부디 어디서든 즐겁게 살기를 바랐다.

"갈게요. 온라인 블로그에 식당 리뷰 올라와 있더라고요. 꼭봐요."

낙원 씨가 손을 흔들며 인사를 한 후 그녀와 함께 등을 돌렸다.

나는 멀어지는 둘을 보고 한참이나 서 있었다. 점처럼 보이고난 후에야 휴대폰을 집어 들었다. 뒷정리를 위해 물망초 식당으로 돌아가며 검색을 해보았다. 블로그에 리뷰라니, 손님은 고작여섯 명뿐이었는데. 나를 위해 낙원 씨가 응원차 올려준 건가추측했다. '물망초 식당 리뷰' 키워드로 검색해 보니 포스팅이딱 한 개 발견됐다.

[마포구에 위치한 물망초 식당에 다녀왔습니다. 손님들 편식을개선해 준다는 이상한 콘셉트의 식당입니다. 사기는 아니었지만

믿기 어려웠습니다. 하지만 저에게도 편식 습관이 있어 …… 덕분에 어제 회식 자리에서 김치전을 먹어봤습니다. 쑥스럽지만 처음 먹어보는 김치전이 제법 괜찮았습니다. 세상에는 저 같은 사람도 있답니다. 편식 습관이 고민이신 분들에게 이 식당을 추천합니다.]

다녀간 이후 아무런 연락이 없었는데 이런 식으로 근황을 알게 되니 감회가 새로웠다. 이제는 김치전도 먹을 수 있다는 유현 씨에게 고마웠다. 나는 틀리지 않았다. 제대로 된 요리를 해냈던 거다. 식당의 존재 이유를 다시 생각해 볼 수 있었다.

하늘을 올려다보았다. 이른 밤에도 별이 있었다. 반짝이는 하얀 빛에 떠오르는 사람이 있었다. 저 잘하고 있어요. 자신 있게 말할 수 있었다. 차례대로 내가 변화시킨 손님들도 떠올려 보았다. 유현, 태준, 만수, 휘민, 제니, 낙원 씨까지. 모두가 내게도 소중한 사람들이 됐다. 쉽게 잊지 못할 보람과 성취 그리고…….

장문의 댓글을 작성하며 몇 번을 썼다가 지웠다. 손님으로 와주어 내가 더 감사하다는 말을 하고 싶었다. 유현 씨에게 해주고 싶은 말이 많았다. 번듯한 당신의 삶에 좋은 기억으로 남게 돼 영광, 용기를 잃지 말고 어떤 음식이라도 도전, 서화동 근처에 김치 수제비를 맛있게 하는 곳이 있는데 여기도 추천, 온갖 멘트 홍수 속에서 고민했다. 하고 싶은 말이 너무 많으니 차라리 아무런 말도 하지 않아야 할 것 같았다. 많은 마음을 감히 담아내기 어려웠다.

조용히 휴대폰 화면을 끄고 주머니 속에 다시 넣었다. 역시 댓글은 달지 않는 게 좋겠다. 대신에 밤하늘을 조금 더 감상하기로 했다. 우리 식당을 다녀간 손님들이 어디서든 행복하게 해주세요. 너무 무겁지 않은 마음으로 기도했다. 눈에 띄게 빛나는 저 별이 아빠가 맞다면, 나는 지금 당신과 눈을 맞추고 있으리라. 나를 향해 따뜻한 미소만 보여주던 그를 추억했다. 당신의 딸을 부디 자랑스럽게 여겨주기를…….

잘 들어가고 있는지 낙원 씨에게 묻고 싶었다. 주머니 속 휴대폰을 만지작거리다 끝내 꺼내지 않았다. 댓글을 다는 일보다 쉬운데 아무런 말을 하지 않았다. 아니, 하지 못했다.

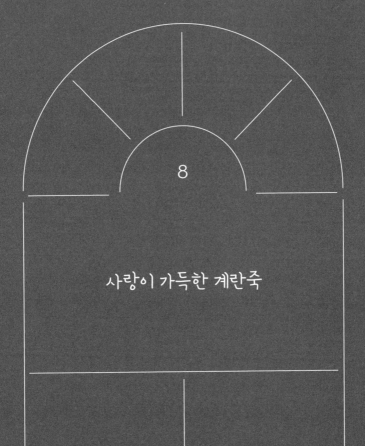

8

사랑이 가득한 계란죽

지원자들의 사연을 꼼꼼히 읽었다. 저마다 음식 하나와 얽힌 나쁜 기억이 있었다. 상처, 실패, 두려움, 부정. 우리는 이 슬픔을 모두 끌어안고 어른이 됐구나. 특정한 음식에 지난 과거를 투영해 미워하면서 견뎌왔다. 넘어져 생긴 상처가 두려워 다시 걷지 않으려는 아이처럼 사는 사람들이 많았다. 누구의 잘못도 아니다. 마찬가지로 음식에도 죄가 없다.

다만, 책임 소재를 밝혀내지 않더라도 문제 해결은 할 수 있다. 나쁜 기억을 훌훌 털고 더 나은 어른이 될 수 있다. 나는 이 과정을 돕기 위해 물망초 식당 문을 열었다. 식당을 운영하며 배운 것은 결국 사람의 슬픔을 보듬는 일, 더 나아가 사랑하는 일이었다. 계약 기간 동안 매 순간 이 사실을 잊지 않기 위해 노력했다.

문제가 있다면, 사랑해야 할 사람이 너무 많다는 거다. 보듬어야 할 슬픔이 벅차도록 많았다. 우리는 신청서를 나누어 읽자고 합의를 봤다. 개선 여지와 필요성이 가장 큰 사람들을 각자 색출했다. 서로 세 명씩 총 아홉 명의 사람을 선발했다. 그리고 신청서를 바꾸어 읽으며 한 번 더 선발 과정을 진행했다. 이제 남은 서명은 한 개뿐이며 시간도 2주 남짓뿐이다. 여러 사람과 만날 여유가 없었다. 단 한 명의 사연자에게 선택과 집중이 필요했다.

"무게가 다 비슷해."

동희가 지원서를 겹쳐 흔들고선 난처하다는 표정을 지었다. 낙원 씨 얼굴도 크게 다르지 않았다.

"망초 씨가 결정권자니까 누구에게 도움을 주고 싶은지 골라보세요."

"이왕이면 제일 네 요리를 필요로 하는 사람을 골랐으면 해."

두 사람이 내게 마지막으로 선정된 신청서 몇 장을 펼쳐 보였다. 나도 잘 모르겠다, 누구를 가장 도와주고 싶은지는. 아니, 누가 가장 도움이 필요한지. 모두가 다 아픔이 있겠지만, 그 무게를 차마 비교하진 못하겠다. 비교를 할 수도 없는 게 당연하다. 검은 건 글씨요, 흰 건 종이로다. 생각이 너무 많으니 오히려 집중되지 않았다. 읽는 둥 마는 둥 눈알만 굴려가며 종이를 한 장씩 넘겼다.

조금씩 스트레스가 느껴질 찰나, 반가운 돌발 상황이 발생했다. 눈치 없이 휴대폰이 울렸다. 엄마였다. 나는 잠시 둘과 멀찍이 떨어져 앉아 전화를 받았다. 덕분에 골치 아픈 서류들과 멀어질 수 있었다.

"이 시간에 무슨 일이야?"

"오늘부터 식당 2주만 쉬려고."

전무후무한 결정이었다. 금귀비 정찬은 명절 연휴를 제외하곤 영업을 멈춘 적이 없었다. 생일날에도 내가 케이크를 사 들고 직접 식당으로 가야만 했을 정도다. 뭘 모르는 사람들은 금귀비 여사가 돈독이 바짝 올랐다는 말을 뱉기도 했지만, 엄마는 물욕조차 없었다. 우리 집 식탁 의자는 저마다 앉는 부분이 조금씩 터지고 갈라져 있었다.

'내가 잘 꾸려갈게. 걱정 마.'

엄마의 목적은 오직 아빠와 한 마지막 약속을 지키는 것이었다. 아빠가 식당을 운영했을 땐 누구보다도 이른 퇴근을 졸랐던 엄마였다. 집에서 밀린 드라마를 같이 보고 싶다며 볼멘소리를 하던 것도 엄마였다.

아빠가 떠난 후, 엄마는 마감된 식당에 홀로 남아 완성도가 낮은 요리들을 거듭 다시 시도하며 식당의 명예를 지키고자 애썼다. 식당이 집이요, 곧 삶이 된 거다. 지금은 어떤 드라마가 인기 있는지도 모르는 사람이 됐다. 그렇게 19년 동안 금귀비 정찬을 이끌어왔다. 고집 센 경영자라는 가혹한 소문까지 들을 정도로 말이다.

누구보다도 휴식이 필요한 사람이었다. 철이 든 이후 나 역시 요리에만 집중했다. 지난 시간 동안 수제자로 많은 것을 배웠다. 각종 자격증을 취득했으며 관련 전공을 이수했다. 비록 여전히 미숙하지만, 내가 해낼 수 있는 과정들을 착실히 수행했다. 성장하는 모습을 보이면 엄마가 마음 편히 식당을 넘겨줄 거라고 생각했기 때문이다. 그렇게 나, 문망초는 본격적인 개화를 준비하며, 아빠가 만든 꽃밭에서 활짝 필 차례를 기다렸다. 하지만 마지막 단계까지도 엄마는 가게에 대한 애착을 버리지 않았나 보다.

'금귀비 정찬에 젊은 피를 수혈할 경영자가 될게.'

엄마에게 선포한 지 얼마 되지 않아 계약을 하게 됐다. 본인과의 계약을 잘 수행해야 가게를 넘겨주겠다는 조건이었다. 만약 이행하지 못할 시, 금귀비 정찬은 힘닿는 데까지 본인이 운영하고 이후에 시골로 귀농해서 살겠다는 말을 하기도 했다. 나는 처음에 엄마가 무슨 생각으로 그런 말을 하는지 이해하지 못했으나 이제는 알게 됐다.

나는 이 꽃밭을 지켜내고 싶다. 서른 전에 꼭 자신처럼 식당을 꾸려보라는 그리운 정원사와의 약속을 지키고 싶다. 문정원에서 금귀비로, 금귀비에서 문망초로 이제 오너의 자리를 바꿔

보자. 엄마의 휴가가 내게는 기회처럼 들려왔다. 머릿속엔 마지막 서명을 받아 서둘러 엄마를 온전히 쉬게 할 생각뿐이었다.

"잘됐다. 엄마 좀 쉬어. 근데 갑자기 왜?"

생각해 보니 이유를 묻지 않았다. 늦었지만 한참의 생각이 끝난 뒤에야 물었다. 가게 인테리어라도 새로 하는 걸까.

"몸이 안 좋네."

바짝 얼어붙어 버렸다. 속 쓰림과 체기가 반복되자 식당 휴업을 결정했다고 한다. 부지배인에게 맡겨도 됐으나 차마 자리를 비우고 식당을 운영할 순 없다면서.

내가 방심했다. 엄마가 누구보다 휴식이 필요한 사람인 걸 알고 있으면서, 그녀가 최근 보여준 약한 모습들을 잊었나 보다. 몸이 좋지 않다는 말이 버튼이었나. 심장이 크게 요동쳤다. 그냥 쉬는 게 아니라 아파서 쉰다니. 나는 엄마가 아픈 모습을 보일 때마다 화가 났다. 아픈 가족을 보는 건 내게 무척이나 두려운 일이었다. 그러게 왜 여태껏 독하게 일만 한 거야. 엄마마저 아프면, 그래 버리면…….

"진작에 좀 쉬라고 했잖아. 죽 하나도 못 먹으면서!"

몇 번의 고성을 더 뱉은 후 홧김에 통화를 끊어버렸다. 낙원 씨는 처음 보는 모습에 놀란 듯했고 동희는 알아차린 눈치였다. 다시 원래 자리로 돌아와 아무렇지 않게 신청서를 쥐었다. 손이 파들파들 떨려 종잇장이 흔들렸다.

"괜찮아요?"

들어도 대꾸하지 않았다. 못난 모습을 보여서 부끄러울 뿐이었다.

"식당까지 쉴 정도면 어머니가 용기 내셨네. 어서 가봐."

그래도 되나. 나는 잠깐 고민 후 거절했다. 오늘까지 마지막 손님을 확정하고 연락할 계획이었다. 그냥 이 문서 더미에서 아무나 골라잡아 확정해야겠다. 대충 손가락으로 인쇄된 활자를 따라가며 속독했다. 머릿속에 어떤 글자도 들어오지 않았다. 읽어야 해. 집중하자, 집중.

"마지막 손님 정해졌잖아."

동희가 내게서 종이를 뺏었다. 상냥하고 부드러운 갈취였다. 종이를 돌려달라고 했으나 돌려주지 않았다. 확신에 찬 행동이었다. 조금 전까지만 해도 같이 손님을 고민해 놓고선 무슨 짓인가. 낙원 씨가 연유를 물었으나 그녀는 오로지 나만 바라보았다. 속뜻을 이해하고 싶지 않았다.

"친인척 금지. 계약서 조항 5번이야."

"꽉 막힌 사람처럼 굴지 마. 친인척 이전에 네 부모님이야. 정말로 계약을 완수하면 그만이라고 생각해? 계약서 이전에 너에게 제일 중요한 건 따로 있지 않아?"

"됐어."

홧김에 짧은 말로 대화를 끊고 동희에게서 종이를 회수했다.

내 거친 몸짓이 분위기를 날카롭게 만들었다. 언제나 나는 이런 식으로 실수를 했다.

"가장 가까운 사람 하나 보살피지 못하면서 어떻게 손님들 편식을 보살펴."

촌철살인이었다. 칼이 심장 중앙에 박혔다. 동희가 하는 말을 모르고 싶었다. 하지만 너무 알 것 같아서 화가 더 치밀었다. 분노는 타인의 몫이 아니었다. 몇 없는 친구가 하는 말에는 틀림이 없었다. 받아들이고 싶지 않은 내 마음이 틀렸을 뿐이었다.

"선 넘지 마."

또 실수였다. 동희가 맥이 풀려버린 표정으로 나를 응시했다. 불편한 침묵이 후회하기에 충분했다. 유독 엄마 얘기를 꺼낼 때 나는 쉽게 예민해졌다. 더욱이 엄마가 아픈 날에는 날이 바짝 선 칼처럼 날카롭게 굴었다.

"왜 이래, 둘 다."

낙원 씨가 어설픈 중재를 하고자 했지만 먹히지 않았다. 숨을 깊게 마시고 더 깊게 내쉬었다. 땅이 꺼질 만큼 커다란 한숨 소리만 식당에 울렸다. 답답한 흐름이 몸을 휘감았다.

"알아서 해."

무거운 답을 남긴 뒤 동희가 퇴장했다. 알아서 하란 말이, 정말 알아서 하란 뜻인 경우는 없다. 이번도 예외가 아니었다. 나는 마주하고 싶지 않은 불편함을 견뎌야만 했다. 결국 이번 일

이 계약의 최종 단계이자 물망초 식당이 존재하는 진짜 이유일
지도 몰랐다. 엄마가 계약서를 내민 순간부터 어쩌면 알고 있었
을지도 모른다. 손님이 가진 두려움과 나쁜 기억을 극복하게 도
왔던 나를 가장 필요로 하는 사람이 따로 있었다. 부정하려고
했으나 마지막 손님은 결국 엄마였다.

위염 약을 엄마에게 내밀었다. 마음의 준비를 할 틈도 주지
않은 채 엄마가 마지막 손님임을 통보했다.

"뭐?"

답을 알면서도 엄마는 물었다.

"죽."

한 글자면 대답이 충분했다. 내심 예상했었단 얼굴이었다.

"⋯⋯그렇게 알아."

부엌에 들러 습관처럼 냉장고를 한 번 열어보곤 곧장 방으로
들어왔다. 잠시 머리를 비우고 싶었다. '왜 건강관리도 하지 못
해 이렇게 아프고 마느냐, 2주간 쉴 수 있으면서 진작 이러면 좀
좋았냐.' 등등 하고 싶은 말이 속에 잔뜩 쌓여 있었다. 하나를 뱉
어내면 서로 꼬리를 물고 울컥 뱉어질 말들이라 두려웠다.

언제나처럼 침을 한 번 꿀꺽 삼키며 묵은 말들을 밀어 넣었

다. 내 안으로, 내 속으로. 행복하지 않은 평화가 찾아왔다. 눈을 감고 의자에 기대앉았다. 이 마음을 풀 수 있을까. 나는 엄마의 편식을 고칠 수 있을까. 어느 때보다도 자신이 없었다.

아빠가 입원하기 며칠 전이었다. 많은 레시피를 전수받은 엄마지만, 유독 간을 못 맞춰 애를 먹곤 했다. 간호하는 와중에도 엄마는 간 맞추기에 전념을 다 했다. 그중에서도 엄마가 제일 심혈을 기울였던 건 아빠를 위한 죽이었다. 일반 음식을 소화하기 힘든 정도가 됐을 때 아빠는 매일 죽만 먹었다. 전복이든 한우든 어떤 것도 넣지 않은 그야말로 죽이었다. 흰쌀과 물, 약간의 간이 전부였다.

아빠는 힘들어했다. 타들어 가는 위가 엄마의 정성마저 뱉게 했다. 매일같이 죽을 끓이며 간을 보고 또 봤지만, 아빠가 쉬이 받아들이는 날이 없었다. 밤이 되면 우리는 자주 울었다. 텅텅 빈 냉장고가 아닌, 텅 빈 아빠의 몸이 지옥 같았다. 마음의 준비보다 신의 잔인함이 항상 더 빨랐다. 결국 엄마가 끓여준 죽은 마지막 대접이 됐다. 그마저도 바닥과 테이블에 뿌려졌었다. 입원 생활이 시작됐다.

죽음에는 인과가 없다. 사람은 누구나 죽는 법이고, 아빠에겐 그 방법이 암이었을 뿐이다. 이렇게 누군가 우리 모녀를 위로했다. 그러나 그건 죽음을 곁에 두지 않아본 사람이나 하는 말이었다. 소중한 사람을 떠나보낸 뒤 남은 이들은 결코 담대해지지 못했다. 어떻게든 최소한의 죄목이라도 책임져야 납득이 됐다. 내가 잘못해서, 내가 부족해서 그가 떠났다고 해야만 견딜 수 있었다. 그러지 않고서야 소중한 사람을 하늘에 뺏기는 인과가 납득되지 않았다. 엄마는 자신을 탓했다.

폐도, 간도 아닌 위 아니던가. 결국 먹는 문제에서 시작됐다며 식당 일을 빨리 거들어주지 못한 자신을 원망했다. 물론 식당 일이 위장 질병과 유관하지는 않았다. 아빠는 요리사였기 때문에 아픈 게 아니었다. 가족력이 있었고, 소화 기능이 어렸을 때부터 약하셨다. 아빠가 엄마의 죽을 게워낸 이유도 엄마가 끓여온 게 독극물이라서가 아니었다. 하지만 명분이 필요했다. 끊임없이 질타하고 후회해야만 죽음의 본질을 부정할 수 있었다.

"내가 요리를 잘했더라면, 집에서 죽이라도 잘 끓여주었다면……."

무한한 죄책감의 굴레가 엄마를 옥죄었다. 아빠가 엄마에게 주었던 큰 사랑이 속절없이 휘발됐다. 그런 엄마가 다시 금귀비 정찬을 열고 가게에 전념한 것은 극복이 아니었다. 오히려 더 깊은 슬픔과 회피였다. 워커홀릭으로 살았던 엄마의 진짜 모습이었다.

사실 엄마는 아빠가 죽기 전에도 자주 그랬다. 내 오른쪽 눈

위에는 흉터가 하나 있다. 유치원 시절, 친구와 소꿉놀이를 하며 놀다가 손톱에 긁혀 생겼다. 통증이 심하지 않았기에 나는 그날도 웃으며 귀가했다. 상처를 본 엄마가 다음 날 유치원을 뒤집어엎었다.

"별로 안 아파요."

엄마가 왜 화내는 줄 몰랐기에 나는 아프지 않단 말만 되풀이했다. 그러면 엄마의 화가 사라질 줄 알았다. 하지만 그 이후 엄마가 나를 집에 두는 시간이 길어졌다. 자신이 보살피지 못해 평생 가는 흉이 생겼다며. 나는 엄마 아빠와 함께 있는 시간이 많아졌다는 이유로 기뻐했으나 아빠의 얼굴이 씁쓸해 보이는 까닭을 몰랐다. 엄마는 내 이마를 볼 때마다 미안하단 말을 되풀이했다. 가끔은 반주를 하고선 처연한 얼굴로 나를 안기도 했다. 엄마는 그런 사람이었다. 모든 인과를 본인에게 돌려 짊어지는 가련한 사람.

아빠는 그런 엄마를 많이 사랑해 달라고 부탁했다. 목소리가 옅게 갈라지는 와중에도 엄마를 반드시, 많이, 사랑해 달라고 부탁했다. 어쩌면 그녀 어깨 위의 짐을 덜어야 할 사람이 나였는지도 모른다. 그녀가 미친 듯이 금귀비 정찬에 매달리지 않도록 도와줬어야 했다. 죽음이 데려온 무한한 슬픔을 외면하려 할 때도 내가 잡아야 했다. 숙이려는 고개를 붙잡고서 처참한 하루를 온전히 보게 해야 했으며, 떨리는 두 팔을 감싸서 도망치지 않게 지켜야 했다. 괴롭고 고통스러운 과정을 함께 견디는 것이 곧 사랑이었다.

나는 미성숙했기에 그걸 몰랐다. 이제라도 그녀를 데려와야 할 필요가 있었다. 아픔에서 도망치는 사람으로 남겨둘 수 없었다. 죽 한 그릇에 담긴 자책과 후회를 털어주고 싶다. 엄마는 잘못이 없다. 아빠도 잘못이 없다. 우리가 서로를 누구보다 사랑했으니 그 누구도 아파할 필요가 없다. 아프면 죽을 먹고, 서로를 돌보고, 견뎌내고, 회복하는 가족. 그것만이 우리가 돌아갈 길이었다.

검진 결과는 다행히 경미한 위장 장애였다. 그 후 2주간의 휴식은 드라마 시청으로 시작됐다. 엄마가 아침부터 리모컨을 이리저리 돌려댔다. 이상한 점이 있다면 어떤 채널에도 머무르지 못했다는 것이다. 3분 정도 보는가 싶으면 금방 다른 채널로 돌려버렸다.

"좀 진득하게 봐."

화면이 계속 바뀌니 눈이 어지러웠다. 보다 못해 한 소리를 했지만, 이상행동이 고쳐지지 않았다.

"다 처음 보니 무슨 얘긴지 따라잡을 수가 없잖아."

채널을 돌리는 주기가 갈수록 짧아졌다. TV 볼 시간도 없이 살아온 사람이니 어떤 채널에서도 쉬지 못하는 게 당연했다. 엄마는 표현에 적극적인 사람이 아니었다. 그러므로 지금 행동 역시 말 대신에 본인의 마음을 표현하는 것이었다. 나는 리모컨을 뺏어 TV를 꺼버렸다.

"불안해하지 말고 그냥 좀 쉬어."

평상시였다면 등짝을 후려갈겼을 사람인데 내 말에 미동이 없었다. TV 앞에 우두커니 앉아 있기만 했다. 생각이 많아 보였다. 까만 화면만 본다고 뭐가 생각나. 인스턴트 전복죽을 하나 꺼내 전자레인지에 데웠다. 기기 돌아가는 소리를 듣자마자 아까운 음식을 낭비하지 말란 말이 날아왔다. 신경 쓰지 않았다. 다 데운 죽 비닐을 뜯어 숟가락과 함께 쟁반에 올렸다. 이런 식으로 낭비된 죽이 한두 개가 아니었다. 엄마가 안 먹을 걸 알고 있다. 이건 식사 제안이 아니다. 상담 시작이다. 물망초 식당 외부에서 진행되는 첫 상담이다.

"안 먹는 거 알잖아."

"전복죽은 싫어? 그럼 미역죽은, 콩나물죽은, 감자죽은?"

"난 편식이 아니야. 다른 손님을 찾아봐."

"평상시 간은 싱겁게 먹는 걸 좋아하지? 짜게 먹다 탈 날까 봐 무서워하잖아."

"갑자기 왜 이래, 정말!"

할 말을 계속했다. 손님이 지나치게 비협조적이었다. 해야 할 대답을 하나도 하지 않았다. 보통 이런 경우는 손님에게 맞는 식단을 제공할 수 없으니 상담 과정이 종결될 거다. 하지만 난 이 손님을 포기할 생각이 없다. 내가 물어본 내용은 이미 내가 다 아는 것들이니까. 작정했다. 죽에서 올라오던 김이 아스라이 다 사라질 때까지 물었다. 손님의 속내가 철옹성이라 단 한 줌도 캐내지 못했다. 그럴수록 내게는 더 큰 확신만 생길 뿐이었다.

'죽을 미워하는 손님, 편식 개선 시급.'

말싸움과 실랑이 사이에서 줄타기를 반복했다. 지쳐버린 엄마가 찬물 한 잔을 마시고선 신경질적으로 인스턴트 죽을 싱크대로 가져갔다. 그러곤 내용물을 모두 부었다. 나는 그런 엄마를 보며 참다못해 소리쳤다.

"죽 아니면 뭘 먹을 건데? 매번 아플 때마다 쫄쫄 굶을 거야?"

"말조심해."

"아파도 본인 하나 돌보지 못하면서."

"조심하라고 했어."

"왜? 엄마도 아빠처럼 앓다가 가버릴 거야?"

해서는 안 될 말일수록 반드시 한 번은 내뱉고 싶어진다. 몇 번이고 참아도 계속 목구멍을 두드리는 마음은, 언젠가는 기필코 나오고야 말았다. 엄마가 말없이 나를 노려봤다. 약간의 침묵 뒤 엄마는 백팩을 챙겨 물병을 하나 담았다. 위염 약을 먹은 이후로 줄곧 공백일 텐데 간식 하나 담지 않았다. 머리를 식히러 간다고 말하더니 그대로 나가버렸다. 신경질적으로 닫아버린 문에서 발생한 굉음이 집 안에 쩌렁쩌렁하게 울렸다. 적어도 반나절 동안은 돌아오지 않을 데시벨이었다. 상냥하게 굴지 못하는 내게도 문제가 있지만, 엄마도 참 엄마였다.

집에 혼자 있는 동안 만들어놓은 파일로 식자재 상황을 점검했다. 물망초 식당 운영이 곧 끝날 예정이니 이왕이면 추가로 뭔가를 구매하기보다 있는 재료를 소진하는 방향으로 요리하고 싶었다. 살펴보니 남아 있는 재료들이 평이했다. 연습용으로 사놓은 식자재는 연습을 위해 다 소진했고 활용도 높은 기초 식자재만 남아 있는 수준이었다. 마지막 요리가 죽인만큼 화려한 재료가 필요하지는 않았다. 죽이라는 음식은 아무리 좋은 재료를 넣어도 화려해지지 못할 음식이다. 맛과 향을 내기보다는 아픈 사람을 치유하는 목적이 우선이니 당연하다. 겉치장보다 속에 숨겨진 진정성으로 승부를 봐야 가치가 있다.

요리사로서 모든 음식에 최상의 맛을 내는 것이 당연한 과제겠지만, 이번만큼은 '맛' 이전에 '치유'를 먼저 고려하고 싶었다. 그렇다면 역시 인삼죽 같은 보양 죽이 좋으려나. 보양 재료에 대한 엄마의 선호도는 그냥저냥이다. 보양 재료를 사용한 죽이 과연 엄마의 치유에 많은 도움이 될지 선뜻 확신이 서지 않았다. 어떤 음식이 상처를 잘 보듬을까. 식자재 파일을 쭉 드래

그하며 이것저것 살펴봤으나 눈에 확 띄는 것이 없었다. 재료가 품고 있는 영양 성분이 아닌 의미에 중점을 두어야 했다. 마지막 손님을 위해서 가장 먼저 풀어야 하는 과제였다.

점검하는 김에 집 안 냉장고와 창고도 살폈다. 누가 정리를 해놨는지 똑 부러지게 분류돼 있다. 시종일관 깔끔한 성격엔 한 치도 흐트러짐이 없었다. 잘 손질된 채소들이, 유통기한이 보이게끔 진열된 가공식품들이 모두 그러했다. 미안했다. 가게와 집을 이만큼 돌보는 게 결코 쉽지 않을 텐데 엄마가 안쓰러웠다. 이렇게까지 완벽하게 살아야만 했던 지난날들에는 내 책임도 있겠지. 약해지는 엄마를 미워할 줄만 알았지, 이유를 생각해 보려고 하지 않은 내가 죄스러웠다. 그녀가 지나간 모든 곳에 단정한 슬픔이 있었다.

반나절이 훌쩍 지났으나 엄마는 돌아오지 않았다. 걱정이 되기 시작했다. 전화나 문자를 해볼까 싶었으나 괜한 말로 마음을 들쑤신 걸 알기에 그러지 못했다. 카페에 앉아 있어도 한 시간을 버티지 못하고 일어서는 사람이었다. 무엇을 하기에 돌아오지 않는 걸까.

짐작 가는 장소가 있었다. 그곳만큼은 아니길 바랐다. 엄마가 반나절이고 하루고 마음만 먹으면 일주일 내내 있을 수도 있는 곳. 불안한 마음에 얼른 현관문을 열었다. 싸늘해진 공기를 들이 마시자 걱정이 더욱 커졌다. 목적지로 향하는 길이 짧았다. 내게도 익숙한 경로였다. 나는 불이 켜져 있지 않기를 바랐다.

문이 열려 있었다. 굳게 닫혀 있어야 하는 문이었다. 탄식 섞인 한숨을 내쉬었다. 텅 빈 카운터에 먼지 하나 쌓여 있지 않다. 오랜만에 온 김에 이리저리 홀을 둘러봤다. 여전히 꽃이 많고 깔끔한 곳이다. 못 보던 화초가 늘어나 있으며 벽 한 귀퉁이엔 유명 인사의 사인이 마지막으로 왔을 때보다 훨씬 많아졌다. 물망초 식당에서 고군분투를 하는 동안에 이곳도 쉬지 않고 치열히 운영됐구나.

그 성실함이 내 마음을 아프게 찔렀다. 숨이 막혔다. 전혀 상관없는 사람이라면 열심히 일하는 모습에 칭찬을 남겼을 거다. 하지만 나와 가장 가까운 사람이 매일을 지독한 성실로 살아간다는 건 제법 괴로운 일이었다. 가슴이 갑옷이라도 입은 듯 답답했다.

"뭐 해?"

"어떻게 알고 왔어."

"아휴."

엄마는 냉동고 속 육류를 정리하고 있었다. 뻔한 광경이었다. 산책하겠답시고 나가서 결국 하고 있는 게 또 가게 일이라니. 받아들이질 못하겠다. 답답하기만 한 엄마를 볼 때마다 화가 치밀었다. 쏟아지듯 감정이 흘러넘쳤다. 그래도 화내선 안 된다. 나는 이제 그녀를 치유해야 할 사람이니까. 환자에게 윽박지르는 의사가 없듯이 손님을 몰아세우는 요리사도 없어야 한다.

"휴무 준비하면서 직원들이 돼지고기 정리 안 했나 봐? 소고기는 왜 또 이 모양이야. 간격이 2주나 되는데 아무리 냉장육 위주로 쓴다지만 냉동육을 이렇게 방치하면 안 되지. 제대로 해놓지 않고 이게 뭐야!"

엄마를 대신해 고기에 분풀이를 하며 냉동고 육류를 같이 정리하기 시작했다. 재고 상태는 나보다 엄마가 훨씬 더 잘 알겠지만 내 쪽에서 꽥꽥 불만을 지껄였다. 오히려 엄마의 말수가 줄어들었다. 돌처럼 굳은 고기들이 칸막이와 부딪힐 때마다 덜그럭거리는 소리가 났다. 시종일관 둔탁한 소리와 나의 데시벨 높은 목소리가 쏟아졌다. 힘을 내서 괜한 부분도 모두 트집을 잡아 화를 냈다. 엄마는 도리어 본인이 무안해졌는지 고개만 끄덕끄덕하고 말았다.

"밥은?"

"먹었어."

"뭘."

"팥 호빵. 좀 걷다 보니까 새로 오픈한 곳이 있더라."

"단거 소화 안 될 텐데, 야채 호빵 먹지."

"야채인 줄 알고 골랐는데 먹어보니 팥이었어."

마지막으로 약을 제때 챙겨 먹었냐는 질문에 대답을 듣고선 냉동고 정리를 종결했다. 나란히 싱크대에서 손을 씻고 바닥에 흩뿌려진 얼음들을 치웠다.

"또 할 게 있어?"

"아니."

"가, 그럼."

미련이 가득한 그녀의 손을 잡고 주방에서 나왔다. 나올 때마다 불을 하나씩 껐다. 가게 복도 불을 모두 끄고 메인 홀로 도착했다. 카운터 불도 끄고 마지막 입구 불을 끌 차례였다.

"이건 엄마가 꺼."

엄마는 망설이는 눈치였다. 아무런 할 일이 없는 가게에 그녀는 지독하게도 남고 싶었나 보다. 평상시였다면 남겨두고 나왔을 테지만 오늘은 그러고 싶지 않았다. 미련 많은 사람아, 집에 좀 가자. 그냥 침대에 눕자.

"휴가 동안 다시는 오지 않겠다고 약속해."

"왜 오면 안 되는데?"

"엄마가 마지막 손님이라고 했잖아. 엄마도 손님으로서 도리를 다해."

"싫은데."

"좀! 식당 다 때려 부수기 전에."

기가 찬다는 코웃음이 돌아왔다. 나는 계속 새끼손가락을 들어 그녀 얼굴 앞에 딱 갖다 댔다. 건방진 딸의 도발에 이번만큼은 엄마가 훈육을 하지 않았다. 기다리다 못한 내가 그녀의 오른손 새끼손가락을 집어 냅다 걸어버렸다. 무례한 딸의 행위에도 엄마는 내 속마음을 아는 듯 가볍게 미소 짓고 말았다.

"아빠가 거짓말하는 사람 싫어한 거 알지?"

마지막 불까지 껐다. 그녀의 손과 팔을 칭칭 동여맨 채로 연행하듯 가게 밖으로 나갔다. 집으로 돌아갈 시간이었다.

"잠깐만! 이것만!"

또 뭔 미련인가 싶어 엄마를 놔주지 않았다. 엄마가 한 손으로 황급히 식당 외벽에 붙은 미니 입간판을 돌려놓았다. 'OPEN'에서 'CLOSE'로. 당신이 비로소 식당 문을 닫았다.

유치원생도 아니고 둘이 마주 보고 악수 그리고 미안하다고 하라더라. 낙원 씨가 대뜸 식당에 동희를 데려와선 억지를 부리기 시작했다. 우리 둘이 싸워서 본인마저 예전처럼 놀러 오기가 불편하다면서 말이다. 나이와 어울리지 않는 문제 해결 방식이 황당했다.

동희는 개를 산책시키다 얼떨결에 끌려온 듯 보였다. 식당에는 결코 들고 오지 않을 것 같은 배변 봉투만 봐도 알 수 있었다.

애초에 우리는 싸웠던 적이 없으니 화해를 할 일도 없었다. 잘못한 사람이 명확히 존재하는 소통 오류였을 뿐이다. 당연히 책임은 내 쪽에 있다.

학창 시절에도 이런 일이 종종 있었다. 동희는 좀처럼 화를 쉽게 내는 성격이 아니었고 나 역시 화가 많은 타입은 아니었다. 다만 차이가 있다면 동희는 필요에 따라 직설적인 말을 했다. 나는 쓸데없이 자존심이 셌기에 그 말에 토라지는 경우가 많았다. 토라졌다고 말하기가 참 자존심 상하지만 사실이었다. 그 상태로 어림잡아 일주일을 지냈다. "매점 갈래?" 하고 참다못한 동희가 먼저 말을 걸면 어물쩍 넘어가는 관계였다.

어른이 된 이후로는 지금처럼 데면데면해진 적이 없었다. 이젠 매점 핑계도 댈 수 없었다. 다른 사람의 진심을 엿보는 것이 아닌, 나의 진심을 보여주는 일에는 언제나 서툴렀던 나다. 괜히 성질을 부려서 미안하단 말이 쉽게 나오지 않았다. 낙원 씨가 좋게 좋게 끝내라며 눈치 없이 굴고 있던 터라 그를 질책하는 정도로만 겨우 분위기를 이어갔다. 부족한 내 모습을 극복하고 싶다. 손님들을 어른으로 바꿔주기 전에, 진짜 어른이 되어야 하는 사람은 따로 있을지도 모른다.

내가 늘 솔직해지지 못했던 이유는, 솔직함이 공짜가 아니었기 때문이다. 솔직함은 언제나 용기라는 비싼 값을 요구했다. 나는 매번 주변 사람들에게 용기를 대신 지불받았고 빚처럼 미안함을 쌓았다. 청산하고 싶은 감정의 두께가 두터웠다.

무슨 말을 꺼내야 할까. '내가 미안했어.' 이런 말은 싫다. 너무 촌스럽기도 하고 쪽팔리잖아. 그야말로 유치원생이나 뱉을 법한 정직한 멘트다. 성숙하게 데면데면함을 깨고 싶었다. 어떤 말이 좋을까.

"무슨 죽…… 하려고?"

불려놓은 흰쌀을 보고선 동희가 먼저 말을 꺼냈다. 경계가 살짝 서려 있지만 날 서지 않은 목소리였다. 또 순서를 뺏기고 말았다. 나보다 마음이 넓은 사람과 친구인 벌이었다.

"아직 정하지는……."

"죽에도 종류가 많잖아."

고개를 소심하게 끄덕거리며 물에 불리는 중인 흰쌀을 저었다. 동희가 조용히 소파에 앉았다. 나도 따라 앉아 데면데면한 분위기를 풀기 위해 노력을 해보았다.

"전복죽이 좋을지 인삼죽이 좋을지. 좀 더 확 꽂히는 게 있으면 좋겠다 싶어."

"어머니 쓴 거 싫어하시잖아."

"그래서 고민이야."

"네가 제일 대접하고 싶은 죽으로 하는 게 어떨까."

자신 없을 땐 땅을 보는 습관이 있었다. 청소해 둔 탓에 반질

반질하게 빛나는 식당 바닥을 응시했다. 동희가 머뭇거리다 목소리에 조금 힘을 실어 말했다.

"죽은 음식으로 전하는 위로래."

그녀가 내게 파 뿌리를 갈아 넣은 죽을 해줬던 이유는 자신이 배앓이를 했을 때 어머니가 똑같은 죽을 해줬던 적이 있어서였다. 그래서 내게 치유를 대접하려는 마음에 주저가 없었다고 한다. 먹고 나아본 경험이 있으니까. 그렇다면 내가 엄마에게 선뜻 내밀 수 있는 가장 솔직한 치유란 무엇일까.

아빠가 돌아가시기 전까진 엄마는 죽을 두려워하는 사람이 아니었다. 감기 몸살로 학교를 가지 못할 만큼 아팠을 때 먹었던 죽이 생각났다. 계란을 얇게 풀어 쌀과 함께 익힌 것이었는데 다진 파가 고명으로 올라가 있었다. 소금 대신 간장으로 간을 맞췄다. 이것만 먹으면 심심할 거라며 오이냉국과 함께 주었다. 엄밀히 따지자면 죽에 들어 있는 재료라곤 계란, 파, 간장이 전부였다. 하지만 고열에 시달리던 와중에 맛본 계란죽은 특별했다. 음식을 먹느라 열이 오를 만하면 오이냉국으로 입 안을 달랬다. 어울리는 듯, 어울리지 않는 조합. 그 후로 몸이 아플 때마다 내심 엄마표 계란죽을 기다리곤 했다. 하지만 그것이 엄마로부터 대접받은 마지막 죽이자 치유였다.

회상 끝에 하나의 의문이 떠올랐다. 바닥에서부터 동희를 향해 시야를 조심스레 옮겼다. 그녀 또한 나를 보고 있었다.

"내가 만들고 싶은 죽으로도 엄마가 행복해질까?"

동희가 조용히 개를 쓰다듬었다. 허벅지 옆에 바짝 붙어 앉은 개의 표정이 편안해 보였다. 주인 손길에 온몸을 맡기기라도 한 듯 나른히 눈을 감았다. 신뢰가 두터워 보였다. 그 모습을 풍경화 바라보듯 관망했다. 보는 사람마저 편안히 해줄 정도의 심리적 안정감이 느껴졌다.

"치유받는 사람도 중요하지만 치유하는 사람 마음도 중요하다고 봐. 네가 편하지 않고 힘이 잔뜩 들어가 있으면 받는 사람도 미안하기만 할걸."

여태껏 손님들에게 편식 식단을 제공하면서 마음이 불편한 적은 없었다. 비싼 재료나 번거로운 방법을 택한 경우가 있었을지언정, 모두 내가 원해서였다. 그 요리가 옳다는 확신이 있었기 때문이다. 하지만 엄마에게만큼은 전복죽도, 소고기죽도 쉽게 결정할 수 없었다. 확신이 없었다. 이런 마음으로는 아무리 호화스러운 죽을 만든다고 한들, 진심을 담기가 어려울 거다. 엄마에게 내가 정말로 주고 싶었던 죽은, 그 모든 화려한 죽들이 아닌, 오래전 그녀가 해준 계란죽 같은 것이었다.

"네 마음이 가장 중요해. 솔직해져야 해."

동희가 나를 대하는 온도는 예나 지금이나 변함이 없었다. 친밀한 관계가 무엇인지, 그것이 만약 친구라면 친구란 내게 어떤 존재인지, 나는 그녀를 통해서만 깨우치곤 했다. 마음의 크기가 나보다 정확히 한 뼘만큼 늘 앞서 있었다. 요리사를 꿈꿨다면 넘기 힘든 경쟁 상대가 됐을 거다.

"이번 솔루션은 치킨으로 안 된다."

오랜만에 마주한 유머가 분위기를 녹였다. 대답 없이 동희 쪽으로 손을 뻗어 개를 쓰다듬었다. 힘을 빼 등허리를 감싸며 훑자 개는 내게도 편안한 표정을 보였다. 대화에 숨죽이던 낙원 씨가 우리를 번갈아 바라보았다. 진지한 무게 때문에 하지 못한 말이 있어 보였다. 나와 눈이 마주치자 그제야……

"근데 둘이 화해는 안 해?"

센스 없는 질문을 던졌다. 이 사람도 어른이 되려면 아직 멀었다.

🛎

햅쌀과 자연 방사란 열 구를 구매하는 것으로 장보기가 끝났다. 계란죽에 여러 재료가 투입되는 게 아니다 보니 추가 재료를 구입할 필요가 없었다. 고명이 화려할수록 오히려 소화가 안 되게 되므로 죽이 가진 참 의미에서 멀어졌다. 치유를 위해 대접하는 음식인 만큼 외적인 부분보다 음식 본질에 승부를 걸고 싶었다. 하지만 품질 좋은 쌀과 프리미엄 계란을 섞어 만드는 일만으로 내 마음을 표현하기는 허전해 보였다. 엄마가 손님이니 엄마에게 조언을 구하기도 어려웠다. 나는 마지막 비기를 사용해 보기로 마음먹었다. 안방 장롱 깊숙한 곳에 모셔진 구세주가 있었다.

귀가하니 엄마가 꼭 강아지처럼 나를 반겼다. 감히 강아지란 비유를 써도 되는지는 모르겠다만, 도어 록 소리를 듣고 이미 신발장까지 마중 나와주는 모습이 애처로워 보였다. 가게 출입금지령을 내린 이후 텅 빈 시간 동안 홀로 방황했다. 며칠 연속으로 오전에는 등산을 했고 오후에는 집 근처 카페를 두세 곳씩 자전거로 돌아다녔다. 등산이 건강에 좋아서라고 하지만 핑계였다. 엄마는 조금이라도 시간을 많이 잡아먹을 행위가 필요했던 거다. TV를 보는 일도, 실내 화초를 가꾸는 일도, 엄마의 텅 빈 하루를 채우진 못했으니 말이다.

가게가 아니라면 진득하게 앉아 있질 못해 카페를 방랑하며 커피를 두세 잔씩이나 마시는 행위가 마음에 들지 않았다. 이제는 "간 많이 봤어?" 대신 "몇 잔이나 마셨어?"라고 물어봐야 할 정도였다. 그러나 이마저도 금지해 버리면 엄마가 휴가 동안 버티질 못할 듯해 참았다.

삼시 세끼 식사 준비는 내 담당이었다. 가급적 부담이 없고 소화하기 편한 메뉴로만 엄선했다. 덕분에 엄마는 더 이상 위통증을 호소하지 않았다. 맑은 무국이나 육류가 아닌 생선류 반찬, 푹 익힌 야채 조림 등으로 저녁 식사를 끝냈다. 마지막은 미지근한 보리차였다. 차가운 물을 주지 않은 것도 엄마를 향한 배려였다. 한 컵을 깔끔히 비워낸 걸 보곤 몸을 살짝 꼬며 운을 뗐다.

"엄마, 내가 휴가 동안 밥 다 차리잖아."

"뭘 부탁하려고?"

몸짓만 보였을 뿐인데 마음마저 간파당했다. 나는 머쓱한 마음에 몸을 좀 더 꼬아보다가 두어 번 정도 채근을 듣고서야 본론을 말했다.

"나 아빠 책 봐도 돼?"

"조언에 의존해선 안 된다, 또 잊었나 봐."

"조언이 아니라 그냥 책 보는 건데? 그리고 계약서에는 금귀비의 조언이라고만 적혀 있어."

얼른 바지 뒷주머니에서 반듯하게 접은 계약서를 꺼내 펼쳤다. 마지막 조항을 검지로 가리켰다. 내가 한 말에는 틀림이 없었다. 힐끔 보기만 해도 엄마의 표정은 못마땅해 보였다. 나도 양보하고 싶지 않았다. 웃긴 사람이야, 마지막 손님이 본인인 걸 알면서도 깐깐하게 나오다니.

"무슨 죽을 만들려고?"

대답하지 않았다. 물망초 식당은 식단 계획을 미리 언급하지 않는다. 금귀비 정찬도 마찬가지. 이건 우리 식당의 암묵적인 규칙이다. 직접 먹어보지 않고서 메뉴 변경을 요청할 가능성이 있기에 이를 방지하기 위한 전략이었다. 엄마도 손님이니 말해줄 수 없었다. 눈만 끔뻑거리며 엄마를 바라봤다.

"저녁마다 5첩 정찬을 만드느라 삭신이 아파."

얄미운 목소리로 문지기를 압박했다. 과한 엄살이 보태진 말에 문지기가 황당하다는 듯이 탄식을 뱉었다. 아랑곳하지 않고 시위를 이어갔다.

"꼭 좀 봐야겠어."

"그걸 본다고 좋은 답이 나오겠어?"

"그냥 좀 보게 해줘, 여사님."

"아휴 봐라, 봐."

자식 이기는 부모 없는 법. 다 큰 딸의 원성에 두 손 두 발 든 엄마가 안방 문을 훤히 열고는 파리 쫓듯 손을 휘휘 저었다. 날름 들어가 장롱 하단 귀퉁이에 있는 서랍을 열었다.

"적당히 봐라."

행여나 잔소리 시동을 걸까 싶어 얼른 대답한 뒤 방문을 살짝 닫았다. 엄마가 설거지 담당이기에, 내게는 약간의 시간이 있었다. 안방 침대에 앉아 비첩을 열었다. 내가 믿는 구세주에는 그리운 기록들이 많았다. 아주 오래전 아빠가 보고 싶을 때 이 책을 처음 열어본 적이 있었다. 그때는 그리움 때문에 차마 다 읽지 못했지만 오늘이라면 괜찮을 것 같다.

[백미는 흰 도화지와 같다. 어떤 물로 밥을 짓느냐에 따라 다른 맛을 낸다. 유럽에서는 토마토나 올리브유를 첨가해 풍미를 더하기도 하고 반대로 아시아 특정 지방에선 찻잎을 넣어 향긋함을 보태기도…….]

'쌀'이라고 적힌 포스트잇을 집어 올리니 가장 먼저 백미에 대한 이야기가 나왔다. 아빠는 여러 요리 스타일 중에서도 특히 한식을 사랑했다. 한식의 근간은 결국 잘 지은 밥이므로 이것을 완수하기 위한 고민이 많이 보였다. 그러고 보니 어렸을 때 아빠가 나를 위해 단촛물로 밥을 지어준 기억이 있다. 소풍 때 먹었던 유부 초밥 맛이 좋아 백반은 먹지 않겠다고 떼를 썼던 탓이다. 옅은 노란빛이 도는 밥 한 끼가 온통 유부 초밥 맛이었다. 한 숟갈 크게 맛을 보고 나서야 방긋 웃으면서 식사를 했던 것이 떠올랐다.

[……흰 도화지에는 무슨 그림이라도 그릴 수 있다. 백미도 그러하다. 밥을 지을 때부터 손님의 취향을 살펴야 한다.]

쌀이라는 목차 하나에 적힌 것은 역시나 아빠만의 애정이었다. 다시금 그가 얼마나 훌륭한 요리사였는지를 되새김질했다. 색색의 찬들에 밀려 주목조차 받지 못할 밥 한 공기에 아빠는 애정을 투여했다. 나를 위해 자신도 억지로 단촛물 밥을 먹으면서까지 상대방을 존중했다. 고작 밥 하나에도 무한한 배려를 더할 수 있구나. 죽은 단조로운 음식이라, 할 수 있는 일이 많이 없다고 생각한 내가 부끄러웠다. 손가락으로 더듬듯이 기록을 훑었다. 오래돼 바스락거리는 종이 재질이 따뜻하게 느껴졌다. 눈을 감고 이 글을 썼을 작가를 떠올려봤다.

또 하나의 기억이 더 떠올랐다. 우리는 함께 라면을 끓인 적이 있다. 아빠는 3분짜리 조리를 한 그릇의 요리로 바꾸었다. 면 요리에 파를 넣을 땐 어떻게 썰어야 하는지, 계란을 푸는 타이밍에 따라 국물 맛이 어떻게 바뀌는지, 면발의 식감을 바꾸는 불의 세기는 어떻게 다른지. 사람들이 여러 시행착오를 겪으며 알게 되는 라면 조리법을 나는 그날 하루에 익혔다.

어렵지 않았다. 아빠는 내 눈높이에서 손수 과정을 보여주며 입 안에 한 숟가락씩 넣어주셨다. 직접 맛을 보고 설명을 듣는 것이 많은 시행착오를 순식간에 대체했다. 처음 만들어보면서도 내가 선호하는 식감을 위해선 3분 미만으로 끓이되 계란은 마지막에 풀어야 한다는 걸 터득했다. 아빠는 라면을 끓일 때 면을 한 번 끓여 물을 버리라고 가르쳐주었다. 튀김 면발에 엉켜 있던 기름기가 모두 제거돼 전체 기름 양이 줄고 위에 부담이 없다는 이유에서였다. 스프는 귀퉁이를 손으로 살짝 꼬집어 그 부분만큼은 남기고 넣어야 짜지 않다는 것도 배웠다. 다진 마늘과 식초 한 방울이 스프 빈자리를 채워 독특한 맛을 만들었다. 라면의 얼굴을 한 색다른 면 요리가 완성됐다.

'망초야, 언젠가 아빠 대신 네가 꼭……'

이렇게 만들어야 하는 이유는 본인이 아닌 남아 있을 사람을 위해서였다. 자극적인 음식을 먹으면 자신처럼 쉽게 탈이 나는 엄마를 위해 아빠는 라면 레시피를 전수해 주었다. 내가 아빠에게서 받은 유일한 일대일 요리 강습이었다.

'라면' 색인 코너에 이 내용이 적혀 있는 것을 본 뒤, 콧잔등이 시큰해졌다. 아빠라면 내게 도움을 줄 거라 믿어 의심치 않았고, 그 믿음은 빗나가지 않았다. 나는 답을 얻은 것만 같았다. 정확한 계량이 없어도, 확실한 재료명이 없어도, 내게는 가장 소중한 레시피 책이었다. 빼곡하게 채워진 기억 덕분에 요리사로 살아갈 앞날이 든든했다.

계란죽에 시도 가능한 노력이 정리됐다. 태어나서 처음으로 엄마에게 끓여줄 죽이 완벽해질 것 같다. 좋은 예감에 발걸음이 가벼워졌다. 기록을 원래 있던 자리에 조심히 넣어두곤 눈웃음을 남겼다. 아마 이 방에 아빠가 함께 있다면 나를 기특해하시리라. 엄마는 거실 소파에 앉아 내가 나오기만을 기다리고 있었다.

"뭘 그렇게 오래 봤어?"

잔소리를 늘어놓으려고 했지만 말리지 않았다. 홀가분한 마음으로 나 역시 소파에 온몸을 기대앉았다. 마지막 손님의 끈질긴 질문에 그녀가 읽지 못할 표정으로만 답했다. 히죽거리는 내 표정이 기분 나쁘지 않았는지, 엄마도 이내 질문을 멈추었다. 우리는 요즘 인기 있다는 드라마를 한 편 봤다. 한 시간 동안 함께 웃고, 또 화를 내기도 했다. 오직 아무런 생각 없이 드라마에만 집중했다. 걱정할 일 없는 편안한 마무리였다.

　죽의 원천은 쌀이다. 질 좋고 맛있는 쌀을 선택한다면 죽의 맛이 좋아진다. 비첩에 적혀 있는 글을 바탕으로 방안을 떠올리던 중 생각난 점이 있는데, 쌀을 죽으로 바꾸기 위해서는 좋은 물을 선택하는 것도 중요하다. 물에는 얼마든지 다양한 시도를 해볼 수 있다. 건강 증진을 위해 물 대신 무엇을 넣으면 좋을지 고민했다. 사골 국물이 떠올랐다. 몸이 허할 때 보신용으로 따뜻한 국밥이나 곰탕을 먹었던 경험에서 착안한 아이디어다. 하지만 물 대신 100% 사골 육수만 사용했더니 죽이 상당히 기름져졌다. 수프나 리소토처럼 묵직해져 죽다운 식감이 사라지는 단점도 발견됐다.

　사골 육수의 풍미와 영양 그리고 죽 특유의 부드러운 식감을 모두 살리기 위해선 비율을 잘 지켜야 했다. 여러 차례 시도한 끝에 얻어낸 답은 6대 4. 사골 육수와 물을 해당 비율로 섞은 다음 쌀을 투하하여 끓이니 가장 맛이 좋았다. 깊은 풍미와 더불어 죽의 질감까지 지켜낼 수 있었다. 여기에 향이 세지 않은 한약재 우린 물을 살짝 첨가해 보양 느낌을 더하였다.

계란을 잊지 않았다. 계란죽의 원천이 쌀이라면 완성은 계란. 유기농 계란 2구를 풀었다. 단 죽을 끓일 때부터 함께 넣지는 않았다. 어린 시절 먹었던 엄마의 부드러운 계란죽을 떠올려봤을 때, 몽글하고 개성 있는 식감이 필요했다. 그렇다고 죽이 다 익은 후에 물 계란을 섞을 순 없었다. 그러면 비린 맛이 너무 강해 요리가 망쳐지고 만다. 마지막 계란 활용에 대한 고민이 깊어졌다.

수일이 흘러도 뾰족한 수가 나오지 않았다. 낙원 씨는 그런 내게 가벼운 저녁 술자리를 제안했다. 명색이 요리하는 사람인데, 먹는 일에도 소홀하지 말란 이유에서였다. 또 족발을 먹으러 가자는 말을 할까 싶어 걱정됐으나 다행히 아니었다. 답답한 머리를 환기하기엔 맥주가 제격이라며 그는 근처 선술집을 제안했다. 또 시간을 죽이고 싶은 일이 있나 보지? 재인이 만나 주지 않는 걸까? 나는 그에게 여전히 묘한 미움을 갖고 있는 상태이면서도, 연락을 받자마자 잰걸음으로 나가고 있었다. 꼭 생일 선물을 받은 것처럼 그의 연락 한 통에 기뻐하는 내가 싫다고 생각하면서도 웃음을 숨기지 못했다.

우리는 함께 밤거리를 걸었다. 식당 밖에선 평범한 일상 얘기를 나눴다. 그와 대화를 하고 있으면, 나의 원래 대화 패턴을 잊어버릴 정도로 즐거웠다. 나는 내가 무슨 말을 하는지도 모르는 상태로 여러 말을 뱉었고 또 들었다. 이 사람과 있으면 자꾸만 나는, 내가 모르는 사람이 돼버린다. 내 인생에 한 번도 먹어본 적 없는 음식 같은 사람이다. 도보로 20분 거리인 선술집에 금방 도착해 버린 줄도 모를 만큼.

간단히 야키소바와 맥주 한 병을 주문했다. 냉동실에 얼려놓은 차가운 맥주잔을 잡자마자 손가락 마디까지 냉기가 느껴졌다. 서늘한 감각, 복잡했던 머리가 차갑다는 인식으로 가득 찼다. 치열했던 고민이 잠시 사라졌다. 괜스레 기분이 좋아져 평소하지 않던 짓을 해보았다.

"어어, 거품 봐. 잘 좀 줘봐요."

"잔을 기울이라니까요."

"푸하, 이게 뭐야 크림 맥주인 줄 알았네."

장난을 주고받는 우리는 비슷한 얼굴을 하고 있었다. 참 이상한 사람이라니까. 서로의 잔에 차가운 맥주를 채웠다. 두 잔을 부딪자 챙 하는 시원한 소리가 생겨났다. 주문한 야키소바가 나오려면 한참이 더 걸릴 것 같았으나 얼른 잔에 입을 갖다 댔다. 벌컥, 또 벌컥. 목구멍이 얼어붙을 만큼 차가운 액체가 콸콸 쏟아졌다. 온몸이 얼음장이 됐다. 갈증이 한 방에 해갈됐다.

"하! 시원하다. 고민이 많았는데 기분 좋아졌어요."

"그래요? 꼭 어머니의 아픔이 치유됐으면 좋겠어요."

아픔이라는 단어를 말할 때 낙원 씨는 장난기를 모두 거두었다. 왜 이렇게까지 나를 걱정해 주고, 또 시간을 할애하는지 의심스러운 마음이 잔존했지만 한편으로는, 내게도 걱정을 나눠

주는 그의 성품이 좋았다.

　늦은 밤 손님이 적은 선술집. 우리는 오래전 이야기들을 교환했다. 밤의 분위기가 서로로 하여금 과거와 현재를 넘나들게 했다. 나는 낙원 씨의 지난 삶을 좀 더 알 수 있었다. 마찬가지로 낙원 씨 역시 나의 지난 모습을 흥미롭게 엿보았다. 엄마와 아빠에 대한 이야기, 얼마 전 본 요리 기록, 주제는 여러 차례 바뀌었으나 어떤 것도 지루한 것이 없었다.

　안주로 나온 야키소바가 빠르게 사라져갔다. 시간 가는 줄 모르게 대화가 이어졌다. 의아하게도 그의 얼굴을 보고 있으면 목소리가 들리지 않았고, 목소리를 들으면 얼굴이 보이지 않았다. 나는 그의 모든 것에 지나치게 집중했다. 감각이 곤두세워지고 있었다. 술에 취하고 있는 걸까? 뒤늦게 시계를 보니 이미 심야였다.

　"일어날까요?"

　서로 눈치를 보던 와중 낙원 씨가 먼저 의사를 물었다. 오래 앉아 있을 이유가 없었으나 자리를 무르기가 아쉬웠다. 하지만 그를 더 잡고 있을 명분은 없었다. 고개를 끄덕이고 가방을 챙기려던 참이었다.

　"오늘 손님이 적어서 서비스 드립니다."

　대뜸 주방장이 작은 그릇 두 개를 서빙했다. 서비스란 말에 반색하면서도, 음식의 정체를 알기 위해 둘 다 고개를 박았다. 먹음직스러운 노란빛이었다. 빛을 반사해 반질거리는 표면이 탐스러웠다. 푸딩인 걸까, 숟가락으로 살짝 표면을 긁었다. 나보다 먼저 맛을 본 낙원 씨가 감탄했다.

"차왕무시네요."

푸딩이 아니었다. 선술집답게 일본식 계란찜이었다. 차왕무시란 말에 얼른 숟갈을 푹 꽂았다. 저항 없이 중심 속까지 몸을 열어주는 차왕무시, 나는 크게 한 숟갈을 떠 입 안에 넣었다. 혀에 닿자마자 촉촉한 물기가 느껴졌다. 매끄럽다 못해 미끄덩한 표면이 중독적이었다. 새우젓으로 밑간을 한 건지 짭조름하면서도 소금과는 다른 짠맛이 있었다. 혀 위로 굴러다니는 보드라운 음식 덩이가 특별했다. 집중해 음미하는 내 시선을 낙원 씨가 다시 가져갔다.

"이거 맛있네요."

"그러게요, 꼭 씹은 것도 아니고 안 씹은 것도 아닌 게 푸딩 같아요."

"정말요, 씹기도 편하고 재밌어요."

그렇네, 확실히 재미있어. 솜사탕처럼 녹아 사라지고 말이야. 보통 계란찜과는 다른 식감이었다. 계란이란 푹 익히면 보드랍고, 덜 익히면 그저 액체일 뿐인데 어떻게 이런 액체도 고체도 아닌 상태로 만들 수 있는 걸까. 이 식감을 유지하기 위해서 요리사는 얼마나 많은 까탈스러운 조건을 충족시켰을까. 그 번거로움이란, 단언컨대 정성. 그렇다면 차왕무시는 계란으로 만들 수 있는 제법 고급스러운 요리가 아닐까. 계란으로 고급 요리라. 순간 이 음식을 죽에도 적용해 보고 싶다는 의지가 피어올랐다. 결국 오늘도 그의 도움을 받았다.

"제가 만약 금귀비 정찬 오너가 된다면 그때도 제 식당에 와 줄 건가요?"

"그럼요, 꼭 초대해 주세요."

당신에겐 참 신세만 지는 것 같아. 때로는 그가 정말 '낙원'처럼 느껴졌다. 낯선 온도의 바람이 불어와 내 마음의 바람개비를 돌아가게 했다. 분명 나의 낙원이 될 수 없는 사람일 텐데.

단둘이 식당 밖에서 뭔가를 먹어본 적은 처음이었다. 왠지 오늘을 잊을 수 없을 것 같았다.

🍽️

마지막 손님을 위해 식사 장소를 물망초 식당에서 집으로 변경했다. 엄마가 끝까지 만류하려고 했으나 나는 듣지 않았다. 누가 뭐래도 이 음식은 당신이 맛봐야만 한다. 밑그림이 없는 백색 식기에 계란죽을 담았다. 심심한 맛을 보완하기 위해 미역으로 고명을 한 된장국과 함께 제공했다.

"이거 못 먹어. 알잖아."

알고 있다, 엄마가 죽을 못 먹는 사람이란 사실을. 그래서 더 주고 싶었다. 누가 보아도 죽으로밖에 보이지 않는 음식이다. 화려한 고명으로 꾸미지 않았으며 눈을 잡아끄는 반찬 속에 숨겨두지도 않았다. 순수한 죽이다. 엄마의 편식이 고쳐지길 바랐다. 이 죽 한 그릇을 만들기 위해 내가 겪어온 여정은 결국 당신 몫이었다. 거부하려는 엄마의 오른손에 숟가락을 쥐여줬다. 그리고 내 손으로 함께 감싸며 말했다.

"어렸을 때 엄마가 해줬던 계란죽 생각이 나서 만들었어."

"안 돼, 나는 안 먹고 싶어."

"아팠던 와중에도 엄마가 해준 죽이 참 맛있었어."

"안 된다니까."

"엄마는 나에게 그런 사람이었어."

엄마는 수저를 쥐고 있을 뿐 죽으로 가져다 대진 않았다. 나의 호소에도 마음을 돌리지 않았다. 단지 내가 알아서 지치길 바라며 시간을 끄는 모습으로 보였다. 나는 아예 의자를 가져와 엄마 옆에 앉아버렸다. 적어도 이 계란죽만큼은 계약을 위해 만들지 않았다. 누구보다도 식당을 물려받고 싶은 나지만, 이 죽에는 다른 마음을 담았다. 오늘 손님은 내 요리를 반드시 먹어야만 한다. 엄마가 오기를 부리는 만큼 내게도 포기 못 할 일이었다. 한 번 더 엄마의 오른손을 잡으며 독려했다. 우리는 몇 차례

소극적인 실랑이를 반복했다. 포기하지 않았다. 그녀의 오기와 나의 오기가 치열히 맞부딪쳤다.

결국 엄마가 손을 뿌리쳤다. 그것도 아주 거칠게 말이다. 손에 쥐여줬던 숟가락이 바닥을 나뒹굴었다. 불친절한 마찰음이 둘 사이를 싸늘하게 만들었다.

"죽 못 먹는 이유를 알면서도 꼭 고집을 부려야 하니? 계약 기간이라면 늘려줄 테니까 지금이라도 다른 손님을 찾아봐. 세상에 편식하는 사람이 얼마나 많은데 하필이면 엄마한테 이러니. 내 사정 다 알면서. 딸이지만 너무하잖아."

엄마는 나를 원망했다. 목소리에 날이 서 있었다. 하지만 원망을 받아도, 나는 엄마를 미워할 수가 없었다. 나의 반대 방향으로 틀어진 얼굴에선 큰 두려움이 느껴졌다. 그저 엄마를 편하게 해주고 싶었다. 새 숟가락을 다시 가져왔다.

"난 한 번 손님 받기로 한 건 절대 안 물러."

얼마든지 질척거릴 수 있었다. 엄마에게 다시 숟가락을 쥐여주려고 했고 죽 그릇을 가까이 밀어보기도 했다. 몇 번이고 거절하리란 것을 모르지 않았다. 엄마가 죽이라는 걸 한 번이라도 극복할 수만 있다면 나는 더 귀찮게 굴 수도 있었다. 나를 바라보는 눈빛에 점점 미움이 차올랐다. 아마 엄마의 세상에서 가장 까탈스러운 악역이란, 지금 나일 것이다.

죽이 식어가고 있었다. 모든 음식은 갓 만들어졌을 때 먹어야 가장 맛있다. 김이 몽글몽글 피어오르며 온기가 가득할 때, 음식은 최상의 풍미를 제공한다. 조바심이 나긴 했지만 급하게 강요하진 못할 노릇이었다. 이왕이면 마지막 손님에게 가장 좋은 맛만을 제공해 주고 싶었다. 편식은 강요로 개선하지 못한다. 나는 엄마에게 강요하고 싶은 마음보단 설득하고 싶은 마음이 더 컸다.

그렇다면 가장 먼저 해야 할 게 무엇일까. 억지로 숟가락을 건네는 일이 아닐 것이다. 죽을 먹으라 부탁만 하는 일도 아닐 테고. 대화. 우리 모녀에겐 대화가 필요하다. 한 번이라도 상처에 대해 허심탄회하게 털어놓을 수 있는 용기 말이다.

"얼마나 어려운 일인지 알고 있어. 얼마나, 얼마나 아빠를 사랑했으면 지금 이렇게 죽조차 먹지 못하는 사람이 됐겠어. 내가 왜 모를까. 이 죽을 만드는 동안 한 번도 엄마를 생각하지 않은 적이 없었어."

말을 하면서 괜스레 미안해졌다. 계란죽 하나였지만 이것을 만들며 엄마를 떠올리지 않은 적이 없었다. 어린 시절 엄마가 해준 죽을 먹었던 기억, 재료 하나에도 정성을 쏟았던 아빠가 살아 있었을 때의 추억, 아빠가 죽고 난 뒤 힘들어하는 엄마를 보던 내 마음. 계란죽에는 그간 내가 겪어온 치열한 슬픔이 깃들어 있다. 그 감정은 결국 엄마를 너무 외롭게 만든 일에 대한 미안함과 닿아 있었다.

지난 세월이 파도가 돼 밀려왔다. 마음이 일렁이기 시작했다. 만약 내가 좀 더 엄마를 위로해 줄 수 있는 똑똑한 딸이었다면 덜 슬퍼하지 않았을까. 아니면 아빠가 건강한 음식만 먹고 살 수 있도록 요리를 처절하게 방해했더라면 살아 계시지 않았을까. 과거로 돌아갈 순 없는 걸까. 나는 하나뿐인 엄마의 마음을 지키지 못했다는 생각에 괴로워졌다. 자꾸만 속에서 욱욱 치미는 것이 여전히 나를 두드렸다.

엄마는 능숙한 사람이었다. 갑 티슈에서 휴지를 뽑아 건네주었다. 여전히 숟가락을 쥐지 않은 손이지만, 그 손에 들려 있는 것 역시 나를 향한 마음이었다.

"네가 울긴 또 왜 울어. 부족한 엄마라 미안하다."

미안하다는 말이 버튼처럼 내 마음을 꾹 누르고야 말았다. 눌러진 마음은 반동으로 다시 솟구치며 여태껏 잘 참아온 모든 걸 다 터트렸다. 휴지가 겹겹이 젖는 줄도 모르고.

"엄마는 부족하지 않아. 그때 내가 엄마 마음을 잘 보듬어주지 못했어. 내게도 잘못이 있어."

"아니라니까."

휴지는 역부족이었다. 엄마가 다급히 손으로 내 뺨을 만지며 눈물을 닦아냈다. 뺨에 닿는 온기가 따뜻했다. 마치 그녀는 죽처럼 부드럽게 눈물을 훔쳐갔다. 마음이 잘 제어되지 않았다. 좀 더 어른스럽지 못한 스스로가 괴로웠다. 동시에, 이 눈물을 보고서도 숟가락을 쥐지 않는 엄마가 야속했다.

아빠가 살아 있다면 어떻게 했을까. 만약 엄마가 다른 무언가로 힘들어할 때 아빠라면 어떤 위로를 해줬을까. 항상 사랑으로 음식을 만들던 그의 마음을 헤아리고 싶다. 물망초 식당을 운영하며 여러 손님을 보아왔다. 익숙하지 않아도 그들에게 먼저 다가가고, 열린 마음을 보여주며 조금씩 요리를 배워갔다. 좋은 요리란 입 안으로 삼키는 사랑을 만드는 일이었다.

하지만 엄마에겐 어떡해야 할까요. 이 손님에겐 내가 아무리 사랑을 보여주어도 부족해요. 아빠, 어쩌면 좋지요. 마음을 다 보여주어도 부족한가 봐요. 아빠처럼 훌륭한 요리사가 될 수 없을지도 모른다. 나는 정말로 부족하기만 하니까. 내가 할 수 있는 일이라곤 가장 솔직한 마음을 토해내는 것뿐이었다.

"엄마, 난 우리가 아플 땐 그냥 죽을 먹고 치유되는 사람이면 좋겠어. 보통 사람처럼."

"……."

"아프면 보살핌을 받고, 극복할 줄 아는 사람 말이야."

"갑자기 왜 그래."

"그냥 한 번도 이런 말을 하지 못했잖아. 엄마 내가 많이 미안해, 늘."

차마 엄마에게 말하지 못했었다. 극복이란 단어에는 '현재는 그렇지 못함'이란 뜻이 내포돼 있으니까. 솔직하게 말해버리면

사랑이 가득한 계란죽

우리의 가여운 오늘을 인정하는 모습이 될까 봐 두려웠다. 나약한 마음을 들키고 싶지 않아 숨겨두었던 말을 오늘에서야 표현했다. 엄마는 답이 없었다.

한참 후에야 무거운 정적을 깨고 물었다.

"괜찮아?"

나는 얕게 고개를 끄덕였다. 창밖으로 들려오는 아파트 단지의 일상적인 소음이 멎었다. 그녀의 음성에 더욱 집중할 수 있었다.

"네가 슬퍼하는 모습이 나랑 너무 닮았네. 너희 아빠가 응급실로 실려 갔던 날, 내가 꼭 너처럼 울었어."

우리는 모녀이니 슬퍼하는 모습도 당연 닮아 있겠지. 엄마의 손이 내 손 위에 포개졌다. 나의 것보다 조금 더 따뜻한 온도가 있었다.

"그때 참 슬펐었는데. 내가 널 나처럼 슬프게 만들었네."

내 눈동자 속에 엄마의 두 눈이 담겼다. 흔들리는 듯 흔들리지 않으며 눈물을 참아내는 까만 점이었다. 한없이 깊은 감정이 서글펐다. 얼마나 울고 버텨야 이런 눈을 가질 수 있는 걸까. 하얀 형광등 불빛이 반사되는 와중에도 어딘가 공허함이 담겨 있는 눈이었다. 하지만 엄마가 내 손을 한 번 더 꼭 잡았다. 살결을 타고 스미는 체온이 심장에 닿았다. 그녀의 눈 속에서 보이지 않는 진심이 느껴지는 듯했다.

"내 몫까지 슬픔을 짊어지게 해서 미안하다."

고개를 저었다. 미안하지 않아도 된다. 잘못한 게 없는걸. 엄마, 나는 엄마를 믿고 있어.

따뜻한 손에 숟가락을 다시 쥐여줬다. 그제야 숟가락을 잡았다. 엄마가 아무렇지 않게 죽을 먹을 수 있게끔 나는 무거운 침묵을 털어냈다.

"마지막으로 엄마가 해줬던 죽이 계란죽이야. 그 시절 건강하고 무탈하던 우리를 바라면서 만들었어. 부디 이걸 먹고 엄마의 마음이 낫길 바라. 나는 언제나 엄마가 건강하고 행복하면 좋겠어."

숟가락에 차왕무시를 본떠 만든 몽글한 계란 조각들과 부드러운 쌀알이 담겼다. 소담스러운 한 입이었다. 먹기 알맞을 정도로 식어 있었다. 엄마가 심호흡을 하곤 눈을 질끈 감았다. 그리고 죽이 입 안으로 들어갔다. 우리의 고난과 슬픔을 삼켜낼 시간이었다.

엄마는 처음엔, 죽을 머금고만 있는 것 같았다. 한참을 가만히 있었다. 여전히 과거의 자신과 치열히 싸우고 있었다. 나 역시 그녀의 손을 맞잡아 주며 조용히 응원을 보냈다. 얼마 후 입이 작게 움직이기 시작했다. 오물거림이 반복됐다. 엄마는 보통 사람처럼 죽을 씹어냈다. 아빠를 향한 오래 묵은 마음을 조금씩 씹어냈다. 큰 산을 넘었다. 나는 그런 엄마가 너무 대견해 안아주고만 싶었다.

처음으로 슬픔을 삼켜낸 그녀가 드디어 내 요리에 대답했다.

"……망초야."

"응."

"……참 잘 커주어서 고맙다. 그리고 미안하다."

"아니야, 엄마는 나한테 미안할 일이 하나도 없어. 난 다 괜찮아."

우리는 서로를 끌어안았다. 두 팔로 감싸 더 깊게 안았다. 마치 심장끼리 닿을 기세로. 창밖에서 동네 아이들의 잔잔한 소음이 들려오기 시작했다. 멈춰 있던 세상이 다시 움직였다. 우리의 시계가 비로소 뒤가 아닌, 앞을 향해 나아갔다. 창 너머 불어오는 오후의 바람이 따뜻했다. 마음속 죄책감은 풀잎이 쓰러지듯 허리를 숙였다.

엄마는 죽 한 그릇을 모두 비워냈다. 끼니를 거른 탓에 배가 고팠던 이유도 있었지만 내 죽이 정말로 맛있다고 평가해 주었다. 엄마의 말을 빌리자면 내가 얼마나 많은 정성을 투자했는지 절절히 느껴진다더라. 차왕무시가 섞인 죽이란, 꼭 계란 푸딩이 섞여 있는 죽과 같아서 처음엔 이질적이었으나 식감 조합이 훌륭했다고 한다. 감정이 가라앉은 후에는 차왕무시와 죽을 접목한 이유를 묻기도 했다. 뒤늦게 요리사로 돌아온 답변을 남겼다. 낙원 씨와 함께 선술집에 가서 얻었던 영감을 말해주었다. 또한 아빠의 비책에서 맛있는 밥에 대한 열쇠도 얻었다고 전했다.

"네 아빠가 살아 있었을 때 해주었던 요리처럼 무척 따뜻한 마음이 느껴졌어. 내가 딸 하나는 참 잘 키웠구나 싶어."

드디어 일궈낸 일곱 번째 성공이었다. 나 역시 기쁜 미소로 화답했다.

"딱 엄마를 사랑하는 만큼만 애썼어."

"그렇다면은……."

"무지하게 애썼다는 뜻이야."

이 요리의 끝이, 눈물바다가 아닌 웃음이라 참 다행이었다. 한동안 말없이 서로 바라보기만 해도 웃음이 나왔다. 조금 더 단단해진 기분이 들었다. 앞으로 어떤 아픔이 찾아와도 오늘처럼 서로를 위로하며 모두 이겨내리라.

나는 죽으로 엄마를 치유했다. 내게 가장 각별한 사람이 어느새 홀가분한 표정을 하고 있었다. 마지막 서명을 받았다. 이로써 모든 계약 조건이 성립됐다. 일곱 명의 편식을 고쳤다. 물망초 식당에서 진행된 계약이 작은 가정집 부엌에서 종료됐다. 그 어느 때보다도 홀가분했다.

"내 사랑은 남편이 죽는 날 사라졌다고만 믿었는데 눈앞에 이렇게나 성장해 있었네."

서로의 지난 세월을 위로하며 우리는 감격에 젖었다. 잘 비워진 죽 한 그릇에는 지난하되 미워하지 못할 과거가 담겨 있었다. 나의 지상 과제가 비로소 완수됐다.

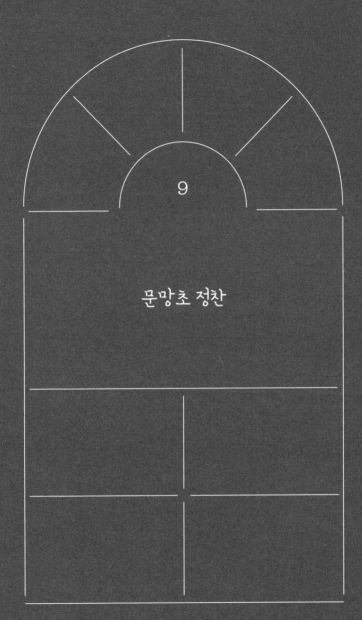

9

문망초 정찬

100일간 지속된 긴장이 풀어진 건지 일주일을 꼬박 앓았다. 누적된 피로감과 걱정이 몸 안에서 서로 빠져나가려 했다. 성공적으로 계약을 완수한 후 얻어낸 안도감 덕에 나는 더디게, 조금씩 회복했다. 그동안 엄마는 용기를 내서 죽에 다가갔다. 내가 완전히 회복했을 무렵, 그제야 엄마는 죽 한 그릇을 다시 끓이는 사람이 됐다. 나는 엄마가 만든 흰죽을 다 비워낸 후, 비로소 홀가분해졌다.

완전한 치유, 그것은 일방이 아닌 쌍방의 결실이었다. 간이식당은 나의 회복과 동시에 문을 닫았다.

"정이 들었는데 해체하려니 서운하네."

"그래도 여기는 이제 우리에게 필요가 없어."

"이 공간에 또 좋은 가게가 생겼으면 해."

"응, 주변보다 저렴하게 세를 놓았으니까 뜻이 있는 사람이 온다면 또 빛나는 공간이 될 거야."

"저렴하게? 그래도 괜찮아?"

"그럼, 이 공간은 돈을 벌려고 구한 공간이 아니니까. 혹시 아니? 네 아빠랑 함께한 금귀비 정찬처럼, 이곳이 또 누군가의 바람을 이뤄주는 들판이 될지."

앞으로 어떤 사업장이 될진 모르지만, 계약이 완수된 공간이었다. 채광이 각별했던 물망초 식당의 공터에 나는 꾸벅 인사를 남겼다. 구석구석 감사하지 않은 기억이 없었다.

가오픈 기간은 7일로 협의를 봤다. 계약이 끝난 후 정식 후계자가 된 내게 엄마는 많은 지시를 내리지 않았다. 그저 잘 부탁한다는 말뿐이었다. 먼저 3일 동안 금귀비 정찬을 살피며 인수인계를 받았다. 이미 다 알고 있다고 믿었는데 생각 외로 모르는 부분이 많았다. 어떤 룸의 조명이 가장 밝은지, 채광은 어떤지, 재료는 어디에 보관해야 가장 싱싱한지. 그뿐만이 아니었다. 매니저 중 가장 친절한 사람은 누구인지, 도움이 필요한 직원은 또 누구인지. 많은 것을 배워야만 했다.

빼곡히 채워가는 메모장을 볼 때마다 앞으로 정식 오너가 된다는 책임감에 어깨가 짓눌리기도 했다. 분명 바라던 일이었으나, 쉽지 않으리라. 하지만 식당을 누비는 내내 심장이 뛰었다. 크고 막중한 과업에도 불구하고 설레는 맘이었다. 역시 난 쉬운 일보다 어려운 일을 할 때 더 가슴이 뛰는 사람인가 보다. 금귀비 정찬이 세대교체를 앞두고 있다. 내게 남은 시간 동안 최선을 다하고 싶다.

연습 상대라고 치부하지는 않길. 뭐든지 '처음'은 평생 기억에 남는 법이다. 나는 소중한 처음을 동희와 낙원 씨에게 양보하기로 했다. 그 어떤 손님보다 내게 고마운 사람들이 아니던가. 그들을 정식 오픈 첫날에 초대해 최고의 요리를 대접할 생각이었다. 가오픈 기간 중 미리 금귀비 정찬을 찾은 둘은 어색하게 테이블에 앉았다. 우리는 서로에 대해 다 알고 있다고 믿었지만, 그들 역시 나와 식당의 관계처럼 서로 잘 알지 못하는 구석이 많았다.

나는 손님을 대하듯 그들에게 정중히 질문을 던졌다. 평소 선호하는 음식과 성향, 음식에 대한 각별한 기억들까지 말이다. 어리둥절한 표정으로 대답을 하는 와중 동희가 멋쩍게 머리를 긁으며 말했다.

"너도 알겠지만 난 아무거나 잘 먹어."

쭈뼛거리며 나온 의견에 낙원 씨도 말을 보탰다.

"저도요, 전 이제 족발까지 잘 먹으니까."

금귀비 정찬 로고가 프린트된 유니폼까지 갖춰 입고 응대하는 모습이 신기한가 보다. 그들은 무척이나 머쓱해했다. 본인들에겐 과분한 대접이니 배달 음식이나 시켜달라는 농담이 오가기도 했다. 어림도 없는 말씀, 절대 대충 챙겨줄 마음은 없었다.

많은 대화를 나누었다. 동희네 강아지가 꽤 자라 이제는 손, 하이 파이브 같은 지시어도 알아들을 수 있다는 것과 낙원 씨가 연말에 승진을 앞두고 있다는 것까지 바쁜 와중에 알지 못했던 그들의 일상이 흥미로웠다. 이처럼 우리는 앞으로 서로 알아갈 구석이 많았다. 기쁠 수밖에……

첫 손님이자 하나뿐인 친구, 나는 엄마를 위하는 마음만큼 동희에게 정성을 보여주고 싶었다. 평소 치킨을 좋아하니 닭 요리가 제격이었다. 요즘 트렌드를 접목한 에어프라잉 치킨이라면 건강과 맛을 동시에 잡을 수 있어 보였다. 또한 일반 치킨과 다르게 시즈닝 파우더에 고급 재료를 써보기로 했다. 느끼함을 잡기 위해 알싸한 맛을 내는 청양고추와 마라 분말, 거기에 고추기름을 살짝 첨가하여 프리미엄 깐풍기 느낌을 내는 게 가능할 듯했다. 가오픈 기간이 남았으니 인수인계를 받으며 연습하기에 충분했다. 동희뿐 아니라 솜이를 향한 고마움도 빼먹지 않았다.

애견 간식을 만들어본 적은 없었다. 하지만 인터넷을 참고해

보니 의외로 방법이 간단했다. MSG 사용과 양념에만 주의를 하면, 사람이 먹는 음식을 조리하는 것과 비슷한 방식으로 만들 수 있었다. 말린 닭고기 저키도 요리 목록에 포함시켰다. 내 인생 첫 강아지 손님이다.

하지만 낙원 씨에겐 무엇을 만들어줘야 할까. 이상하게 또렷한 답이 떠오르지 않았다. 매일 치킨 타령만 하던 동희와 달리 낙원 씨와는 늘 족발만 먹었으니까. 하지만 족발을 좋아해서는 아닌 것 같았다. 단지 족발이 우리 둘의 연결 고리이기 때문이리라. 낙원 씨를 여러 번 떠올려봤다. 처음 물망초 식당으로 들어오던 모습, 함께 TV를 보며 웃던 일, 동희와 전단지를 붙이던 일, 그에겐 회상마저도 집중하게 하는 힘이 있었다. 하지만 어째서인지 생각을 하면 할수록 기분이 오묘해졌다. 다른 손님을 회상할 때 심장이 블루스를 춘다면, 그를 생각할 땐 꼭 탭댄스를 추는 기분이었다. 이러면 안 되지 않을까. 낙원 씨는 재인 씨와 무척이나 친해 보였으니 말이다.

둘이 떠난 후 식당에 남아 저녁까지 인수인계를 이어갔다. 틈틈이 시간이 날 때마다 동희에게 만들어줄 치킨 재료를 준비하기도 했다. 그러다 문득, 그가 떠오를 때마다 나는 멍하니 서서 생각을 정리했다. 어떤 요리가 가장 좋을지 고민해 봐도 뾰족한 답이 나오지 않았다.

"뭐 해?"

첫 번째 물음은 듣지 못했다. 엄마가 두 번 정도 더 말하고서야 나는 엄마 쪽으로 고개를 돌렸다. 식당을 정리하고 이제 퇴근하자는 말이 떨어진 뒤 허겁지겁 유니폼을 벗고 일상복으로 갈아입었다. 옷을 정리하던 와중에도 같은 생각만 드는 것이 이상했다. 납득이 잘 안 됐다.

함께 선술집에서 술을 마실 때 나는 즐겁기만 했다. 분명 그 전까진 얄궂게 미운 마음이 있었으나 내 농담에 즐겁게 반응해 주는 얼굴을 보노라면 주름진 감정이 보드랍게 펴졌다. 이건 분명 긍정적인 느낌의 감정이었다. 그런데 왜 자꾸만 그가 없는 공간에서 그를 떠올릴 때마다 나는 공허해지는 걸까.

마지막 테이블을 닦던 중 차마 치우지 못한 컵을 떨어트리고 말았다. 부주의했던 탓이다.

"조심 좀 하지."

"내가 치울게."

"됐어, 놔둬. 플라스틱 컵이라 다행이네."

엄마가 날 대신해 컵을 치웠다. 곧이어 가게를 소등했다. 팻말을 'CLOSE'로 바꾸고 함께 퇴근길을 걸었다. 엄마는 내게 연유를 물었다. 동희와 낙원 씨가 다녀간 이후로 혼이 나간 사람처럼 보이는 점을 놓치지 않았다. 난들 알 수 있을까. 가로등 불이 일정한 간격으로 켜진 밤길을 걸으며 넌지시 운을 뗐다.

"내 얘기는 아니고 친구네 얘긴데 누군가를 생각할 때마다 다른 일에 집중이 잘 안 된대."

"친구 얘기?"

"응, 동희 말고 있어. 아무튼 둘이 뭐 별다른 사이인 건 아니다? 그냥 비즈니스 목적으로 만난 지인 정도? 그런데도 자꾸만 그 사람이 생각나더래."

"사랑이지, 뭐."

당혹스러웠다. 엄마의 대답이 떨어지자마자 거칠게 손사래를 쳤다. 절대 그런 감정은 아니었다. 지금 무슨 소리를 하는 건지. 황당했다. 뭐, 뭐라는 거야. 엄마는 고민 상담에 아무런 도움이 못 될 사람이었다.

"아니야, 그 사람은 더 소중한 상대가 있어 보였대."

"그러니까 사랑이란 거지."

"뭔 소리야. 아냐."

"사랑이 아닌데 그 사람이 누구를 소중하게 대하는지는 뭣 하러 신경 써? 그런 걸 고민하는 것부터가 사랑이란 거야."

이 아줌마가 정말! 사……. 아니다 됐다. 그런 감정이라니 가당치도 않았다. 하지만 속에서부터 후끈하게 타오르는 열감이 느껴졌다. 겨드랑이부터 땀이 나기 시작했다. 꼭 들키기 싫은 비밀을 들킨 것처럼 몸이 반응했다. 이런 경험에 익숙지 않았다. 엄마가 나를 힐끗 쳐다보고는 말을 멈추었다.

우리는 조용히 밤길을 걸었다. 앞머리를 만지는 척 손으로 이마를 훑었을 때 얼굴의 온도까지 달아올라 있단 걸 알아버렸다. 사춘기도 아닌데 우스운 꼴을 보여버렸다. 엄마의 추측이 맞아서가 아니다. 그냥 오늘은 밤길이 조금 더운 것 같다. 밤 날씨가 매일 서늘한 건 아니니까.

엄마가 눈치채지 못하게 작게 손부채질을 하며 얼굴을 식혔다. 주머니를 뒤져 고무줄을 꺼낸 다음 머리를 질끈 묶어 올리기도 했다. 목덜미에 서늘한 공기가 닿자 조금씩 체온이 돌아오기 시작했다. 한순간의 해프닝이었을 뿐이다. 말없이 길을 걷던 엄마는 집이 가까워져서야 무심하게 한마디를 남겼다.

"내가 네 아빠를 만났을 때 네 이모한테 똑같은 말을 했었는데. 누가 모녀 아니랄까 봐."

얼마 남지 않은 길을 걷는 내내 나는 방방 뛰며 엄마의 빗나간 짐작을 부정했다.

"아니라니까. 왜 그렇게 생각해, 엄마."

하지만 엄마는 피식거리며 웃기만 했다.

가오픈 마지막 날. 며칠간 요리를 준비하며 고민하는 동안 낙원 씨에게 연락이 종종 왔다. 이제 예전처럼 물망초 식당에 놀러 오지 못하니 안부를 묻는 내용이 주였다. 하지만 난 그 모든 연락에 답을 하지 않았다.

　그러자 전화가 왔다. 한 통이 아니었다. 휴대폰에 찍혀 있는 이름을 볼 때마다 심장이 땅으로 곤두박질치곤 했다. 예전 같았으면 즐거운 마음으로 받았을 텐데, 엄마의 말을 들은 이후로는 편하지가 않았다. '여보세요.'라는 네 글자가 어려워 전화를 받지 못했다. 부재중 전화와 메시지가 여럿 찍혀 있을 때마다 알수 없는 답답함이 느껴졌다. 후하게 쳐줘도 고작 친구일 뿐인 사람에게 느껴지는 감정임에도 결이 달랐다.

　나는 전화가 올 때마다 여러 번 휴대폰을 잡았다가 놓기를 반복했다. 그의 연락을 받는 건 세상에서 가장 무서운 일이 됐다. 왠지 받으면, 모든 게 다 끝나버릴지도 모른다는 두려움이 있었다. 하지만 모순적이게도, 그가 연락의 끈을 계속 잡아준다는 점이 얼마나 반가웠는지 모른다. 이 변덕스러운 마음은 과연 내 것이 맞는 걸까. 아니, 대체 왜…….

　그동안 몇 가지 결심을 내렸다. 낙원 씨와 함께했던 순간이 분명 즐거웠단 사실을 잊지 않기로 했다. 함께 많이 웃었던 기억들은 달콤한 디저트와 닮아 있었다. 먹는 이의 마음을 행복하게 만들어주는 어여쁜 디저트. 체리로 장식을 한 브라우니를 구웠다. 그의 전화조차 받지 못하는 내 마음이란, 여전히 혼돈 속이었지만 내게 주었던 기쁜 일들만큼은 부정하고 싶지 않았다. 재인 씨와 깊은 사이래도 괜찮아. 내가 받은 기쁨만큼 나도 즐거움을 돌려주고 싶다. 설탕만큼 사람을 행복하게 하는 건 없지. 그러니 달콤한 디저트로 마음을 보여주고 싶었다.

인수인계는 진작에 끝났다. 모두가 퇴근한 후 마지막까지 남아 디저트를 연습했다. 브라우니를 굽고 또 구웠다. 반죽 정도에 따라 질감이 달라지기 때문에 최적의 상태를 찾는 게 중요했다. 너무 단것을 많이 먹어 혀가 얼얼해질 정도였지만 게을리하고 싶지 않았다.

한참 집중하던 중 누군가가 가게 문을 두드렸다. 손님이 올 리 없는 시간이었다.

"누구세……."

세상에서 가장 무서운 사람이 서 있었다.

"야근하다 지나가길 잘했네요. 왜 이렇게 전화를 안 받아요?"

별안간 얼음이 돼버렸다. 나는 야무지게 굳어버려 쿨한 대답을 남기지 못했다.

"그게요, 그……."

말을 더듬으며 당황하는 나를 보며 낙원 씨는 변함없는 얼굴을 하고 있었다. 반가움과 두려움이 손을 잡고 찾아오는 기묘한 상황이었다.

"줄곧 연락이 안 돼서 걱정했잖아요."

그는 나를 걱정했다고 한다. 목소리에 울컥하면서도, 당연히 거짓말이라 여겨졌다. 재인 씨가 있지 않은가. 나를 걱정해선 안 되는 사람이었다. 아니 또 왜 이런 걸 따지고 있나. 내 머리와 마음이 뜻대로 되지 않는 건 사춘기 이후로 처음이었다.

여기엔 아무도 없었다. 어영부영 대화를 떠맡겨 버릴 동희도 없고, 응대를 대신 부탁할 엄마도 없었다. 오직 나와 낙원 씨뿐이었다. 도망치고 싶어졌다. 편하게 얘기해도 될 텐데 더 이상 그럴 수가 없는 사람이 돼버렸다. 언제부터였을까. 잘 모르겠다. 그냥 냅다 문을 닫아버릴까. 달아나고 싶어. 나한테 아무것도 묻지 않았으면, 나조차도 잘 모르겠으니.

계속해서 상대를 의심할 수밖에 없었다. 나는 타인을 의심하는 게 아니라 자신을 의심하는 사람이라던 낙원 씨의 말이 문득 떠올랐다. 역시 도망치는 곳에 낙원은 없겠지.

"전화를 받기가 어려워서 피했어요."

잘 모르겠다. 어떤 대답을 해야 할지. 하지만 분명한 건 거짓말로 도망쳐서는 안 된다는 것이다. 이 무용한 추격전에서 나는 쫓기는 사람을 자처하고 있지 않은가. 비겁해지고 싶지 않다. 한 번이라도 내 마음을 있는 그대로 받아들이고 싶다. 나를 의심하지 않고, 타인의 모습을 있는 그대로 받아들일 수 있다면……. 도망치지 말자, 그가 아닌 그를 향한 내 마음으로부터.

"뭐가 어려워요. 직장 상사도 아닌데."

"……사실은요, 제가 낙원 씨를 대하는 마음이 달라진 것 같아서요."

저질러버렸다. 그의 얼굴엔 별 동요가 없는 듯했다. 아직 무슨
말이 나올지 모르는 걸까.

"낙원 씨를 생각하면 자꾸만 제 마음에 바람이 불어요."

"바람이…… 분다고요?"

"네. 마음이 제멋대로 살랑거려요. 낙원 씨한테는 재인 씨가
있는 걸 아니까 말 못 했어요. 저도 양심은 있으니까요. 그래도
첫 손님으로 동희랑 같이 식당 방문하라는 건 변함없어요. 그럼
그날 봐요!"

쾅. 그를 밀치고 냅다 문을 닫아버렸다. 진심을 말할 용기까진
내보겠는데 상대의 답변을 들을 용기까지는 없었다. 다리가 휘
청거렸다. 잘했는진 모르겠으나 일단 다 말해버렸다. 손이 벌벌
떨렸다. 부끄러워. 쥐구멍이 있다면 들어가고 싶어. 그런데 한편
으로는…… 후련해.

"문은 왜 닫아요."

낙원 씨가 곧바로 문을 다시 열었다. 나는 당황하여 반대쪽에
서 문고리를 잡아 그가 문을 열지 못하게 힘을 줬다. 얼떨결에
우리는 문 하나를 두고 대치하는 모습이 됐다.

"그런 말을 하고 문전 박대하는 사람이 어디 있어요."

"왜 안 가요! 빨리 가요!"

"이걸 주려고 왔단 말이에요."

가게에 들어온 한쪽 손에 종이봉투가 쥐어져 있었다 돈인가? 역시 우리는 비즈니스 관계일 뿐이었나. 별별 비약이 다 떠올랐다. 조심스럽게 종이봉투를 집어와 내용물을 꺼냈다. 쌩뚱맞게도 선물용 놀이공원 티켓 두 장이었다. 이걸 왜 나에게…….

"저도 용기를 내려고 했는데 기회를 안 주잖아요."

낙원 씨가 문을 조심스럽게 열며 나를 마주했다. 그는 가게 오픈을 축하할 겸 나와 함께 놀이공원에 가고 싶단 말을 남겼다. 나는 눈만 동그랗게 뜨고 그를 바라보았다. 무슨 의미로 해석해야 할지 몰랐다.

"저도 거짓말을 했어요. 망초 씨가 친구를 원하는 것 같아서 계속 우린 친구라고 말했던 것 같아요. 저도 용기가 나지 않았거든요. 그런데…… 저는 이제 족발을 먹어도 망초 씨 생각만 나요. 친구랑 놀이공원도 가고, 소풍도 가면서 살고 싶다고 한 말 기억해요. 제가 그 사람이 될 수 있으면 좋겠어요."

심장이 일렁거렸다. 솟구치는 감각이 발끝에서부터 머리끝까지 일순간 내 안에서 치달았다. 그의 목소리가 꼭 맛처럼 느껴졌고, 그의 얼굴이 꼭 향기처럼 다가왔다. 지난봄이 갑자기 돌아온 듯이 대기가 온화해졌다. 단지 그의 말만으로도.

"그리고 재인은 그냥 학교 후배래도요. 정말로요!"

아무 말을 할 수 없었다. 낙원 씨의 얼굴을 바라보기만 했다. 그 뒤로 펼쳐지는 먼발치의 밤하늘엔 오늘따라 유독 밝은 별들이 떠 있었다. 그럼에도 그 어떤 별도 눈에 담기지 않았다.

낙원 씨를 생각할 때마다 나를 찾아왔던 이름 모를 불안과 두려움에 일순간 환한 불이 피어올랐다. 늦봄과 초여름 사이의 적절한 열감처럼 온기가 온몸을 데웠다. '이것이 사람들이 말하던 설렘이구나.' 하고 짐작할 뿐…….

과연 그는 내 마음이 찾던 바람이었다.

정식 오픈 첫날 약속대로 동희와 낙원 씨에게 준비한 요리를 제공했다. 문망초 오너가 이끄는 금귀비 정찬 첫 요리였다. 둘은 요리사의 마음을 잘 헤아렸다. 행복한 미소로 음식을 먹으며 극찬을 아끼지 않았다. 여태껏 먹어본 치킨 중 가장 훌륭하다는 평가에 진심이 뚝뚝 묻어났다. 반면 낙원 씨는 지금 마음처럼 달콤한 디저트라며 기뻐했다. 나는 그 말을 듣고 웃지 않을 수 없었다. 동희만 모를 비밀이었다.

그와 함께 놀이공원에 다녀온 후 동희에게도 알릴 생각이었다. 짧은 순간 우리는 눈빛을 주고받으며 비밀스러운 표정을 지었다. 이 상황이 우습기도 했지만 한편으론 과분할 만큼 행복했다. 물망초 식당이 내게 선물한 인연이었다.

이후에는 예약된 손님을 받았다. 대표가 바뀌었단 말에 손님들은 반신반의했지만 이내 서빙된 요리를 맛보고 의심을 거두었다. 몇몇 단골은 세대교체를 축하한다며 작은 선물을 주기도 했다. 정신없이 흘러가는 첫날이었지만 혼란이 싫지 않았다. 아빠의 자리를 대신해 엄마가, 엄마의 자리를 대신해 내가 가게를 지켜가고 있다. 우리 가족의 삶과 역사가 깃든 공간이다. 이곳을 이어받았음에 감사했다. 또한 새로운 손님을 받고, 나의 요리를 제공할 수 있음에 다시 한번 더 감사했다. 잘하고 싶다. 앞으로 더 번창하게 만들 거다. 이제 나는 나를 믿는다.

숨 가쁘게 보낸 첫 영업이 끝났다. 매니저들과 마감을 진행했다. 아직은 미숙했지만 기존 직원들의 도움을 받아 무사히 끝낼 수 있었다. 고무적인 매출이었다. 직원들을 먼저 퇴근시키고 가게에 남아 홀로 마무리를 진행했다. 인수인계를 받은 대로 하나씩 진행해 갔다. 모든 일들을 다 끝내고 가게 소등까지 하니 엄마가 도착했다. 첫날 퇴근길을 함께 걷기 위해서였다.

드디어 온전히 내 손으로 'OPEN' 팻말을 'CLOSE'로 바꾸었다. 첫 마감이었다.

"첫 퇴근 환영해."

엄마가 두 팔을 벌리고 서 있었다. 나는 기쁘게 웃으며 와락 안겨보았다.

"어휴, 땀 냄새. 집 가면 샤워부터 해라."

"아이, 왜. 나 오늘 잘 마감했는데 안아줘."

"가자마자 씻고 오늘 있었던 일들 차분히 정리해."

익숙한 잔소리가 시작됐다. 하루 종일 분주히 움직였더니 땀이 많이 났나 보다. 부끄럽지 않았다. 열심히 일했단 증거니 도리어 자랑스럽다며 히죽거리는 내게 엄마는 서류 한 장과 작은 지퍼 백을 내밀었다. 이번엔 또 뭘까. 나는 왠지 모를 기쁜 예감에 두 가지를 받아 들고 서류부터 얼른 펼쳐보았다.

"사람을 사랑해야만 진정한 요리사가 된단 말을 잊지 마. 너는 자격이 있어."

간판 계약서였다. 엄마는 나 몰래 새 간판을 계약하고 오는 길이었다. 명시된 간판 설치일은 이번 주 주말이었다. 간판에 적힌 문구에 두 눈이 묶여버렸다.

"이젠 진짜 네 가게야. 문망초 정찬이 된 걸 축하해."

엄마는 내가 오늘까지의 경험을 통해 사랑을 배웠다고 말했다. 나는 정말로 사랑을 배운 걸까. 지난 기억들이 머리를 스쳐 갔다.

"엄마, 사실은 나 식당을 운영하면서 주변 사람들에게 도움을 많이 받았어. 내 스스로의 힘으로 일궈낸 성과는 아닐지도 몰라. 난 진짜 미숙한 것투성이더라고. 그런데도 내가 잘할 수 있을까?"

"100일간 누군가에게 받은 도움이 공짜라고 생각해?"

"그렇게 생각한 건 아니지만……."

"다른 사람과 좋은 관계를 만들었다는 것 역시 너에게 훌륭한 자질이 있다는 증거야. 좋은 요리사가 되기 전에 좋은 사람이 되는 게 먼저니까. 도움받고 또 도움 주면서 사는 거야. 오히려 네가 그 누구의 도움도 받지 않고 오직 혼자서 힘겹게 계약을 이뤄냈다면 엄마는 조금 슬펐을지도 모르겠다. 나랑은 다르길 바랐으니까."

"엄마……."

"그러니 넌 충분히 잘했어. 나보다 잘했어. 수고했어. 네가 자랑스럽다."

함께 받은 지퍼 백을 열었다. 거기엔 작은 꽃씨들이 잔뜩 담겨 있었다.

"물망초 꽃씨야. 지금 같은 계절엔 참 잘 자랄 거야."

"식당에 심으면 예쁘겠다."

"물망초의 꽃말 기억하지? 잊지 않고 살아야 해. 네 이름과 이 식당에 깃들어 있는 마음들을."

물망초 식당을 운영하며 사람들의 아픈 기억을 치유하고 좋은 요리를 고민했다. 내가 아닌 주변인들에게 관심을 가지는 시간들은 언제나 어려운 추리 과정처럼 쉽게 풀리지 않았다. 하지만 치열히 답을 찾아갔다. 일곱 개의 정답을 모았을 때 계약 조건이 완수됐다.

그 과정에서 나와 전혀 다른 사람을 만나고, 친구가 되고, 또 두터운 인연이 됐다. 정말로 나는 사랑을 배웠나 보다. 생각해 보면, 이미 엄마는 처음부터 진짜 임무를 말해주었다. 요리하는 사람이라면 사람을 사랑해야 한다는 말. 나는 엄마와의 계약을 비로소 완성했다. 모두 물려주겠노라 말하는 엄마에게 고개를 숙여 인사를 남겼다. 무한한 감사와 존경 그리고 당신 덕분에 배운 사랑!

잘해야만 한다는, 잘 해내지 못하면 안 된다는 두려움이 봄날의 눈처럼 녹아 사라졌다. 엄마의 수고했다는 말 한마디에는, 여태껏 내가 갈망했던 답이 모두 담겨 있었다. 퇴근길에 바라보는 하늘이 애틋하기만 했다. 까만 어둠 속 빛나는 별이 유독 환하게 보였다. 아픈 상처가 있는 사람들도 누군가의 애정으로 작은 빛을 찾아낼 수 있다. 요리사는 그들을 치유하는 의사일지도 모른다. 앞으로도 당신이 내게 가르쳐준 사랑을 지침 삼아 많은 사람들의 별을 찾아주고 싶다. 우리의 과거가 지난할수록, 더욱 환히 빛날 내일을 위하여.

가로등이 반복되는 길을 따라 걸었다. 한 걸음 내딛을 때마다 이토록 너른 땅이 밝은 불로 채워졌다. 썩 괜찮은 첫 퇴근. 마음의 바람개비가 유독 팽팽 돌아가는 밤이었다.

금일 영업 종료 ✽

"저는 편식하지 않습니다."

마침내요!

어린 시절, 할머니께서는 김치를 먹을 때 배추 줄거리 부분을 먹지 못하게 하셨습니다. 아삭한 식감이 뛰어난 부분인데요, 맛있는 부위는 장남만 먹어야 한다는 규칙이 있었습니다. 그래서 저는 늘 잎사귀 부분만 먹었습니다. 흐물거려 싫었지만, 견뎌야 했습니다.

중학교 입학 후에는 김치에 이상한 집착이 생겨서, 줄거리 부분만 먹었습니다. 밖에서 만이라도 절대 잎사귀를 먹고 싶지 않았어요. 어른이 되어 할머니와 따로 살게 됐음에도 불구하고 늘 하얗고 아삭한 부분만 골라 먹었습니다.

성인이 된 후 취업해 할머니에게 첫 용돈을 드리고서야 저는 물었습니다.

"저 이제 김치 아삭이 먹어도 돼요?"

할머니는 제 손을 잡으며 한참을 미안해하셨습니다.

이제 저는 잎사귀도, 줄거리도 잘 먹습니다. 아삭하든 아삭하지 않든 집착 없이 잘 씹어내는 어른이 됐습니다. 하지만 이후에 족발을 못 먹는 어른이 됐다가 또 극복한 후에 떡볶이를 피하는 어른이 되기도 했습니다.

이 책은 저를 향한 이야기이자 여러분을 위한 이야기입니다. 우리의 상처는 때때로 사소합니다. 마음에 돋아난 거스러미처럼 나를 죽이진 못하지만 끈질기게 괴롭히는 것. 저는 누구에게나 그런 상처가 있다고 생각합니다.

Live to eat! Eat to live!

우리는 평균적으로 하루에 세 번 식사합니다. 이 순간마다 누군가의 상처가 치료될 수 있다면 얼마나 좋을까요? 매일 먹는 밥처럼 일상과 치료가 가깝다면 얼마나 좋을까요.

저는 그런 마음으로 '망초'를 만들었습니다. 물망초의 꽃말인 진실한 사랑, 그 마음으로 서로를 보듬는 세상이 오길 바랍니다.

오늘 드셨던 음식은 맛있었나요? 내일은 더 즐겁게 식사하셨으면 좋겠네요. 오늘 힘든 일을 겪었다면, 내일 누군가와 따뜻한 밥 한 끼를 나누며 털어낼 수 있길 바랍니다. 음식으로 상처받고, 음식으로 치유받은 사람의 사소한 소망이었습니다.

이 글을 읽는 모두, 건강하세요. 언제나요!

진실한 마음을 담아

청예 드림

마음을 치료하는 당신만의
물망초 식당

2022년 11월 9일 초판 1쇄 발행

지은이 청예
펴낸이 박시형, 최세현

책임편집 김명래 **디자인** 정아연 **교정교열** 이민영
마케팅 권금숙, 양근모, 양봉호, 이주형 **온라인마케팅** 신하은, 정문희, 현나래
디지털콘텐츠 김명래, 최은정, 김혜정 **해외기획** 우정민, 배혜림
경영지원 홍성택, 이진영, 임지윤, 김현우, 강신우
펴낸곳 팩토리나인 **출판신고** 2006년 9월 25일 제406-2006-000210호
주소 서울시 마포구 월드컵북로 396 누리꿈스퀘어 비즈니스타워 18층
전화 02-6712-9800 **팩스** 02-6712-9810 **이메일** info@smpk.kr

쌤앤파커스(Sam&Parkers)는 독자 여러분의 책에 관한 아이디어와 원고 투고를 설레는 마음으로 기다
리고 있습니다. 책으로 엮기를 원하는 아이디어가 있으신 분은 이메일 book@smpk.kr로 간단한 개요와
취지, 연락처 등을 보내주세요. 머뭇거리지 말고 문을 두드리세요. 길이 열립니다.